U0789584

# 金陵全書

丁編·文獻類

# 臨川先生文集（二）

（宋）王安石 撰

南京出版社
南京出版傳媒集團

圖書在版編目（CIP）數據

臨川先生文集；臨川集拾遺 /（宋）王安石撰；羅振玉輯. -- 南京：南京出版社, 2023.6
（金陵全書）
ISBN 978-7-5533-4160-6

Ⅰ.①臨… Ⅱ.①王… ②羅… Ⅲ.①中國文學－古典文學－作品綜合集－北宋 Ⅳ.①I214.42

中國國家版本館CIP數據核字（2023）第058288號

書　　名　【金陵全書】（丁編・文獻類）
臨川先生文集・臨川集拾遺
作　　者　（宋）王安石
出版發行　南京出版傳媒集團
南 京 出 版 社
社址：南京市太平門街53號　　郵編：210016
網址：http://www.njcbs.cn　　電子信箱：njcbs1988@163.com
聯系電話：025-83283893、83283864（營銷）　025-83112257（編務）

出 版 人　項曉寧
出 品 人　盧海鳴
責任編輯　程　瑶
裝幀設計　楊曉崗
責任印製　楊福彬

製　　版　南京新華豐製版有限公司
印　　刷　南京凱德印刷有限公司
開　　本　889毫米×1194毫米　1/16
印　　張　164
版　　次　2023年6月第1版
印　　次　2023年6月第1次印刷
書　　號　ISBN　978-7-5533-4160-6
定　　價　3200.00元（全四册）

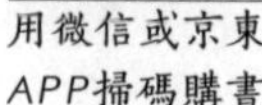
用微信或京東APP掃碼購書

用淘寶APP掃碼購書

# 臨川先生文集卷第二十一

## 律詩七言八句

送王詹叔利州路運判

送周仲章使君

送王蒙州

送龐簽判

送潘景純

送僧無惑歸鄱陽

送遜師歸舒州

寄育王大覺禪師

寄無爲軍張居士

次韻酬鄧子儀二首

送李璋
送章宏
别葛使君
送王龍圖守荆南
次韻酬宋𠕁散二首
和宋太博服除還朝簡諸朋舊
次韻酬宋玘六首
寄吴正仲蒙馬行之梅聖俞和寄依韻酬之
寄平甫
次韻舍弟常州官舍應客
舟還江南阻風有懷伯兄
同陳伯通錢材翁遊山二君有詩因次元韻

夢張鄖州

酬慕容員外

次韻張唐公馬上

和王司封會同年

次韻酬子玉同年

和舍弟舟上示沈道源

過山即事

酬裴如晦

酬鄭閎中

寄余溫卿

寄郎侍郎

送道光法師住持靈巖

送王詹叔利州路運判

王孫舊讀五車書手把山陽太守符未駕驛車辭薄穀却分金節佐均輸人才自古常難得時論如君豈久孤去去便看歸奏事寘嗟行路有崎嶇

送周仲章使君

看君東下雪溪船迴首紛紛已二年簪筆少留吾所望剖符輕去此何緣高麾行路臣今奏豈駿馬歸時著蜀鞭手墨文章應滿篋承明宜定正詳延

送王蒙州

請郡西南促去程舸堤江水照紅旌仁聲已逐春風到使節猶占夜斗行箭落鳥驚鳧兔避句傳炎海鱷魚馴麒麟不足人間物漢詔先應召賈生

送龐簽判

北都兩去不辭勤仕路論材況出群一相開藩當負弩三年通籍更從軍清談猶得當時事遺愛應饒比日聞我憶荊溪山最樂看君摩翮上青雲

送潘景純

東都曾以一當千場屋聲名十五年晚購綠衣隨官牒始操丹筆事戎旃明時正欲精蒐選榮路何當力薦延賴有史君能好士方看一鶚在秋天

送僧無惑歸鄱陽

晚扶羸憊寄人間應接紛紛祇強顏挂扁每譜書匪求採芝多夢舊遊山故人獨往今爲樂何日相隨我亦閑歸見江東諸父老爲言飛鳥會知還

送遜師歸舒州

山川相對一悲翁往事紛紛夢寐中邂逅故人思意在低徊今日莫言同看吹陌上楊花滿忽憶叢叢蕙帳空亦見桐鄉諸父老爲傳衰颯病春風

寄育王大覺禪師

覺已安那示入禪草堂難望故依然山今歲暮楚岑家人更夭寒最靜便隱蹟亦知昔自足憑心豈吝[illegible]想懷所聞不到荊門耳人老禾薪又一年

寄無爲軍張居士

南陽居士月城翁曾習禪那問色空卓犖想超文字外盤回却寄語言中眞心妙道終無二末學孳方丨[illegible]此理豈開々未悟因君徃徃寄西風

次韻酬鄧子儀二首

青溪相值各青春，老去臨流輒損神。草草只隨波浪去，年年空得鬢毛新。論心未忍遺横目，千世還憂近逆鱗。嘉句感君邀我厚，自嗟方不異常人。

二

金陵邂逅府東偏，手得新蒲每共編。采石偶耕垂一百日，青溪並釣亦三年。君少有用方求禄，我志無成稍問田。一笑欲論心迹事，白頭相就且欹眠。

送李璋

湖海聲名二十年，尚隨鄉賦已華顛。却歸蕭望無三徑，擬傍胥山就一廛。朱轂風塵休悵望，青鞋雲水且留連。故人亦見如相問，爲道方尋不厲篇。

送章宏

道合由來不易謀豈無和氏識荊璆一川濁水浮文
鷁千里輕帆落武丘身退豈嫌吾道進學成方悟衆
人求西風乞得東南守杖策還能訪我不

別葛使君

邑屋爲儒知善政市門多粟見豐年追攀更覺相逢
晚談笑難忘欲別前客檳雅 皆置樽令堂清坐一尊
鳴弦輕舟後夜滄江北迴首春城空黯然

送王龍圖守荊南

壯志高年偃一藩吏若賢路此時難長檣欲動何[illegible]
留老驥能行豈易閑沙市救船寒月白渚宮留[illegible]
苕誕知公未厭還遺中歸看功名重太山

四

迭遣荒郊謝雋豪春風誰與駐千旄故交臺閣恩何
厚新句連篇韻更高義似杜醒初□薦枚如袁病得
觀濤父知堙冶成天巧豈真人間共一陶

五

無能私願秫來田時物安能學計然盤井來歲歌擊
壤射熊猶得夢鈞天通思故國歸去今日留滯新思已
去年攜手與君遊最樂春風陂上水濺濺

六

山陂壽昔從吾親諸父先生各佩公綬攀落長年參議
長遐回故地卻逢君衣冠偶坐論經術機孫當寄□
編文吏怪高材終未遇有司何以□方聞

寄三六五竹部蒙島行之郵官梅聖俞六十韻詩

和寄依韻酬之

一本玄暉去後空騷人還向此間尋弱小詩雜與論孤憤文句空知屐兩雄秦甲久愁鬬劒利趙兵今壽漢旗紅盡城不載長餘燼馬首翩翩一只夜眞

寄平甫

少時爲學豈身謀老去低佪各自看乘馬徒具攝提妻日問含轉悠悠泣歌舊國乎生無數馬新千幾日留坐愁搖鞭楊柳路春風先我入皇州

次韻舍弟賞州官舍審客

湯雪紛紛上鬢毛夏發時自悔日空高桑麻議欲來三弘執剎誰能算一毫此地舊傳公子禮吾心真慕伯

風高飄然更有乘桴興萬里寒江正復艚

舟還江南阻風有懷伯兄

幾時重換汝南評兩樂留連不計程白浪黏天無限斷立雲垂野少晴明平皐望望欲何向薄宦嗟嗟空此行會有開樽相勸日鶺鴒隨處共飛鳴

同廖伯通錢彥翁遊山二君有詩因次元韻

秋來聞興每登臨因叩精藍望碧岑聽葉言颿聲尋木石忽驚幽鳥下煙林同時覽物悲歡異自古志名趣向深安得湖山歸我手靜看雲意學無心

夢張鄉州

萬里憐君蜀道歸相逢似喜語還悲江湖舊業依前

憂日月新阡〻幾時自説曲阿留未穩即尋溢本去

猶疑茫渺却是陳橋夢昨日春風馬上思

酬慕容員外（書爲王宮教授四武舉入官故敘）

初爲王門學者師晚漂湖海衆人悲吹乇未識言要

劒鞱股猶藏袖裏錐衛霍功名還有命蘇張才氣欠

非時江光亦見應須飲莫被靈愁入兩眉

次韻張廖公馬上

竭節初悲力不任賜身終愧謬恩臨病来氣弱燥宜

早愉取官多責怨深膏澤未施空謗怨瘡痍猶在豈

謳吟黄昏信馬江城路欲訪何人詠此心

和王司封會同年

收科項同詩回首相歡事有稀追譜舊詩犀壁

脫交酬新唱[illegible]幾飛且須傾倒[illegible]中酒休惜淋浪墨
上衣白暑主翁留客轄會稽聊滯買臣歸

次韻酬子玉同年（子玉五詩太過盡益湯知詩集見求[illegible]虎識軍議）

（男兒本有四方志，祇在蓬瀛恐不知）

盛德無心漠北窺蕃胡亦恐勢方羸塞垣高壘深溝地幕府輕裘緩帶時趙將時皆思李牧楚音身自感鍾儀慙君許我論邊鎖俎豆平生却少知

和舍弟舟上示況道源

還裝欲盡喜舟輕更喜嘉賓伴此行對飲不忘魚可鬻掾羹何惜鴈能鳴西山壯馬先歸牧南宍殘梟或就烹憂國自多廊廟宰與君詩酒盡交情

過山即事

却過故山已九年江湖身世只飄然曲城丘墓心空
折驢步庭闈眼欲穿慘慘野雲生隴底蕭蕭飢馬立
風前轉多愁思催華髮早晚輕舟上秀川

酬裴如晦

二年羇旅越人吟乞得東南病更侵傷子未寒莊氏
義壽親還慰魯侯心鮮鮮細菊霜前蘂漠漠疎桐日
下陰濁酒一杯秋滿眼可憐同意不同斟

酬鄭閎中

蕭條行路欲華顛迴首山林尚渺然三釜豈知爲養
急五粲非敢在人先文章滿世吾誰慕行義如君衆
所傳豈有至言來助我可能空寄好詩篇

寄余温[illegible]

靈巖風流不自禁天涯無路盡朋簪空馳上國青泥
信誰和南山白石音早自離愁寬帶眼訖春歸思滿
琴心終回一命翩翩翟獨過稽山鍛樹陰

寄郎侍郎

兩朝人物數賢豪凛適清風晚見襃江漢但歸滄海
闊丘陵難學太山高放懷詩酒幾先息迴首功名豈
自勞只願作公譜經審慎無三畝斲蓬蒿

送僧光法師住持靈巖

靈巖開闢自何年草木禪奇鳥獸仙一路紫苔通雪
竇千山崖青靄落潺湲漫山祇嘯聚荒禪室象衆識羞想
法延雪足莫辭重蹋往衆人香火有因緣

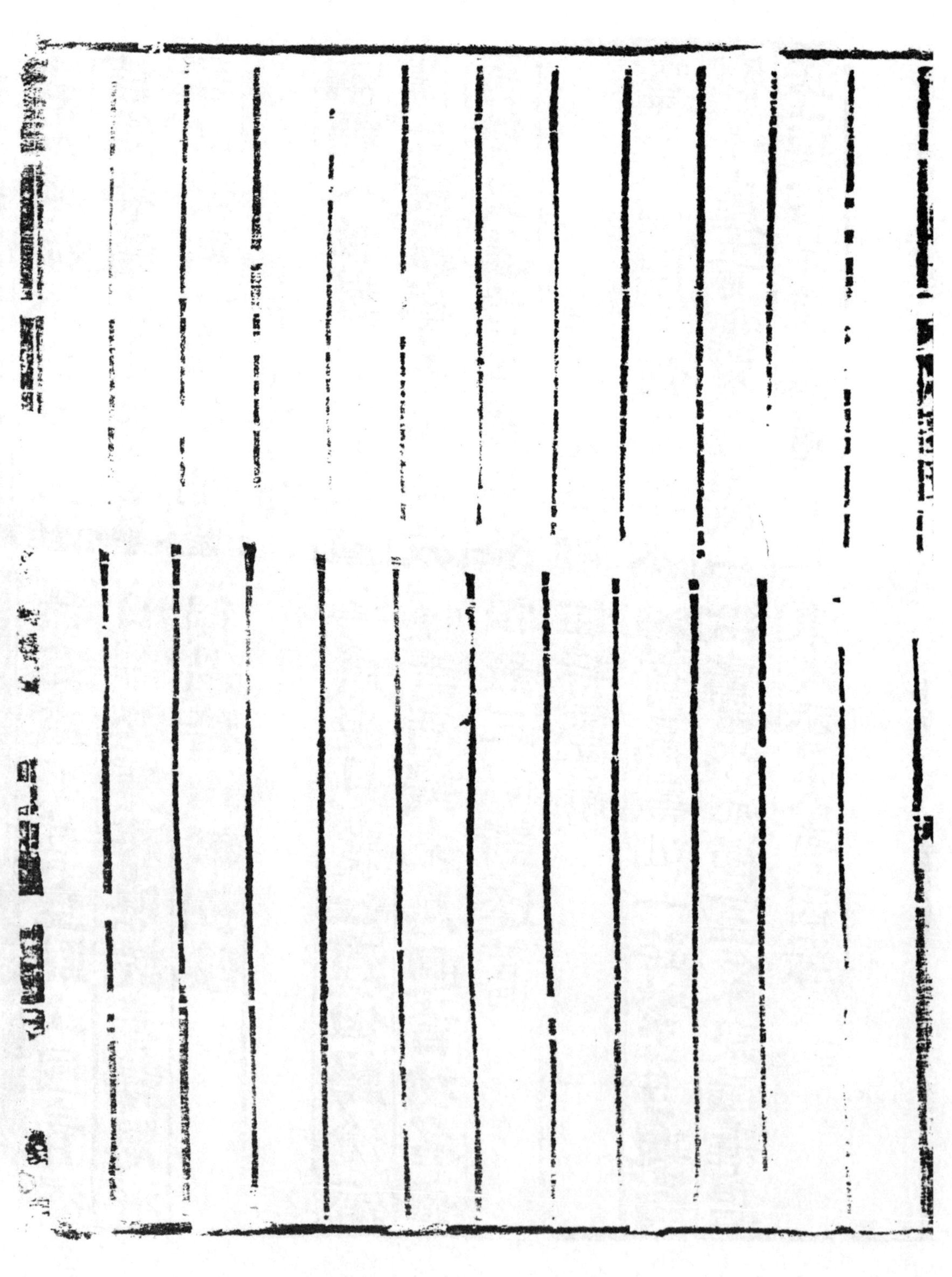

# 臨川先生文集卷第二十二

律詩七言[illegible]


奉酬永叔見贈
送陳舜俞制科東歸
送河正臣主簿
與舍弟華藏院此君亭詠竹
上元戲呈貢父
次韻楊樂道述懷
酬楊樂道見寄
寄吳沖卿二首
酬沖卿見別
次御河寄城北會上諸友

次友人 三首
寄張襄州
次韻昌叔灊樓讀書之樂
酬淨因長老樓上翫月見懷
寄張鶚招張安國金陵法喜
欲往淨因寄涇州韓持國
送別韓虞部
懷舒州山水呈昌叔
呈邵子玉同年
次韻陸定遠以謫往來求詩
李璋下第
送揚驥秀才歸鄱陽

平山堂

示德逢

示四妹

寄酬曹伯玉因以招之

次韻奉酬李質夫

寄袁州曹伯玉使君

邢太保有鸂折翼以詩傷之

寄致政吳虞部

再至京口寄漕使曹郎中

次韻平甫金山會宿寄親友

送何聖從龍圖

送趙學士陝西提刑

丙申八月作

登西樓

卽事

奉酬永叔見贈

欲傳道義心猶在一作雖壯強學一作學作文章力已窮他日若能窺孟子終身何敢望韓公摳衣最出諸生後倒屣嘗傾廣座中抵恐虛名因此得嘉篇爲貺豈宜蒙

送陳舜俞制科東歸

諸賢發策未央宮獨得當川一老翁曲學暮年終漢相高談平日漫周公一作今歟歲收科第我欲它時看事功聞說慨一作慨然真有意猶將一作以古人風

送何正臣主簿

何郎冰雪照青春應薦宜言籍有神會國儒人何獨少元君畫吏故應眞百年上尾蓋風雲會萬里山川日月新可但諸公能品藻會須天子擢平津、

與舍弟華藏院此君亭詠竹

一逕森然四座涼殘陰餘韻去何長人憐直節生來瘦自許高材老更剛曾與蒿藜同雨露終隨松柏到冰霜煩君惜取根株在欲乞伶倫學鳳凰

上元戲呈貢父

車馬紛紛白晝同萬家燈火暖春風別開閶闔壺天外特起蓬萊陸海中盡取繁華供俠少祇分牢落與衰翁不知太一遊何處定把青藜獨照公

次韻楊樂道述懷之作

素心非不慕前修自怪因循欲白頭擬數趣時終瑣

瑣畫墁營職信悠悠毫漫下畢憶知魚樂亭笑飜蕙爲

彔辭尚有故人能慰我詩成一一寄每相投

和楊樂道見寄

宅帶園林五畝餘蕭條還似武陵居殺青滿架書新

繕生白當窗室久虛孤學自難窺奧窔重言猶得闢

雲蹤細思每欲投詩社只待春[illegible]文書

寄吳沖卿二首

平生身事略相同三歲連牆左右[illegible]風中更得諧恩分省

舍又將衰鬢作鄰翁聯翩文倚宮口攜經契闊今看遠

紅不欲與君為遠別沙臺吹帽約秋風

時吳晉州
方得罪

二

塞垧花氣欲飛浮眼底紛紛綠[illegible]悠[illegible]山川[illegible]哉
老急難兄弟想君愁舊知自日[illegible]曾滿試問紅爐[illegible]歲
客留時節只應無意思亦如行[illegible]判春休

酬沖御見別

同官同邑復同科兩夜婚姻分最多兩地塵沙今齟
語二年風月共婆娑朝論孰[illegible]若莉似使[illegible]將如奈
崩何[illegible]然會應從此異顯論[illegible]暇數經過

次御河寄誠北會[illegible]諸友

客路花時秖攪心行逢御水半晴陰背城野色雲[illegible]
盡隔屋春聲樹外深香草[illegible]堪回[illegible]屢[illegible]風聊復藏
春憶君載酒相追處紅[illegible]青對定滿[illegible]

寄友人三首

萬里書歸說我愁知君不忘北城幽一篇藝禪寺[illegible]
學三畝蓬蒿勢易求欲與山僧論地勢願爲鄰舍[illegible]
田疇應須急作南征計漠北風沙不可留

二

水邊幽樹憶同攀曾約移居向此間欲語林塘遂舊
選卻隨車馬入他山飛花芸各地容離冶鳴鳥窺人意
轉閒物色可歌春不返相思空復慘年顏

二

一別三年至一方此身漂泊寶瑧鄉青沙更覺蓬萊
淺數日空驚霹靂牲渺渺[illegible]夜氣亦岸濛濛雲氣浸
襟琴登臨舊興無多在但[illegible]日尋樓臺寺志

寄[illegible]襄州

襄陽州望古來雄耆舊相傳有素風四葉表門廬氏一門逃世漢龐公故家遺俗應多在美景良辰定不空遙憶習池寒夜月幾人談笑伴詩翁

次韻呂叔常展瀟樓讀書之樂

志食長年不得休一尚不無地拙於鳩聊爲薄宦容身者能覓高人笑我不道德文章吾輩落塵埃波浪此生浮看吾別後行藏意回顧瀟樓紙自寫

酬淨因長老樓上翫月見懷有疑君瑰夢在清都之句

道人心與世無求隱几蕭然在此樓坐對高梧傾曉月看翻清露洗新秋登臨更欲邀元亮拔寫還能擬惠休顧我不知天上樂虛疑昨夜夢仙遊

寄張諤招張安國金陵法曹

我老頗爲藏文人君今少壯豈長貧好須自致青冥上可且相從寂寞濱深谷黃鸝驕引子曲崖翠碧巧藏身尋幽獨靜還成興何必區區九陌塵

欲往淨因寄涇州韓持國

紫荊山下物華新只與都城共一春令節想君攜綠酒故情憐我踏黃塵沿魚已悔他年事搏虎方收末路身欲寄微言書不盡試尋僧閣望西人

送別韓虞部

客舍齊南初著市與君兄弟即相親當年豈意兩家子今日更爲同社人京洛風塵嗟阻闊江湖杯酒惜逡巡歸帆嶺北茫茫水把手何時寂寞濱

懷舒州山水呈昌叔

山下飛鳴黃栗留溪邊飲啄白符鳩不知此地從君處亦有他人繼我不塵土生涯休蕩滌風波時事只飄浮相看髮禿無歸計一夢東南即自羞

呈柳子玉同年

三年不上鄴王臺鴻雁歸時又北來水底舊波吹歲換柳稍新葉卷春回塵沙漠漠濶雙鬢簫鼓忽忽把一盃勞事欲歌無與和衰顏思見故人開

次韻陸定遠以謫往來求詩

牢落何由共一樽相望空復歎芝焚濟時尚負生平學尉我應多別後文可但風流追甫白由來家世出機雲行吟強欲偷新格自笑安能到萬分

李璋下第

浩蕩宮門白日開君王高拱試群材學如吾子何憂失命屬天公不可猜意氣未宜輕感槩文章尤忌數悲哀男兒獨患無名爾將相誰云有種哉

送楊驥秀才歸鄱陽

客舍風塵弊縷衣悲吟重見鴈南飛荊山和氏方三獻太學何生且一歸曠野已寒諳獨宿長年多難惜分違巾箱所得皆幽懿亦見鄉人為發揮

平山堂

城北橫岡走翠虯一堂高視兩三州淮岑日對朱欄出江岫雲齊碧瓦浮墟落耕桑公愷悌杯觴談笑客風流不知峴首登臨處壯觀當時有此不

示德逢

先生貧儆古人風紆想菜桑在眼中憐愍雞豚非孟子勤勞禾黍信周公深藏組麗三千牘靜占寬閑五百弓處世但令心自可相知何藉一劉龔

示四妹

孟光求壻得梁鴻廡下相隨不諱窮卓犖才名今日事蕭條門巷古人風五噫尚與時多忤一笑兼忘我屢空六月塵沙不相貸泫然搔首又西東

寄酬曹伯玉因以招之

寒鴟對立西風樹幽草環生白露庭清坐苦無公事擾高談時有故人經思君異日投朱紱過我何時載渌醽及此江湖氣蕭爽最宜相值倒吾鉼

次韻奉酬李實夫

逸少池邊有舊山幾年征淚染衣斑駑駘自飽力爭
路騕褭長飢不在閑雪漲江南歸去蕩煙埋河朔去
間關勞歌一聽皆愁思況我心非木石頑

寄袁州曹伯玉使君

宜春城郭繞樓臺想見登臨把一盃濕濕崗嶺雲生竹
箘冥冥江雨熟楊梅政成定入郛人詠詩就還隨驛
使來錯莫風沙愁病眼不知何日爲君開

邢太保有鶴折翼以詩傷之客有記翎經
其三韻而忘其詩者因作四韻

爲摧傷改性靈靜中猶見好儀形每憐今日長垂
却悔當時誤剪翎醫得舊創猶有法相知多難豈

經稻粱且向人間覓莫羨搏風起北冥

寄致政吳虞部

白鷗生意在滄波不爲風塵有網羅年抵馮唐初未半才方跡廣豈能多孤清楚國知誰繼遺愛郴人想共歌嗟我欲歸眞未晚雪舟乘興會相過

再至京口寄漕使曹郎中

漂流曾落此江邊憶與詩翁賦浩然（浩然堂名）鄉國去身猶萬里驛亭分首已三年北城紅出高枝靚南浦青回老樹圓還似昔時風露好只疑談笑在君前

次韻平甫金山會宿寄親友

天末海門橫北固煙中沙岸似西興已無船舫猶聞笛遠有樓臺祇見燈山月入松金破碎江風吹水雪

崩騰飄然欲作乘桴計一到扶桑恨未能

送何聖從龍圖

射策曾稱蜀郡雄朝廷重得漢司空應留賜席丹塗地誤賞飛芻紫塞功三徑欲歸無舊業百城先至有清風路山直與天爲黨回首孫高想見公

送趙學士陝西提刑

遥知彼俗經兵後應望名公走馬來陛下乘求今日始智中包畜此時開山西豪傑歸囊櫝渭北風光入酒盃堪笑陋儒昏鄙甚略無謀術賛行臺

丙申八月作

風摧剥利如刀漠漠昏煙玩日高眼看南山露崖心隨東水轉波濤歸期正自憑蓍蔡生理應須問

酒醪還有詩書能慰我不多霜雪上顛毛

登西樓

樓影侵雲百尺斜行人樓上憶天涯情多自悔登臨數目極因驚悵望賒一曲平蕪連古樹半分残日帶明霞潘郎何用悲秋色秖此傷春髮已華

即事

河流南苑岸西斜風有晶光露有華門柳故人陶令宅井桐前日揔持家嘉招欲覆盃中渌麗唱仍添錦上花便作武陵樽俎客川源應未少紅霞

臨川先生文集卷第二十二

# 川先生文集卷第二十三

## 律詩七言八句

酬吳仲庶小園之句始與將之汝相近居遂相與遊今居復相近而兩家子唱和詩相屬因有此作

春寒

次韻再遊城西李園

予求守江陰未得酬昌叔憶江陰見及之作

送蘇屯田廣西轉運

酬淮南提刑邵不疑學士

酬王太祝

出城訪無黨因宿齋館

寄張氏女弟

奉寄子思以代别

次韻劉著作過茆山今平甫往遊因寄

次韻十四叔賜詩留别

次韻耿天騭大風

法喜寺

長干寺

落星寺在南康軍江中

清風閣

留題微之廨中清輝閣

次韻和甫春日金陵登臺

慶老堂

寄陳宣叔

寄張紛州并示女弟

元珍以詩送緑石硯所謂玉堂新樣者

和微之林亭

酬微之梅暑新句

平甫與寳覺遊金山思大覺并見寄及相見

得詩次韻二首

金陵懷古四首

次韻舍弟遇子固憶少述

次韻昌叔詠塵

石竹花

古松

玉晨大檜鶴廟古松最爲佳樹

次韻董伯懿松聲

次韻答平甫

次韻質夫兄使君同年

酬吴仲庶小園之句

舊年臺榭掃流塵▆閉朱門歲又新花影隙中看鳥鳥車音墻外去轔轔相逢豈少佳公子一醉何妨薄主人秪向東風邀載酒定知無柰帝城春

始與韓玉汝相近居遂相與遊今居復相近而兩家子唱和詩相屬因有此作

羇旅兒童得近鄰相知避逅即情親當時豈憶兩家子此地更爲同社人勳業彈冠知白首文章投筆讓

青春萬金雖愧君多産比我淵明亦未貧

春寒

春風滿地月如霜拂曉鍾聲到景陽花底袂衣朝省衛柳邊新火起嚴裝冰殘玉甃泉初動水溢銅壺漏更長從此暄妍知幾日便應啼鴂損年芳

次韻再遊城西李園

京師花木類多奇常恨春歸人未歸直爲喧喧走塵土園林處處鎖芳菲殘紅已落香猶在羈客多傷涕自揮我亦悠悠無事者約君聯騎訪郊圻

子求守江陰未得酬昌叔憶江陰見及之作

黃田港北水如天萬里風檣看賈船海外珠犀常入市人間魚蟹不論錢高亭笑語如昨日末路塵沙非

少年強乞一官終未得稱君同病肯相憐

送蘇屯田廣西轉運

畫將從來欲善師一日城壁跌起毫氂驅除久費兵符出接撫紛煩使節移蠻漢易行窮苦後功名常見急難時儒文此日風流在直筆他年豈愧辭

酬淮南提刑邵不疑學士（來詩及予送流常州之詩而卒有素壁鐃詩尚未泥之句）

曾詠常州送主人豈知身得兩朱輪田疇沆瀣川方墾廚傳蕭條市亦貧以我薄材思揹偃賴君餘教得因循詢求故有風謠在不獨鐃詩尚未泯

酬王太祝

一爲常隨世事馳豈論江瀲與河渭已成白髮潘常

侍吏似青衫拄拾遺缺科業儻來知有命文章聊欲見無期喜君材俊能從我力學何妨和子思

出城訪無黨因宿齋館

關外尋君信馬蹄漫成詩句任天倪花披到眼春相照一作映山色侵衣晚自迷今日笑談還喜共經年勞逸固難齊生涯零落歸心懶多謝慇懃杜宇啼

寄張氏女弟

十年江海別常輕一作經豈料今隨寡嫂行心折向誰論宿昔魂來空復夢平生音容想像猶如昨歲月蕭條忽已更知汝此悲還似我欲爲西望涕先橫

奉寄子思以代別

南北蹉跎成兩翁悲歡邂逅笑言同全家欲出嶺雲

外匹馬肯尋山雨中趨府折腰嗟踽踽聽臯分手慣
悤悤寄聲但有加餐飯才業如君豈久窮

次韻劉著作過茆山今平甫往遊因寄

華陽仙伯有茆御官府今傳在赤城三鶴不歸猶地
勝二君能到亦心清詩中慷慨悲陳迹篇末慇懃獎
後生遥想青雲知可附坐看閭巷得名聲

次韻十四叔賜詩留别

窮冬追路出西津得侍茫然兩見春發舜久嗟淹國
士起家初命慰鄉人行辭北闕樓臺麗歸佐南州縣
邑新班草數行衣上淚何時拭復却相親

次韻耿天隲大風

雲埋月缺暈寒灰颶（颬）發齊如巨象豗縱勇萬川水柱

立紛披千嶂上褱閣登門未怪叟居至鄭圃何妨御
冠來終夜不眠誰與共坐忘唯有一顏回

法喜寺

門前白道自縈回門下青莎開綠苔辭樹繞花鶯
去壞簷無幕燕歸來寂寞誰共樽前酒空落空留案
上杯我憶故鄉誠不淺可憐越鳥重相催

長干寺

梵館清閒側布金小塘回曲翠文漾柳絲不動千絲
直荷葉相依萬蓋陰漠漠芳雲相上下翩翩沙鳥自
浮沉羈人樂此忘歸思忍向西風學越吟

落星寺在南康軍江中

崒嵂臺殿起崔嵬萬里長江一酒盃坐見山川春日

月沓無章鳥送塵埃鴈飛雲路隆信過客近天門夢易迴騰氣唯詩可收拾不才羞作等閑哀

清風閣

飛甍孤起下州墻勝勢崢嶸壓四方遠引江山來控帶平看鷹隼去飛翔高堦感耳何妨靜赤日焦心不廢涼況是使君無一事日陪賓從此傾觴

留題微之廨中清輝閣

故人名字在瀛洲邂逅低徊向此留鷗鳥一雙齋壁曉荷花十丈對冥搜水涵樽俎清如洗山染衣巾翠欲流宣室應疑鬼神事知君能復幾來遊

次韻和甫春日金陵登臺

鍾山漠漠水洄洄西有陵臺百尺高萬物已隨和氣

動一罇聊與故人來天邊幽鳥鳴相和地上晴煙掃不開悲眼看春晝長（一作惟）恐晝直須去取六龍回

慶老堂（陳繹）

板輿去國官三年華屋歸來地一偏種竹常疑出冬筍開池故合涌寒泉身閑楚老猶能戲道勝鄒人不受遷嗟我强顔無所及想君爲樂更焦然

寄陳宣叔

扁舟欲動更徘徊一笑相看病眼開事忤貴人今見斥政行豪縣衆稱材忽驚歲月侵雙鬢卻喜山川共一盃落日亂流江北去離心猶與水東迴

寄張劒州并示安弟（時張以太夫人喪自劒州歸）

劒閣天梯萬里寒春風此日白衣冠烏鵶反哺顛毛

黑鳥引思歸口血丹行路想君今肯瘦相逢添我老悲酸浮雲渺渺吹西去每到原頭勒馬看

元珍以詩送綠石硯所謂玉堂新樣者

玉堂新樣世爭傳况以蠻溪綠石鐫嗟我長來無異物愧君持贈有佳篇久埋瘴霧看猶濕一取春波洗更鮮還與故人袍色似論心於此亦同堅

和微之林亭

爲有檀欒占雒陽憶歸杖策此徜徉觀魚得意遙知樂入鳥忘機肯亂行未敢許君輕去國不應如我漫爲郎中國日涉非無趣保此千鍾慰北堂

酬微之梅暑新句

江梅落盡雨昏昏去馬來牛漫不分當此沈陰無白

目豈知炎旱有彤雲琴絃欲緩何妨促書蠹微生故
可熏回冒涼秋知未遠會須重曝阮郎裩

平甫與寶覺遊金山思大覺并見寄及相
見得詩次韻二首

龍參時宰道人琳氣蓋諸公弟季心勝踐肯論山在
險負搜欲與海爭深搖搖北下隨帆影踽踽東來想
足音握手更知禪伯遠隔雲靈鷲碧千尋

二

漳南開士好叢林慧劒何年出水心獨往便應諸漏
盡相逢未免故情深檻窺山鳥有真意窗聽海潮非
世音一笑上方人事外不知裏境兩侵尋

金陵懷古四首

霸祖孤身取二江子孫多以百城降豪華盡出成功後逸樂安知與禍雙東府舊基留佛刹後庭餘唱落船窻黍離麥秀從來事且置興亡近酒缸

二

天兵南下比橋江敵國當時指顧降山水雄豪空復在君王神武自難雙留連落日頻回首想像餘墟獨倚窻卻怪夏陽纔一葦漢家何事費罌缸

三

地勢東回萬里江雲間天闕古來雙兵纏四海英雄得聖出中原次第降山水寂寥埋王氣風煙蕭颯滿僧窻廢陵壞冢空冠劍誰復沾纓酹一缸

四

憶昨天兵下蜀江將軍談笑士爭降黃旗下
百紫氣空收劍一雙破堞自生新草木廢宮誰識舊
軒窓不須搔首尋遺事且倒花前白玉缸

次韻舍弟遇子固憶少述 時舍弟在臨川

歸計何時就一壥塞城回首意茫然野林細錯黃金
日溪岸寬圍碧玉天飛兔已聞追騕褭太阿猶恨失
龍泉遥知更憶河濱友從事能亡我獨賢

次韻昌叔詠塵

塵土輕颺不自持紛紛生物更相吹翻成地上高壓
勢散在人間要路岐一世競馳甘眯目幾家高坐得
軒看超然穢有江湖上遲見汝濤恐我請

石竹花

退公詩酒樂華年，欲取幽芳近綺筵。種玉亂抽青節瘦，刻繒輕染絳花圓。風霜不放飄零早，雨露應從愛惜偏。已向美人衣上繡，更留佳客賦嬋娟。

## 古松

森森直幹百餘尋，高入青冥不附林。萬壑風生成夜響，千山月照掛秋陰。豈因糞壤栽培力，自得乾坤造化心。廊廟乏材應見取，世無良匠勿相侵。

玉晨大檜鶴廟古松最為佳樹

壇廟千年乙草不生，幽真曾此蔭餘清。月枝地上流雲影，風葉天邊過雨聲。材大賢於人有用，節高仙與世無情。泰山陵下今迷處，苦里宮中漫得名。

## 次韻董伯懿松聲

天機自動豈關情能作人間物外聲瞑聽一堂無客夢曉悲千嶂有猿驚廟中奏瑟沈三歎堂下吹簫失九成俚耳紛紛多鄭衛音一演聞此始心清

次韻答平甫

高蟬抱殼悲聲切新鳥學語語性長樹老陰欺夏日晚花幽豔敵春陽雲歸山去當簷靜風過溪來蕭坐涼物物此時皆可賦悔予千里不相將

次韻寳夫見寄伎君同年

壤壤相望一日程春風吹急似搖旌莫言樂國無愁夢賴把新詩寄故情舍五斗非所願私田三徑會源成青雲自致歸公可如我何緣得此聲

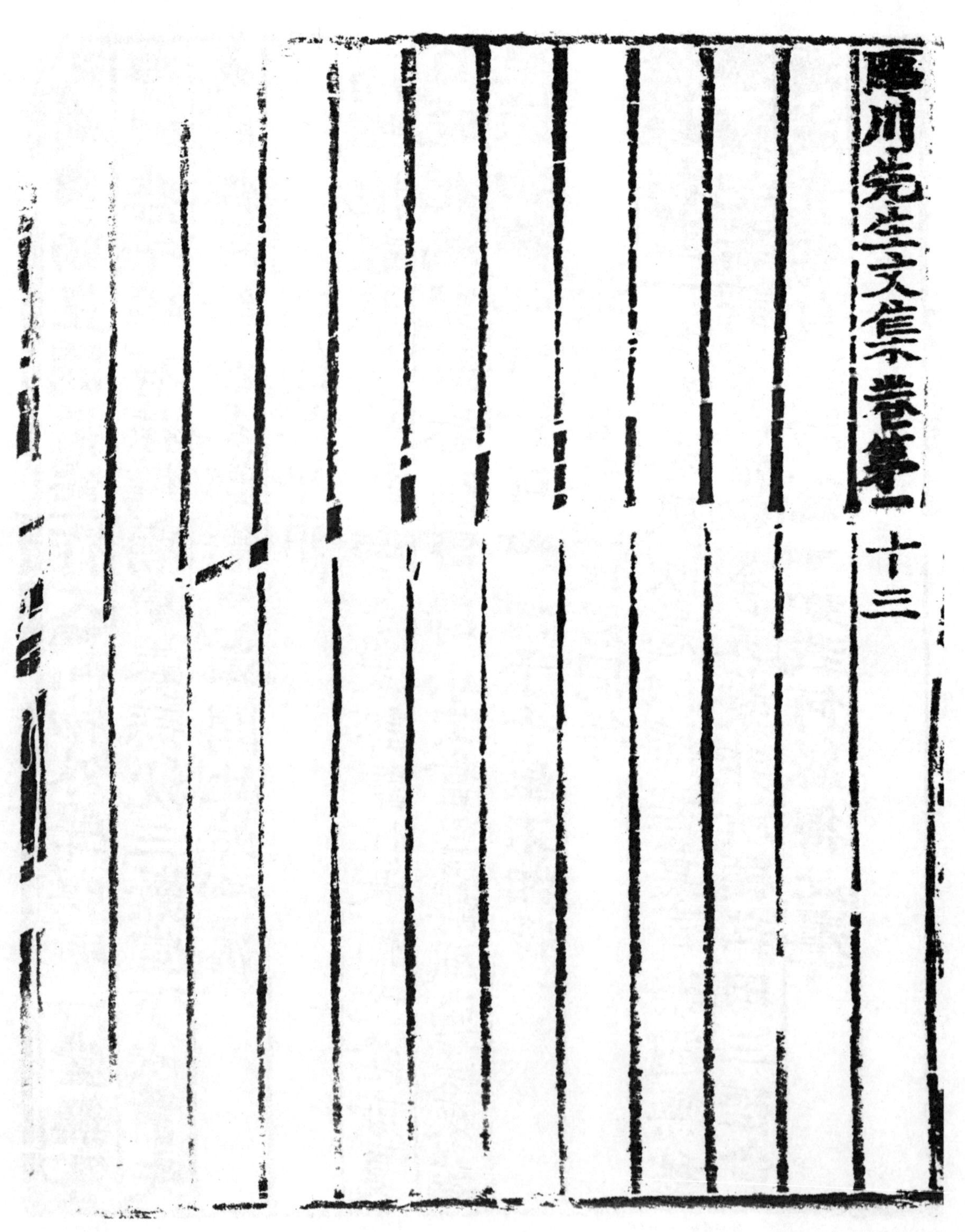

臨川先生文集卷第二十三

# 臨川先生文集卷第二十四

## 律詩

金明池

葛溪驛

泛舟青溪入水門登高齋奉呈康叔

爲裴使君賦擬峴臺

送李才元校理知邛州

送張顓仲舉知襄州

張劍州至劍一日以親憂罷

次韻子履遠寄之作

送李太保知儀州

送西京簽判王著作

送劉貢父赴秦州清水

送純甫如江南

送郊社朱兄除郎臯盈正卿

送沈康知常州

安豐張令修芍陂

送復之屯田赴成都

送經臣冨順寺丞

送張卿致仕

送梅龍圖

送李秘校南歸

送蕭山錢著作

送靈仙裴太博

送趙變之蜀永康齋

酬吳季野見寄

和平甫[illegible]隨正叔

送王大卿致政歸江陵

送叔康侍御

寄宋昌叔

九日登東山寄昌叔

到舒次韻答平甫

舒州七月十一日雨

次韻答丁端叔

答劉季孫

次韻酬王[illegible]介甫

寄吳氏女子

寄曾子固

至開元僧舍上方次韻舍弟二月一日之作

寄王回深甫

次韻答彥珍

寄闕下諸父兄兼示平甫兄弟

金明池

宜秋西望碧參差憶看歸人擁歛騎斜倚水開花有思緩隨風轉柳如癡青天白日春常好綠髮朱顏老自悲跋馬未堪塵滿眼夕陽偷理釣魚絲

葛溪驛

缺月昏昏漏未央一燈明滅照秋牀病身最覺風露

早歸夢不知山水長坐感歲時歌慷慨起看天地色
淒涼鳴蟬更亂行人耳正抱疏桐葉半黃

泛舟青溪入水門登高齋寄呈康叔

領略翁翁惜此時起携佳客散流遲十圍但見諸營
柳九曲難尋故國溪牽隸欲隨流水遠放船終擬盡
橋低子猷清興何曾盡想憶高齋更一躋

爲裴使君賦擬峴臺

君作新臺擬峴山羊公千載得追攀歌鍾舊去登臨
處花木移看指顧間城似大堤來宛宛溪如清漢落
潺潺時平不比征吳日緩帶尤宜向此閑

送李才元校理知邛州

朝廷孝治稱今日鄉郡榮歸及壯時闌吏相呼迎邛

殺豐見尋出望擁麾北堂已足誇三釜南畝嘗今識兩岐獨最尚留眞有命天於人欲本無私

送張頡仲舉知奉新

故人爲邑士多稱縣賦寬賒獄訟平老吏閉門無重糈荒山開礦有新粳方獲玉塵日邊坐又結銅章天外行此去料君歸不久挾持如此即名卿

張劍州至劍一日以新憂罷

客舍飛塵尚滿韉却尋歸路想茫然白頭反哺秦烏側流血思歸蜀鳥前今日相逢知悵望幾時能到與留連行看萬里雲西去倚馬春風不忍鞭

次韻子履遠寄之作

飄然逐客出都門士論雁悲玉石焚高位紛紛誰得

愁窮途往往始能文。柴桑今日思元亮，天祿何時召子雲。直使聲名傳後世，窮通何必較功勳。

送李太保知威州

北平上谷當時守，氣略人推李廣優。還見子孫持漢節，欲臨關塞撫羌酋。雲邊鼓吹應先喜，日下旌旗更少留。五字亦君家世事，一吟何以稱來求。

送西京簽判王著作

見曾曾上洛城頭，尚記清波遶驛流。却想山川當在夢，可憐顏鬢已驚秋。辟書今日看君去，著籍長年歎義留。三十六峯應好在，寄聲多謝欲來遊。

送劉貢父赴秦州清水

劉郎高論坐噓枯，幕府調聯用緒餘。筆下能當萬人

敵腹中嘗記五車書爾多望士登天禄然有名臣薦子虚且復弦歌窮塞上秖應非晚召相如

送純甫如江南

青溪看汝始蹁躚兄弟追隨各少年壯爾有行今納婦老吾無用亦求田初來淮北心常折却望江南眼更穿此去還知苦相憶歸時快馬亦須鞭

送郊社朱兄除郎東歸

手持官牒出神皐迎客遥知賀酒醪照映里門非白屋歎凌春草有青袍官遊雖晚何妨久歲顯從來不限高孝友父兄家法在想能清白遺兒曹

送沈康知常州

作客蘭陵迹已陳爲傳謠俗記州民溝塍半廢田疇

薄廚傳相仍市井貧常恐勞人輕白屋忽逢佳士得朱輪慇懃話此還惆悵最憶荊溪兩岸春

安豐張令修芍陂

桐鄉振廪得周旋芍水脩陂道路傳目想得功追往事心知爲政似當年魴魚鱍鱍歸城市秔稻紛紛載酒船楚相祠堂仍好在勝遊思爲子留篇

送復之屯田赴成都

鱉靈西南江與岷石犀金馬世稱神桑麻接畛餘無地錦繡連城別有春結綬相隨通籍久推車此去辟書新知君不爲山川險便忘吾家叱馭人

送經臣富順寺丞

故人爲縣楚江邊海角猶聞政事傳萬井已安如赤

子一麾今去上青天應開醉眼酴醾下莫起歸心杜宇前報主代親俱有地幾人忠孝似君全

送張卿致仕

子房籌策漢時功身退超然慕赤松餘烈尚能開後世高材今復繼前蹤執鞭始負平生願操几何知此地逢竊食一官慚未艾緒言方賴賜從容

送梅龍圖

子貞家世子雲鄉風力才華豈易當回首古人多隱約致身今日獨輝光謨明久合分三府治劇聊須試一方從此政成何所報百城無事秖耕桑

送李秘校南歸

四十青衫更旅人悠悠飢馬傍沙塵人留上國言空

官田卻走南州食轉覺自作詩書能□心應知時命不
關身江湖勝事從今數肯但悲□歲寞寞吹

送蕭山錢著作

孝高諸彥故無嫌兄弟同時舉孝廉東觀外除方墨
綬西州相見已蒼髯舞靈石下引水清穿寺前□分山翠
入簾好去弦歌聊自慰郡人誰敢慢陶潛

送靈山裴太博

一官留隱太常丞生事蕭然信所窮有志尚賢當世
用無求今見古人風遭迴舊學皆叢菁遶遍指三看各
老翁他日卜居何處好溪山還欲與君同

送趙□文之蜀永康簿

蜀山萬里一青青絕石棧天梯簇簇巒高參學故君尼當易

得小官於此亦從勞行追西路聊班意[illegible]生憶南州欲夢刀他日寄羲之能問我應從錦水至江[illegible]

酬吳季野見寄 時被召來詩以貢謁見方

漫披陳臺學經綸捧擾生平紙爲飄閭[illegible]遇不先從喜早課功無狀取之[illegible]頻豈堪置足青冥上終[illegible]欲回身寂寞人寰俯仰謬恩[illegible]自歎慙君將比洛陽[illegible]

和平甫寄陳正叔

強行南仕莫辭[illegible]聞說田園已曠耘縱使[illegible]一區猶有宅可能三月尚無君豈同元亮傾罇酒[illegible]與靈均續舊文此道廢興[illegible]命在世間騰口任云云

送王太[illegible]致政歸江陵

[illegible]勁命亞三司[illegible]吏相[illegible]得老[illegible]優遊新[illegible]

絳棗丹只載　詩蘆庭餞客無佳句迭共傳丰者

宮貴回首千年一見踈范共疑今事勝當時

送叔康侍御

鄒枚名譽入梁臺此時方急濟時才聖恩應已虛心

待姦黨罕無側目猜白筆豈知權可畏皂囊邀諸上

觀闕竹闕讜論能醫國飛報頻頒驛騎來

寄崇昌叔

清江浸漫遶城流尚憶城邊繫小舟射虎老無韓李

廣劉蕡空欲歲言游雲堙塞路驚塵合霜入春風滿

鬢愁此日君書昔難得漫多鴻鴈楚南洲

九日登東山寄昌叔

城上啼烏破寂寥思君何處坐岧嶢應須綠酒醉黃

菊何必紅裙弄紫簫落木雲連秋水渡亂山煙入夕陽橋淵明久負東籬醉猶分低心事折腰

到舒次龍蒼平甫

夜到江船曉解驂秋城氣象亦潭潭山從樹外青爭出水向沙邊綠半涵行問舊交多不記坐論公瑾少能談只慈地僻無賓客舊學從誰得指南

舒州七月十七日雨

行看野氣來方勇臥聽秋聲落竟慳滂灑未生坳垤水蒼乾空失皖公山火耕又見無遺種肉食何妨有厚顏巫祝萬端曾不救只疑天賜雨工閑

次韻正吾丁端州

莫嗟荒僻又離群且喜風騷嶺北聞詞構桂維然變傲

接竹符還是漢家分春書來逶衡陽鴈秋騎歸看隴首雲相見會知南望苦病骸今似沈休文

答劉季孫

偶著儒冠敢陋今自憐多負少時心輕軒已任人前後揭厲安知世淺深挾筴有思悲慷慨負薪無力病侵淫愧君緑綺虛投贈更覺貧家報乏金

次韻酬王太祝

塵上波瀾不自期飄然身與願相違衰根要路知難植病羽長年欲退飛高論已嗟能聽少力行還恨賦材微慚君俊少今知我一見心如客得歸

寄吳成之

緑髮溪山笑語中豈知翻手兩成翁辛夷屋角摶香

雪躑躅岡頭撓醉紅想見舊山茅徑在近隨今日板輿空渭陽車馬嗟何及榮祿方當與子同

寄曾子固

斗粟猶慙報禮輕敢嗟吾道獨難行脫身負米將求志戮力乘田豈爲名高論幾爲衰俗廢壯懷難值故人傾荒城回首山川隔更覺秋風白髮生

至開元僧舍上方次韻舍弟二月一日之作

溪谷濺濺嫩水通野田高下綠茸茸和風滿樹笙簧雜霽雪兼山粉黛重萬壑有家歸尚隔一塵無地去何從傷春故欲西南望回首蕪城已暮鍾

寄王回深甫

少年倏忽不再得，後日歡娱能幾何。顧我面顔衰更早，憐君身世病還多。窓間暗淡月含霧，船底飄飖風送波。一寸古心俱未試，相思中夜起悲歌。

次韻答彦珍

手得封題手自開，一篇美玉綴玫瑰。眾知圓媚難論彩，自顧窮通敢角才。君卧南陽惟畎畝，我行西路亦風埃。相逢不必嗟勞事，尚欲賡歌詠起哉。

寄闕下諸父兄兼示平甫兄弟

父兄爲學衆人知，小弟文章亦自奇。家勢到今宜有後，士才如此豈無時。久聞陽羨溪山好，頗與淵明性分宜。但願一門皆貴仕，時將車馬過茆茨。

臨川先生文集卷第二十四

# 臨川先生文集卷第二十五

律詩七言八句　七言長篇附

鍾山西庵白蓮亭

贈老寧僧首

次韻舍弟賞心亭即事二首

次韻陳學士小園即事

寄友人

登大茅山

登中茅山

登小茅山

送張仲容赴杭州孫公辟

贈李士寧道人

次韻春日即事
次韻荅陳正叔二首
送崔左藏之廣東
苦雨
江上
午枕
寄石鼓陳伯庸
送熊伯通
送王覃
送明州王大卿
姑胥郭
嚴陵祠堂

藏春塢詩獻刁十四丈學士

太湖恬亭

蒙城清燕堂

次韻酬吳彦珍見寄二首

自金陵如丹陽道中有感

初去臨川

讀史

讀詔書

王太丞邑事之暇過訪山館兼示佳篇

王浮梁太丞聽訟軒有水禽巢于竹林

寄虞氏兄弟

除夜寄舍弟

荅熊本推官金陵寄酒

和錢學士喜雪

送江寧彭給事赴闕

鍾山西庵白蓮亭

山亭新破一方苔白帝留花滿四隈野豔輕明非傳粉秋光清淺不憑材鄉窮自作幽人伴歲晚誰爲靜女媒可笑遠公池上客却因松菊賦歸來

贈老寧僧首

秀骨龐眉倦往還自然淸譽落人間閑中用意歸詩筆靜外安身比泰山欲倩野雲朝送客更邀江月夜臨關嗟予蹤跡飄塵土一對孤峯幾厚顔

次韻舍弟賞心亭即事二首

礎折簷傾野艸傍臺城佳氣已消亡難披榛莽尋千古獨倚青冥望八荒坐覺塵沙昏遠眼忽看風雨破驕陽扁舟此日東飲盡江流萬里長

二

霸氣消磨不復存舊朝臺殿秖空村孤城倚薄青天近細雨侵凌白日昏稍覺野雲成晚霽却疑山月是朝暾此時江海無窮興醒客忘言醉客喧

次韻陳學士小園即事

牆屋雖無好鳥鳴池塘亦未有蛙聲樹含宿雨紅初入草倚朝陽綠更生萬物天機何得喪百年心事不將迎與君杖策聊觀化搔首春風眼向明

寄友人

飄然羈旅尚無涯一望西南百歎嗟江擁涕洟流入海風吹魂夢去還家平生積慘應消骨今日殊鄉又見花安得此身如草樹根株相守盡年華

登大茅山

一峯高出衆山巔疑隔塵沙道里千俯視煙雲來不極仰攀蘿蔦去無前人間已換嘉平帝地下誰通句曲天陳跡是非今草莽紛紛流俗尚師仙

登中茅山

僊然杖屨出塵囂鷄犬無聲到泬寥欲見五芝莖葉老尚攀三鶴羽翰遥容谿路轉迷橫彴仙几風來得隱樵興罷日斜歸亦懶更磨碑蘚認前朝

登小茅山

捫蘿路到半天窮，下視淮洲杳靄中。物外眞游來几席，人間榮願付苓通。白雲坐處龍池杳，明月歸時鶴馭空。回首三君誰更似，子房家世有高風。

送張仲容赴杭州孫公辟

萬屋相誇漆與丹，笑歌長在綺紈間。綵船春戲城邊水，畫燭秋尋寺外山。憶我屢隨遊客入，喜君今赴辟書還。遥知曼倩威行久，赤筆應從到日閑。

贈李士寧道人

李生遨巡居卜肆，彌明邂逅作詩翁。曾令宋賈歎車上，更使劉侯驚坐中。杳杳人傳多異事，冥冥誰識此高風。行歌過我非無謂，唯恨貧家酒盞空。

次韻春日即事

人間尚有薄寒侵和氣先薰草樹心丹白自分齊破蕾青黄相向欲交陰潺潺嫩水生幽谷漠漠輕煙動遠林病得一官隨太守班春無助愧周任

次韻答陳正叔二首

青衫憔悴北歸來髮有霜根面有埃群吠我方憎猘子一鳴誰更識龍媒功名落落求難值日月滔滔去不回勝事與身何等近酒樽詩卷數須開

二

田宅荒涼去復來詩書顏髮兩塵埃忘機自許鷗相狎得禍誰期鶴見媒此道未行身有待古人不見首空回何當水石他年住更把韋編靜處開

送崔左藏之廣東

□石巉巉上坎竇昔人□於此奏簫韶水清但有嘉魚
出風暖何曾毒草無今日淹留君按節當時嬉戲我
垂髫因尋舊政詢遺老爲作新詩變俚謡

苦雨

靈場奔走尚無功去馬來牛道不通風助亂雲陰更
密水爭高岸氣尤雄要時溝洫今多廢下溼京囷久
已空肉食自嗟何所補古人憂國願年豐

江上

村落家家有濁醪青旗招客解袯裯春風似補林塘
破野水遥連草樹高旅食舟車隨處弊行歌天地此
身勞遲回自負平生意豈是明時惜一毛

午枕

百年春夢去悠悠不復吹簫向此留野草自花還自落鳴禽相乳亦相酬舊蹊埋沒開誰尋户欹斜見畫樓欲把一盃無伴倚眼看興廢使人愁

寄石鼓寺陳伯庸

鯨海無風白日開天門當面險難攀塵埃掉臂離長隔琴酒和雲入舊山仁義未饒軒冕貴功名莫信鬼神慳郭東一點英雄氣識常君心夜斗間

送熊伯通

氣[illegible]府逢蓋共傾川塗南北豈忘情事經營路心應[illegible]地入家山眼更明江上月華空自照梅邊春意徐[illegible]遊關河不鑠真消息野寺合猶能聽治聲

送王覃

分走人閒十五年塵土吹髭鬢一蘧然山林渺渺長回首見安紛紛怱滿前知子有上下息奮發嗟余無地與迴旋相看一作泰吴別身世何時兩息肩

送明州王大卿

大曆十星有此州昆雲今駕鹿轓游從來所至羿人亘古莫復能分壓主憂千里封疆何足治一時名跡故應曾屬嚴舊吏雖疲嬾尚可揮毫敵李舟

姑胥郭

髮褫雲巾別故山祗是由越兩間關千家漁火秋風市一葉歸舟暮雨灣旅病愔愔如困酒鄉愁脉脉似連環情知帶眼從前緩更恐顛毛自此斑

嚴陵祠堂

漢庭來見一羊裘默默俄歸舊釣舟遊似磻溪應有待君王西伯可能留崎嶇馮衍才終廢索寞（淵聖御名）譚道不謀勺水果非鱣鮪地放身滄海亦何求

歲春爲詩獻刁十四文學士

蒜山東渡得林丘邂逅籃輿亦少留今日更知萊氏隱暮年長憶武陵遊欲營垣屋隨寧斷尚歎塵沙隔獻酬遙約向吳亭下路春風深駐五湖舟

五湖悟亭

檻臨溪上綠陰圍溪岸高低入翠微日落斷橋人獨立水涵幽樹鳥相依清遊始覺心無累靜處誰知世有機更待夜深同徙倚秋風斜月釣船歸

蒙城清燕堂

清熱新霽得自蒙行吟如到此堂中吏無田甲嘗爲氣民有莊周後世風庭下早知閑木索坐聞遥想御絲桐飄然一往何時得俛仰塵沙欲作翁

次韻酬吴彦珍見寄二首 時彦珍爲教授學有右軍墨也

君作新詩故起予一吟聊復報雙魚杖藜高徑誰來往散帙空堂自卷舒掛外鳥啼催曉種花閒人語趁簡虚春風處處堪攜手何事臨池苦學書

二

篁竹荒茅五畝餘生涯山蔌與泉魚家貧殖貨着過木鄉里傳書比仲舒白日憶君聊遠望青林嗟我似逃虚春風渺渺烏塘尾漫得東來一紙書

自金陵如丹陽道中有感

數百年來王氣消難將前事問漁樵苑方秦地皆蕪沒山借揚州更寂寥荒埭暗雞催月曉空場老雉挾春驕豪華秪有諸陵在往往黃金出市朝

初去臨川

東浮溪水渡長林上坂回頭一拊心已覺省煩非仲叔安能養志似曾參憂傷遇事紛紛出疾病乘虛疊疊侵未有半分求自贖恐填溝壑更霑襟一作馬頭西去百寥落一堪嗟舅旋更苦心已覺背煩非仲叔安能養志似曾參憂傷遇事紛紛出疾病乘虛疊疊侵手把空篇卧空屋欲攻腐須一霑襟音

讀史

自古功名亦苦辛行藏終欲付何人當時黯闇猶承誤末俗紛紜更亂真糟粕所傳非粹美丹青難寫是

精神區區豈盡高堅貞意獨守千秋紙上塵

讀詔書慶曆七年

去秋東出汴河梁已見中州旱勢強日射地穿千里
赤風吹沙度滿城黄近聞急詔收群策頗說新年又
亢陽賤術縱工難自獻心憂天下獨君王

每見王太丞邑事甚冗而劇之暇能過
訪山館兼出佳篇爲贈仰嘆才力因成小
詩

我看繁訟頻搔首君富才明見亦常尚有閑襟尋水
石更留佳句似池塘松菌地合分高下島鶴天教有
短長餘上青雲猶未晚可無音問及滄浪

王浮梁太丞之聽訟軒有水禽三巢于竹

林之上恬而自得邑人作詩以美之因次

元韻

水邊舟動多驚散何事林間近絶疑野意肯從威令至舊巢猶有主人知太王見黍詩不關飲啄春江暖自在飛鳴夏日遲覽德豈無丹穴鳳到時應讓向南枝

寄虞氏兄弟

一身兼抱百憂虞忽忽如狂久廢書疇昔心期俱喪勇此來腰疾更兼虛久聞楊美安家好自度淵明與世疎亦有未歸瀟 日會應相近置田廬

除夜寄舍弟

一尊聊有天涯憶百感翛然醉裏眠酒醒燈前猶是客夢回江北已經年佳時流落真何得勝事蹉跎只

可憐唯有到家寒食在春風四月之瀕溪船

答熊本推官金陵寄酒

鬱金香是蘭陵酒枉入詩人賦詠來庭下北風吹急雪坐聞南客送寒醅淵明未得歸三徑金陵有書廬叔夜猶同把一盃吟罷想君醒醉處鍾山相向白崔嵬

和錢學士喜雪

手把詩翁憶雪詩坐愁窮海一作洋煙霏誰令天上蒼茫合忽見空中散漫飛閶闔與氣生氣勢姮娥交月借光輝山鵲瑟縮相依立邑犬跳梁未肯歸點綴丘園菜樹才埋藏溝塹亂封圻高欺業已傳都市逸興荷當叩隱扉頗欲攜樽邀使騎一作公忘温席薦親聞公今早晚班春去強勸蒡田補歲一作功

送江寧彭給事赴闕

西江望士衆長兼卓犖傳家在一男壯志異時聞吏牘妙齡終日對書龕桂堂發策收科選禝薦領詩豫宴酣六邑援琴聊試可小州懷紱畀才堪分臺拜職榮先入抗疏辭恩恥擅覃介操比松寒不撓忠言如藥苦非甘龍鱗直爲當官觸[illegible]虎穴寧關射利探朱轂歌頭終惱蔓粉闈雞舌更何含均輸北轉荊門籌勸課西臨蜀市蠶期信有兒迎郭伋食貪無逃乞羊曇橐垂鈴棧駝鳴圖節擁崇郊虎視耽歸見虞提瞻斧藻對揚初服改朱藍進班華省資方阜出按窮邊廣翔戢帝命賈琮當冀壯民歌姬妻與次周南投壺選客魚無乙代鼓竟兵驕有[illegible]諳鬢亂撇紅旗杳杳[illegible]三年色

黑盡鬚髮感加諸許風霜書鬼凌遲營雨露涵天斗
時時能劇飲輕裘往仕紙清談乾龍已應天飛五晉
馬徐觀畫接三道在丹臣方自合德絆御長亦謙勲
優蕃膏較平生寵放蕭然皆知雅趣姚委佩去齊廷殖
殖揚於來得府潭潭一冑客評從容盡千里人情委
曲諂豈但揩紳稱召社叹多扶救視彭聘幕中俊文
闕刀筆帳下驍雄冷劍鋌楚地怪須留波蕭肅規疑
欲付曾參從來貴勢公侯冀自是賢名上所貪未信
逸身今以老且當憂國無如恢論心邂逅膠投漆擔
首低個雪滿鬢鎮撫未驚移歲月追攀曾許賞煙嵐
餘歡遠隔新亭餞宿惠難忘舊館驂卷曲尚華知散
樂崢嶸空此詠枯楠

臨川先生文集卷第二十五

# 臨川先生文集卷第二十六

律詩 五言絶句 回紋 六言詩附

聊行
深雲
溝港
霹靂溝
午睡
題齋安壁
昭文齋
臺上示吳愿
示道原
傳神自讚

題何氏宅園亭
草堂一上人
題黃司理園
北山洊亭
題永昭陵
詠穀
池上看金沙花數枝過酴醾架盛開
五柳
移松皆死
山中
送王補之行風忽作因題四句於舟中
被召作

南澗樓

南浦

題定林壁懷李叔時

離蔣山

江上

春雨

歸燕

和惠思波上鷗

秣陵道中口占二首

次青陽

代陳景元書于太一宮道院壁

山鷄

雜詠四首

卧聞

秋興有感

題八功德水

口占

偶書

送陳景初

泊姚江

樓上

春晴

淨相寺

將母

朱朝議移法雲院蘭

晚歸

題舫子

惠崇畫

蒲葉

芳草

與徐仲元自讀書臺上定林

病中睡起折杏花數枝二首

送望之赴臨江守

送丁廓秀才歸汝陰

送王彥魯

送呂望之

別方劭秘校
梅花
紅梅
病起過寶覺
書定林牕
題徐浩書法華經

回紋詩

碧蕪
夢長
迸月
泊鴈

六言詩

題西太一宫壁二首

西太一宫樓

聊行

聊行弄芳草獨坐隱團蒲問客茅簷日君家有此無

漾霙

漾霙爲柳葉翦水作梨花不是春風巧何緣有歲華

溝港

溝港重重柳山坡處處梅小輿穿麥過狹徑礙桑回

靄靄

靄靄西路柴荊四五家憶曾騎款段隨意入桃花

午聽

簷日陰陰轉林風細細吹悄然殘午夢何許一黃鸝

題齋安壁

日淨山如染風暄草欲薰梅殘數點雪麥漲一溪雲

昭文齋米叢題睬定林訥嵒田作

我自宗山客何緣有此名當緣琴不鼓人不見虧成

書上示吳愬

細書妨老讀長簟愜昏眠取簟且一息拋書還少年

示道原

久不任城市山田心懷然修芳可攬結佇子飲雲泉

傳神自讚

此物非他物今吾即故吾今吾如可狀此物若爲摹

題何氏它閣亭

荷葉參差卷檜花次第開但令心有賞歲月任渠催

草堂一上人

一公持一鉢想復度遥岑地瘦無黃犢春來草更深

題黃司理園

爲憶去年梅凌寒特地來門前空藹盡渾未有花蘂

北山游亭

西崦水泠泠沿岡有游亭自從春草長遥見秪青青

題永昭陵

神闕澹朝暉蒼蒼露未晞甚能重不可望長老涕霑衣

詠榖

可憐臺上榖轉目已陰繁不解詩人意何爲鑿後園

池上看金沙花數枝過酴醾架盛開

故作酴醾架金沙秪謾栽似矜顔色好飛度雪[illegible]間

五柳

五柳柴桑宅三楊白下亭往來無一事長得見青青

移松皆死

李白今何在携栽已索然君看赤松子猶自不長年

山中

隨月出山去尋雲相伴歸春花上露芳氣著人衣

送王補之行風忽作因題四句於舟中

灘口西風急君行定幾時故今夜月未便照相思

被召作

榮祿豈何及明恩愧未酬欲西掖路更上北山頭

再題南澗樓

北山雲漠漠南澗水悠悠去非吾願臨分更上樓

南浦

南浦隨花去迴舟路已迷暗香無覓處日落畫橋西

題定林壁懷李叔

雲與淵明出風隨禦寇還燎原無伏火蕙帳冷空山

離蔣山

出谷頻回首逢人更斷

江上

江水漾西風江花脫晚紅離情被橫笛吹過亂山東

春雨

苦霧藏春色愁霖病物華幽尋無可奈薤醑一杯霞

歸燕

馬上逢歸燕知從何處來今貪尋舊壘不去不肯銜書迴

和惠思波上鷗

翻翻白鳧鷗汎汎水中游西風久不見夢想在滄洲

秣陵道中口占二首

經世才難就田園路欲迷殷勤將白髮下馬照青溪

二

歲熟因家樂秋風客自悲茫茫曲城路歸馬日斜時

次青陽

十載江湖邊歸期尚眇然秋風一乘傳更覺負林泉

代陳景元書于太一宮道院壁

官身有吏責觸事遇嫌猜野性豈堪此廬山歸去來

山雞

山雞照淥水自愛一何愚文采為世用適足累形軀

雜詠四首

故畦拋汝不新壟寄[illegible][illegible]山爲問揚州月何時照我還

二

已作湖陰客如何更遠遊章江昨夜月送我到揚州

三

證聖南朝寺三年到一回不知牆下路今日幾[illegible][illegible]

四

桃李石城塢蒲田三[illegible][illegible]菁柴荊常自閉花發少人知

臥聞

臥聞黃栗留起見白符鳩坐引魚兒戲行將[illegible][illegible]遊

秋興有感

宿雨清畿甸朝陽　帝城豐年人樂業隴上踏歌聲

題八功德水

欲尋阿練若，只是此東岡。澗谷芳菲少，春風著野蠶。

口占

去歲別南嶽，前年過澇澧。臨機一句子，今日還同參。

偶書

惟也營身足，聰兮誤殺多。捐書知聖已，絕學奈禽何。

送陳景初金陵侍服舉族貧病煩君藥石之功

舉族貧兼病，煩君藥石功。長安何日到，一一問歸鴻。

泊姚江

軋軋櫓聲急，蒼蒼江日低。吾行有定止，潮汝自東西。

樓上

南浦漾舟中客徘徊樓上人滄波浩無主兩槳邈難親

春晴

新春十日雨雨晴門始開靜看蒼苔紋莫上人衣來

淨相寺

淨相前朝寺荒凉二十秋曾遭滅劫壞今爲壽緣修

將母

將母邢溝上留家白紵陰月明聞杜宇南北總關心

來朝議移法雲蘭

幽蘭有佳氣千載閟山阿不出阿蘭若豈遺乾闥婆

晚歸

岸迥亘亘柳川氣渺渺河不愁南浦暗歸侍有堂萱

題舫子

愛此江邊好留連至日斜眠分黃犢草坐占白鷗沙

惠崇畫

斷取滄洲趣移來六月天道人三昧力變化只和鉛

蒲葉

蒲葉淸淺水杏花和暖風地偏緣底綠人老為誰紅

芳草

芳草知誰種緣階已數叢無心與時競何苦綠怱怱

與徐仲元自讀書臺上定林

貴絕瀑浸度深尋舉明行百年同逆旅一壑表平生

病中睡起折杏花數枝二首

獨臥南窗榻翛然五六旬已聞鄰杏好故挽一枝春

二

獨臥無心起春風閒寂寥鳥聲誰喚汝屋角故相撩

送望之赴臨江

黄雀有頭顱長行萬里餘想因君出守暫得免 苴

送丁廓秀才歸汝陰

風駛柳條乾駝裘未勝寒慇懃陌上日爲客暖征鞍

送王彥魯

北客憐同姓南流感似人相分豈相忘臨路更情親

送呂望之

池散田田碧臺敷灼灼紅年華豈有盡心賞亦無窮

別方劭秘校

逗逗建業水中有武昌魚別後應相憶能忘數寄書

梅花

墻角數枝梅凌寒獨自開遥知不是雪爲有暗香來

紅梅

春半花纔發多應不奈寒北人初未識渾作杏花看

病起過寶覺

戟手乍欣悵霜毛應更新依然舊童子却怨夢前身

書定林院窗閩達大師云夜來夢與說十波羅蜜

道人今輟講卷衲寄松蘿夢說波羅蜜當如習氣何

題徐浩書法華經

一切法無差水牛生象牙豈將無量義欲覓妙蓮華

碧蕪同前

碧蕪平野曠黄菊晚村深[illegible]留甘飲身閑景暫吟

亭長

夢長隨永漏吟苦雜踈鐘動蓋荷風勁沾裳菊露濃

迸月

迸月川魚躍開雲嶺鳥翻徑斜荒草惡臺廢古花繁

泊鴈

泊鴈鳴深渚收霞落晚川柝隨風斂陣樓映月低弦

漠漠汀帆轉幽幽岸火然壑危通細路溝曲繞平田

題西太一宮壁二首 六言

草色浮雲漠漠樹陰落日潭潭一作柳葉鳴蜩綠暗晴時花落日紅酣

三十六陂流一作春水白頭想見江南

二

三十年前此路一作地父兄持我東西今日重來白首

欲尋陳迹都迷

西太一宫樓

草際芙蕖零落水邊楊柳欹斜日暮炊煙孤起不知魚網誰家

臨川先生文集卷第二十六

臨川先生文集卷第二十七

律詩七言絶句

歌元豐五首

某

題畫扇

夢

清明

東岡

春郊

元日

九日

初晴

南蕩

芙蕖

濤西

東皐

一陂

園蔬

翛然

杖藜

圖書

老嫌

移[illegible]

誰[illegible]

雪乾
鶯燕
竹裏
遣意
秋雲
春風
陂麥
木末
進字無咎之二首
窺園
嘲白髮
代白髮答

外制遺文之二　絶

初夏即事

千蹊

和陳公秀才金陵書事

和耿憲天騭以竹冠見贈四首

和郭功甫

葉致遠置洲田以詩言志次其韻四首

次昌叔韻

次張唐公韻

次俞秀老韻

酬宋廷評請序經解

送耿天騭至渡口

永慶院送道原[illegible]詩要

送方劭秘校

芙蓉堂二首 失

長干釋普濟坐化 失

歌元豐五首

水滿陂塘穀滿篝，漫移蔬果亦多收。神林處處傳簫鼓，共賽元豐第二秋。

二

露積成山百種收，漁梁亦自富鰕鰌。無羊說夢非真事，豈見元豐第二秋。

三

湖海元豐歲又登，稆生猶足暗溝塍。家家露積如山

壟黃髮咨嗟見未曾

四

放歌扶杖出前林遥和豐年擊壤音曾侍土階知帝力曲中時有譽堯心

五

豚柵雞塒晻靄間暮林搖落獻南山豐年處處人家好隨意飄然得往還

棊

莫將戲事擾真情且可隨緣道我贏戰罷兩奩分（一作收）白黑一枰何處有虧成

題畫扇

玉斧修成寶月團月邊仍有女乘鸞青冥風露非人

雲鬢亂釵斜特地寒

夢

黃粱欲熟且留連漫道春歸莫悵然蝴蝶豈能知夢
事蘧蘧飛盡晚花前

清明

東城酒散夕陽遲南陌鞦韆寂寞垂人與長鉼卧芳
草風將急管度青枝

東岡

東岡歲晚一登臨共望長河映遠林萬竅怒号風喪
我千波競瀉水無心

春郊

青秧漫漫水初齊雞犬遥聞路却迷但見山花流出

來那知不是武陵溪

元日

爆竹聲中一歲除東風送暖入屠蘇千門萬户曈曈日爭插一作總把新桃換舊符

九日

九日無歡可得追飄然隨意歷山陂蕭陵西崗一作回風煙慘一作也有黃花一兩枝

初晴

幅巾慵整露蒼華度隴深尋一徑斜小雨初晴好天氣晚花殘照野人家

南蕩

南蕩東陂水漸多陌頭車馬斷經過鍾山未放朝雲

散棄此黄梅細雨何

芙蕖

芙蕖耐夏復宜秋　一種今年偏滿灊南蕩東陂無比

物但隨深淺見游儵

灊西

灊西直下看芙蕖葉底三三兩兩魚若比濠梁應更

樂近人渾不畏舂鉏

東臯

東臯攬結知新歲西崦攀翻憶去年肘上柳生渾不

管眼前花發即欣然

一陂

一陂（陂一作）潑水蔣陵西含風卻轉向六城齊周遭碧銅

屢作菴畱塞綠錦剪成畦

園蔬

園蔬小摘嫩還抽畦稍新春滑欲流抗篁一不發隨處有飽餐甘寢更無求

翛然

翛然三月閉柴荊綠葉陰陰忽滿城自是老年遊興少春風何處不堪行

杖藜

杖藜隨水轉東岡興罷還來赴一牀堯桀是非時入夢固知餘習未全忘

圖書

圖書老矣尚紛披神劓天黥以有知若竹結蟠頭一

偈却尋三界外愚癡

老嫌

老嫌智巧累形軀欲就田翁學破除百歲用癡能幾許救吾黥劓可無餘

移柳

移柳當門何啻五穿松作徑適成三臨流遇興還能賦自比淵明或未慚

誰將

誰將石黛染春潮復撚黃金作柳條西崦東壖從此好箇輿追我莫辭遥

雪乾

雪乾雲淨見遥岑南陌芳菲復可尋換得千顰爲一

本頁原本闕，現據《中華再造善本·臨川先生文集》校補。

笑春風輸柳萬黃金

南浦

南浦東岡二月時物華撩我有新詩含風鴨緑粼粼起弄日鵝黄裊裊垂

竹裏

竹裏編茅倚石根竹莖踈處見前村閑眠盡日無人到自有春風爲掃門

隨意

隨意柴荆手自開沿岡度壍復登臺小橋風露扁舟月迷鳥羇雌竟往來

秋雲

秋雲放雨静山林萬竅崩湍共一音欲記荒寒無善

本頁原本闕，現據《中華再造善本·臨川先生文集》校補。

畫工傳悲壯有能否

春風

春風過柳綠如繅晴日蒸紅出小桃池暖水香魚出處一環清浪湧亭皋

陂麥

陂麥連雲慘淡黃綠陰門巷不多涼更無一片桃花在借問春歸有底忙

木末

木末北山煙冉冉草根南澗水泠泠繅成白雪桑重綠割盡黃雲稻正青

進字說二首

正名百物自軒轅野老何□强討論但可與人漫醬

詎豈能令鬼哭黄昏

二

鼎湖龍去字書存開闢神機有聖孫湖海老臣無四目謾將糟粕汗脩門

窺園

杖策窺園日數巡攀花弄草興常新董生只被公羊惑豈信捐書一語眞

嘲白髮

久應飄轉作蓬飛眷惜冠巾未忍違種種春風吹不長星星明月照還稀

代白髮答

從衰得白自羞慚[illegible]爾還看取去春榮[illegible]

秀會須秋葉向人稀

外廚遺火二首

竈鬼何爲便赫然，似嫌刀机苦無膻。圖書得免同煨燼，却賴廚人清不眠。

二

青煙散入夜雲流，赤焰侵尋上瓦溝。門户便疑能炙手，比鄰何苦却焦頭。

初夏即事

石梁茅屋有彎碕，流水濺濺度兩陂。晴日暖風生麥氣，綠陰幽草勝花時。

千蹊

千蹊百隧散林丘，圖畫風煙一色秋。但有興來隨處

臨川集二十七

好楊朱何苦漭橫流

和陳輔秀才金陵書事

南郭先生比鶂鶂年年過我未應期作論王謝當時事大抵烏衣秖舊時

和耿天騭以竹冠見贈四首

竹根殊勝竹皮冠欲著先須短髮乾要使山林人共見不持方帽禦風寒

二

無物堪持比此冠竹皮柔脆穀皮乾故人戀戀綈袍意豈爲哀憐范叔寒

三

玉[illegible]金閒信好冠錯刀剸出蘚紋乾不忘君意常居

着要使權盟未可集

四

冠工新意斷檀欒峯會雲蒸久未乾遺我山稀真自稱何須貂蟬配金寒

和郭公韻

目欲相邀卧看山扁舟自可送君還留連城郭今如此知復何時伴我閑

葉致遠買洲田久詩言志次其韻二首

吟歎君詩久掉頭知君與不負滄洲土山欲爲李曇睹且可尋心學奕秋

二

若將有限討無涯自圃真同算海沙隨傾豈緣尋實

劇莫言河清是吾家

又次葉致遠韻二首

庵成有興亦尋春風暖荒萊步步今看遇好花須一
笑豈妨迎棄杜多身

二

時時看尚冒春秋豈比衰翁遠自投智略未應施畎
畝上前他日望吾丘

次呂叔韻

寄公無國寄鍾山垣壓青蕪晻靄闌長以聲音爲佛
事野風蕭颯水潺湲

次張唐公韻

憶昨同追八馬蹄約公移杖此山棲公乘白鳳今何

慶我適新年值白鷄

次俞秀老韻

解我慈珍戟盃勞暮年廿舉子同袍新詩比舊增奇

峭若詩追韓莫太高

酬宋廷評請序經解

未曾相識已相攜香火靈山亦有緣訓經雖工君尚

少不應忽務世人傳

送歐天隱至渡口

雪雲江上語依依不比尋常恨有遺四十餘年忘莫

送故人如我與君稀

承慶院送道原還儀真作詩要之

嵗暮青條已見勸餘花次第相爭闘誰向無此山林

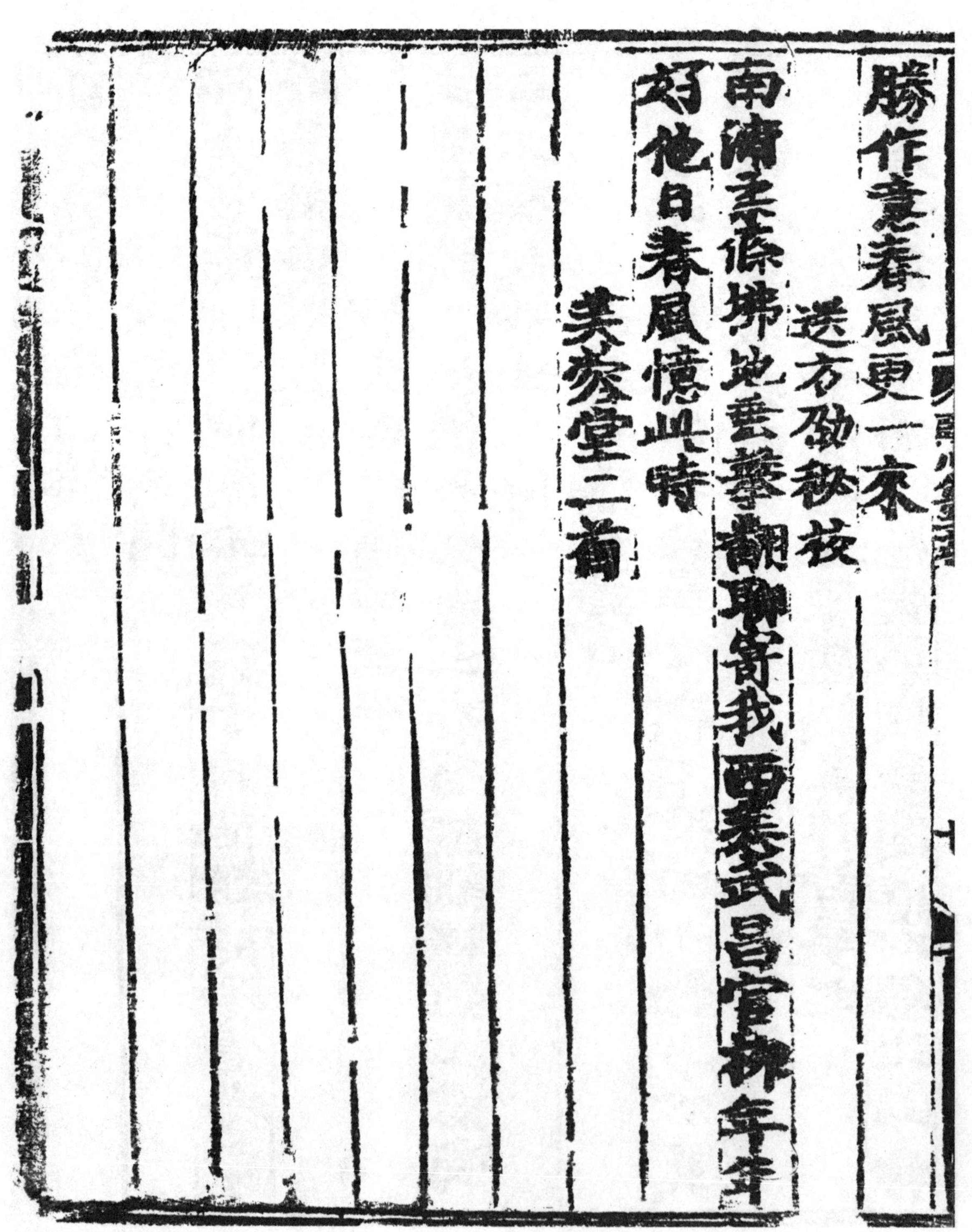

勝作意春風更一來

　　送方劭秘校

南浦差池拂地垂攀翻聊寄我西來武昌官柳年年好他日春風憶此時

　　芙蓉堂二首

# 臨川先生文集卷第二十八

## 律詩　七言絶句

送黄吉甫入京題清涼寺壁

與道原自何氏宅步至景德寺

過法雲

光宅寺

題勇老退居院

與寶覺宿龍華院三絶

清涼白雲庵

自定林過西庵

歸庵

雪中遊北山呈廣州使君和叔同年

謝安墩二首
東陂二首
山陂
欲往北山以雨止
耿天騭惠梨次韻奉酬三首
北山有懷
定林
封舒國公三首
北陂杏花
五更
與薛肇明弈棊賭梅花詩輸一首
又代薛肇明一首

溝上梅花欲發

江梅

耿天騭許以浪山千葉梅花

與天騭宿清凉廣惠僧舍

池上看金沙花數枝過酴醿架盛開二首

北山

詠菊二首

楊柳

北山道人栽松

山櫻

償薛肇明秀才榿木

馬斃

出郊
懷府園
江口二首
蔣山手種松
中年
寄四姪旊二首
寄吴氏女子
寄蔡天啓
呈陳和叔二首
招葉致遠
招楊德逢
和叔招不往

和叔雪中見過

俞秀老忽不見

與耿天騭會話

送黄吉甫入京題清涼寺壁

薰風洲渚薺花繁看上征鞍立寺門投老難堪與君别倚江從此望還轅

與道原自何氏宅步至景德寺 元豐七年三月十九日

前時偶見花如夢紅紫紛披競淺深今日重來如夢覺靜無餘馥可追尋

過法雲

路過潮溝八九盤招提雪脊隱雲端金鋤一一花搜老翠被重重山更寒

光宅寺 梁武帝宅也其地齊安隔淮齊武帝宅也宋興又在其地

齊安孤起宋興前光宅相仍一水邊蜂分蟻爭今未見故宮遺址尚依然

題舅老退居院

道人投老寄山林偶坐脩然洗我心夢境比身能且在明年寒食更相尋

與寶覺宿龍華院三絕句 舊有詩云京口瓜洲一水間鍾山只隔數重山春風自綠江南岸明月何時照我還

老於陳迹倦追攀但見幽人數往還憶我小詩成悵望鍾山只隔數重山

二

世間投老斷攀緣忽憶東遊已十年但有當時京口

月與公隨我故依然

三

與公京口水雲間問月何時照我還邂逅我還還問月何時照我宿金山

清涼白雲庵

庵雲作頂峭無鄰衣月爲衿靜稱身木落岡巒因自獻水歸洲渚得横陳

自定林過西庵

午雞聲不到禪林柏子煙中靜擁衾忽憶西巖道人語杖藜尋興得幽尋

歸庵

稻畦藏水綠秧齊松鬣初乾尚有泥縱蹇尋岡歸獨

卧東菴夜夢午時雞

雪中遊北山呈廣州使君和叔同年

南州歲曉亦花開有底崎嶇逆雪來看取鍾山如許雪何須眞壽嶺頭梅

謝安墩二首

我名公字偶相同我屋公墩在眼中公去我來墩屬我不應墩姓尚隨公

二

謝公陳迹自難追山月淮雲祇往時一去可憐終不返暮年垂淚對桓伊

東陂二首

東陂留雨卧黃雲[illegible]水翻叢臨壠分秦[illegible]

晚腰鐮今已紛紛

二

荷葉初開筍漸抽東陂南蕩正堪遊無端隴上翛翛
麥橫起寒風占作秋

山陂

山陂院落今榛棘城郭樓臺已丘墟白髮逢春唯有
睡睡聞啼鳥亦生憎

欲往北山以雨止

北山朝氣潤高秋欲往愁霑獨少留嵐葉綠同初
日興靄雲盡復可休

歐天叟惠果次韻奉謝

故人家果獨難忘秋實初成便得嘗直使紫花形味

勝豈能終日望咸陽

二

淮圃新登一日試涼分甘每得助秋嘗袁公大谷華云美誰肯苞苴出晉陽

三

甘蔗南北共傳誇栽接還如老圃家詎謂交梨非外藝因君澆灌已萌芽

北山有懷

香火因緣寄此山主恩投老更人間傷心躑躅岡頭路明日春風自往還

定林院

窮谷經春不識花新松老栢自欹斜慇懃更上山頭

望白下城中有幾家

封舒國公三首

陳迹難尋天柱源蹟封投老誤明恩國人欲識公歸處楊柳蕭蕭白下門

二

桐鄉山遠復川長紫翠連城碧滿隍今日桐鄉誰愛我當時我自愛桐鄉

三

聞國桐鄉已白頭國人誰復記前遊故情但高入瀘水轉入東江向我流

北陂杏花

一陂春水繞花身花影妖嬈各占春縱被春風吹作

雪絶勝南陌碾成塵

五更

青燈隔幔映悠悠小雨含煙凝不流香盡荳葦已無

夢五更祠禁强知秋

與薛肇明奕碁賭梅花詩輸一首

華髮尋春喜見梅一株臨路雪培堆鳳城南陌他年

憶香夢隨驛使來

又代薛肇明一首

野水荒山寂寞濵芳條弄色最關春故將明艷凌霜

雪未怕青腰玉女嗔

讌二十二弟出欲發

遥宿青陵臨瀟灑縣款令告孝映雪莫恨夜來無伴

信月明[illegible]卷三十[illegible]

江梅

江南歲盡多風雪也[illegible]紅綠萼淺春顏色凌寒慘澹不應摇落始愁人

耿天隲許浪山千葉梅見寄

開有名花即謾栽殷勤準擬故人來故人歲歲相逢晚一作見[illegible]復[illegible]看幾度開

與天隲宿清涼廣惠僧舍

故人不惜馬蹄隤許我年年一度來野館論詩無準擬與君對殖浪山梅

池上看金沙花數枝過酴醾架盛開二首

午陰寛占一方苔暎水前年坐看栽紅蘂似嫌塵染

芳青條蕤上別枝開

二

酴醾一架最先來夾水金沙次第栽濃綠扶疎雲對
起醉紅撩亂雪爭開

北山

北山輸綠漲橫陂直塹回塘灧灧時細數落花因坐
久緩尋芳草得歸遲

詠菊二首

補落迦山傳得種閻浮檀水染成花光明一室真金
色復似毗耶長者家

二

院落秋深數菊叢綠花錯莫兩三蜂蜜房歲晚能多

詠菊

少酒盞重陽自不供

楊柳

楊柳杏花何處好石梁茅屋雨初乾綠垂靜路要深駐紅寫清陂得細看

北山道人栽松

陽坡風暖雪初融度谷送香積聲重磊砢拂天吾所愛他生來此聽樓鐘

山櫻

山櫻抱石蔭松枝比並餘花發最遲賴有春風嫌寂寞吹香渡水報人知

償薛肇明秀才櫧木

濯錦江邊木有櫧小園封植佇華滋地偏或免[illegible]

雖伐歲晚聊同庾信移

馬甕

恩寬一老寄松菊晏卧東窗度幾春天廐賜駒龍化去讒容小蹇裁閒身

江郊

川原一片綠交加溪樹冥冥不見花風日有情無處著初晴光景到桑麻

懷滄洲

欞陰過雨盡漸秋盆底看雲映水流忽憶小金山下路綠蘋稀處看游鯈

江寧夜泊二首

鍾山咫尺被雲埋何況南樓與北齋昨夜一月明江上

夢逐隨潮水到秦淮

二

日西江口落征帆卻望城樓淚滿衫從此夢歸無別
路破頭山北北山南

蔣山手種松

青青石上歲寒枝一寸豈敢剪手自栽聞道近來高數
尺此身蕭柳故應衰

中年

中年許國鄙辭夢晚歲還家壙埌遊南望青山知不
遠五湖春草入扁舟

寄四姪旋

數篇詩往聊勸歡哈忽見封題手自開春草已生無好

句向蓬空覆夢中來

二

一日東岡上幾迴百重雲水隔蘇臺一作一日東岡望百迴[illegible]雲水隔蘇臺遙知別後詩無數黃大歸時總寄來

寄吳氏女子

夢想平生在一丘暮年方此得優游江湖相忘真魚樂怪汝長謠特地愁

寄蔡天啓

杖藜緣塹復穿橋誰與高秋共寂寥佇立東岡一搔首冷雲衰草暮迢迢

呈陳和叔

[illegible]一作數[illegible]長[illegible]操[illegible]牟一徑森陰[illegible]

百囊衣新從舍去杖藜從此登喜客來

二

數椽庳屋茨生草三畝荒園種晚蔬來日終無一杯酒可能留得故人車

招葉致遠

白下長干一水間竹雲新筍已斑斑明朝若有扁舟興落日潮生尚可還

招揚德逢

山林投老倦紛紛獨臥看雲却憶君雲尚無心能出岫不應君更懶於雲

和叔招不往

門前秋水可揚舲有意西尋白下亭只欲往來眞邂

迨卻嫌招隱苦丁寧

和叔雪中見過

帶書去寄老山林無復追緣(緣一作尋)往事心忽值故人乘雪興玉堂前話得重尋

俞秀老忽然不見

忽去飄然遊冶盤共疑枝葉在渠端禪心暫起何妨寂道骨雖清不畏寒

與耿天騭會話

邯鄲四十餘年夢相對黃粱欲熟時萬事秖如空鳥迹怪君強記尚能追

臨川先生文集卷第二十八

# 臨川先生文集卷第二十九

## 律詩七言絕句

與道原過西莊遂遊寶乘

庚申正月遊齊安

庚申正月遊齊安有詩壬戌正月再遊

壬戌正月晦與仲元自淮上復至齊安

壬戌五月與和叔同遊齊安

成字詩後與曲江譚君丹陽蔡君同遊齊安

元豐二年十月政公改路故作此詩

書定林院窗

同熊伯通自定林過悟真二首

悟真院

傳神自讚
定林院招文齋
經局感言
鍾山晚步
散薬
書靜照師塔
記夢
勸會賀蘭溪主
書湖陰先生壁二首
過劉全美所居
書何氏宅壁
題永慶壁有雱遺墨數行

江寧府園示元度

金陵郡齋

戲示蔣頴叔

遊城東示深之德逢

麗澤門

示公佐

示俞秀老二首

示李時叔二首

示寶覺二首

仲元女孫

示永慶院秀老

示王鐸主簿

戲城中故人

戲贈段約之

示俞處士

懷張唐公

憶金陵三首

離昇州作

望淮口

入瓜步望楊州

泊船瓜洲

重過余婆岡市

秦淮泛舟

中書即事

萬事

寄金陵傳神者李士雲

贈外孫

東流頓令罷官舩風水文書以四句

楊德逢送米與法雲二老作此詩

送黃吉父將赴南康官歸金谿三首

與道原過西莊遂遊寶乘

周顒宅作阿蘭若婁約身歸窣堵波今日匽侯孫亦老偶尋陳迹到煙蘿（一作朝僧銅屏舊尋野僧陳迹在無義）

庚申正月遊齋安

水南水北重重柳山後山前處處梅未即此身隨物化年年長趁此時來

庚申正月遊齊安有詩云水南水北重重
柳　壬戌正月再遊
祖巖詩壁漫書換急急龍忽愁進春光值曰難能不
死愁饒春色稱美來
　壬戌正月晦與德逢元白老上復三君會
亂壑桑荊處處臨書氣泛浮水洄洄處行者剩年
霜香畫梅花看竹來
　壬戌五月與和叔同遊齊安
繰成白雪桑重綠一云割盡黃雲稻正青只宅日三宣揮鶴
手老時同此臨林一同
　成字饑饑賦此江謂長人來季遊齊
安

策事如毛久苦諸君共此勞遲望南山堪散
故尋兩路一登高

元豐三年十月政公啟路故作此詩

獨龍東路得平岡始免遊人履齒妨更有主林身半
現與公隨轉作陰涼

書定林院牕與安大師同宿既曉問昨夜有何夢師云有數夢皆忘記

竹鷄呼我出華胥起滅篝燈擁燎鑪試問道人何所
夢但言渾忘不言無

同熊伯通自定林過悟真二首

與客東來欲試茶倦投松石坐欹斜暗香一陣連風
起知有薔薇澗底花

二

城郭紛紛老倦尋幅巾來寄北山岑長遭客子留連我未快穿雲涉水心

悟真院

野水從横漱屋除午牕殘夢鳥相呼春風日日吹香草山北山南路欲無

傳神自讚

我與丹青兩幻身世間流轉會成塵但知此物非他物莫問今人猶昔人

定林院昭文齋

定林齋後鳴禽散只有提壺守屋簷若勸道人沽美酒不應無意引陶潜

經局感言 罷相出守江寧仍領經局

自古能全已不才，豈論騏驥與駑駘。放歸自食情雖適，絡首猶存亦可哀。

鍾山晚步

小雨輕風落楝花，細紅如雪點平沙。槿籬竹屋江村路，時見宜城賣酒家。

散髮

散髮東岡亦已勞，橫塘西轉有亭皋。縈紆度屋向詩柳，花落盡填溝無數桃。

書靜照師塔

簡老已歸黃土陌，淵師今作白頭翁。百憂三十餘年事，厚迹山林草野中。

記夢 辛酉九月二十二夜夢高郵士山道人掛轉山北集雲峯爲長老，已而至

化復出山南興國寺與余同時一遇擢壇山片竹數寸上饒生綠鬚余藏之余來索
畢作詩與之

月入千江體不分道人非復世間人鍾山南北安禪地香火他時共一作兩身

勸會賀蘭溪主賀蘭溪路京畿一名陳繹買地築居於郷中問之

賀蘭溪上幾株松南北東西有幾峯買得住來今幾日尋常誰與坐從容

書湖陰先生壁二首

茅簷長掃靜無苔花木成畦手自栽一水護田將綠遶兩山排闥送青來

二

桑條索漠柳花繁風斂餘香暗度垣黃鳥數聲殘午

夢尚疑身寓圭圭山國

過劉全美所居

西崦晴天得彊扶出社初知有故人居數能過我論奇字當復令公見異書

書何氏宅壁

有興提魚就公貰此言雖在已三年睆灤終負幽人約空對湖山坐惘然

題永慶壁有雱遺墨數行

永慶招提墨數行歲時風露每悽傷殘骸豈久人間世故有情鍾未可忘

江寧府園示元度

圭一船南北水遙通日暮幅巾篁竹中行到月臺望翠

碧背人飛過子城東

金陵郡齋

談經投老捹悠悠爲吏文書了即休淨炷鑪煙一作香閉齋閤臥聽簷雨瀉高秋

戲示蔣穎叔

扶衰南陌望長楸燈火如星滿地流但怪傳呼殺風景豈知禪客夜相投

遊城東示深之德逢

欲享淮舸共尋源且踏青青繞杏園憶我舊詩光宅路依然桑柳映花繁

麗澤門

麗澤門西日未餔水明沙淨卷纖維綠疊洲渚青瑤

時得與詩工敢琢磨

示公佐

殘生傷性老耽書年少東來復起予各據槁梧同不寐偶然聞雨落堦除

示俞秀老二首

不見故人天際舟小亭殘日更回頭繰成白雪三千丈細草孤雲一片愁

二

君詩何以解人愁初日紅蕖碧水流未怕元劉妨獨步每思陶謝與同遊

示李時叔二首

知子烏絃意在山一官聊復戲人間能爲白下京南

蔚蒸板橋市得芭還

千山動我髮摧鬱清坐求看十日留勢利白頭何是道古人傾蓋有綢繆

示寶覺二首

火輭窗明粥一盂晨興相對寂無魚超然雲寺山林外別有禪天好淨居

二

重將壞色染衣裙共臥鍾山一片雲客舍黃粱今始熟鳥殘紅柿昔曾分

仲元女孫

雙鬟嬉戲我庭除爭挽新花比[illegible][illegible][illegible]偷[illegible][illegible]結香纓知不

又次翁那更鍾韻記鬚

示永慶院秀老

禪房借枕得重敧深樾迴環儼然堂上門詩嗟我與公皆老矣拂天松栢見栽時

示王驛主簿

君正壯時我正闌如何同得到鍾山東門二十年前事回首黃塵一夢間

戲城中故人

城郭山林路半分君家塵土我家雲莫吹塵土來汚我我自有雲持寄君

戲題段約之

竹栢相望數十松藕花多處宿開亭如何更欲過南

壕割義鐘山一半青

示俞處士

魯山眉宇人不見只有歌辭來向東借問樓前踏手舞何如雲卧唱松風

懷張唐公

直諒多爲世所排有懷長向我論開暮年惆悵誰知此南陌東阡獨往來

憶金陵三首

覆舟山下龍光寺玄武湖畔五龍堂想見舊時遊歷處煙雲渺渺水茫茫

二

煙雲渺渺水茫茫繚繞蕪城一帶長蒿目黄塵憂世

事追思陳迹故難忘

三

追思陳迹故難忘，翠木蒼藤一水方。聞說濤瀘今更好，好隨殘汴理歸艎。

離昇州作

殘菊冥冥風更吹，雨如梅子欲黄時。相看握手揔無語，愁滿眼前心自知。

望淮口

白煙彌漫接天涯，黯黯長空一道斜。有似錢塘江上望，晚潮初落見平沙。

入瓜步望揚州

落日平林一水邊，蕪城掩映秖蒼然。白頭追想當時

事幕府青衫最少年

泊船瓜洲

京口瓜洲一水間鍾山祇隔數重山春風自綠江南岸明月何時照我還

重過余婆岡市

憶我東遊未有鬚扶衰重此駐肩輿市中年少今誰在曾見當街六十餘

秦淮泛舟

彊扶衰病牽淮舸尚怯春風泝午潮花與新吾如有意山於何處不相招

中書即事

投老翛然爲世網嬰低徊終恐負平生何時白土岡頭

路渡水穿雲取次行

萬事

萬事黄粱欲熟時世間談笑漫追隨雞蟲得失何須算鵬鷃逍遥各自知

寄金陵傳神者李士雲

衰容一見便疑真李子揮毫故有神欲去鍾山終不忍謝渠分我死前身

贈外孫

南山新長鳳凰雛眉目分明畫不如年小從他愛梨栗長成須讀五車書

東流頓令罷官阻風示文有按風伯奏天閽之語答以四句

令尹犀舟失去期，憮然凭几占文移。勸君慎莫輕風伯，會有開帆破浪時。

楊德逢送米與法雲二老作此詩

盧仝不出僧流俗，我卜郊居避俗僧。仝有鄰僧來乞米，我今送米乞鄰僧。

送黄吉父將赴南康官歸金谿三首

柘岡西路白雲深，想子東歸得重尋。亦見舊時紅躑躅，爲言春至每傷心。

二

還家一笑即芳辰，好與名山作主人。邂逅五湖乘興往，相邀錦繡谷中春。

三

歲晚相逢喜且悲莫言風日恨如遲我[illegible]遥新當

客後會有無那得知

臨川先生文集卷第二十九

臨川先生文集卷第三十

律詩七言絶句

金陵即事三首

烏塘

柘岡

城北

金陵

午枕

州橋

觀明州圖

九日賜宴瓊林苑

壬子偶題

和張仲通憶鍾陵二首

送和甫至龍安暮歸

鍾山即事

南澗樓

京城

隴東西二首

斜徑

暮春

雨晴

日西

禁直

御柳

祥雲

題中書壁

禁中春寒

試院中

學士院燕侍郎畫圖

道傍大松人取以爲明

見鸚鵡戲作四句

池鴈

六年

世故

邵平

中年

王章
神物
文成
讀漢書
賜也
重將
載酒
楚天
江上
春江
春雨
初雨金陵

送和甫至龍安微雨因寄吳氏女子
與北山道人
過外弟飲
若耶溪歸興
烏石
定林
定林所居
臺城寺側獨行
游鍾山
松間
雨未止王臣欲行以詩留之
金陵即事三首

水際柴門一半開小橋分路入青苔背人照影無窮柳隔屋吹香併是梅

二

結綺臨春歌舞地荒蹊狹巷兩三家東風漫漫吹桃李非復當時仗外花

三

昏黑投林曉更驚背人相喚百般鳴柴門長閉春風暖事外還能見鳥情

烏塘

烏塘渺渺綠平隄隄上行人各有攜試問春風何處好辛夷如雪柘岡西

柘岡

萬事紛紛秖偶然老來容易得新年柘岡西路花如
雪迴首春風最可憐

城北

青青千里亂春袍宿雨催紅出小桃迴首北城無限
思日酣川淨野雲高

金陵

金陵陳迹老莓苔南北遊人自往來最憶春風石城
塢家家桃杏過牆開

午枕

午枕花前簟欲流日催紅影上簾鉤窺人鳥喚悠颺
夢隔水山供宛轉愁

州橋

州橋躡月想山椒，迴首哀湍未覺遥。今夜重聞舊嗚咽，却看山月話州橋。

觀明州圖

明州城郭畫中傳，尚記西亭一艤船。投老心情非復昔，當時山水故依然。

九日賜宴瓊林苑作

金明馳道柳參天，投老重來聽管絃。飽食太官還惜日，夕陽臨水意蕭然。

壬子偶題 熙寧五年東府廳下作盆池故作

黃塵投老倦匆匆，故遶盆池種水紅。落日欹眠何所憶，江湖秋夢艣聲中。

和張仲通憶鍾陵二首

一夢章江已十年故人重見想翛閒然秋鴻兩岸當時柳能到春來尚可憐

二

逸少池邊有一丘西山南浦惜曾遊殘年歸去終無樂聞說章江即泱流

送和甫至龍安暮歸

隱隱西南月一鉤春風落晚燈如秋房櫳半掩無人語鼓角聲中始欲愁

鍾山即事

澗水無聲遶竹流竹西花草弄春柔茅簷相對坐終日一鳥不鳴山更幽此一首晉澗水繞竹流蕊副坐終日鳥鳴山更幽

南澗樓在江寧府

撲撲烟嵐遶四阿物華終恨未能多故應斗起三千
丈始柰重山複嶺何

京城

三年衣上禁城塵撫事茫然愧古人明月滄波數
頃扁舟長寄夢中身

隴東西二首

隴東流水向東流不肯相隨過隴頭秖有月明西
上伴人征戍替人愁

二

隴西流水向西流自古相傳到此愁添却征人無限
淚至來嗚咽已千秋

斜徑

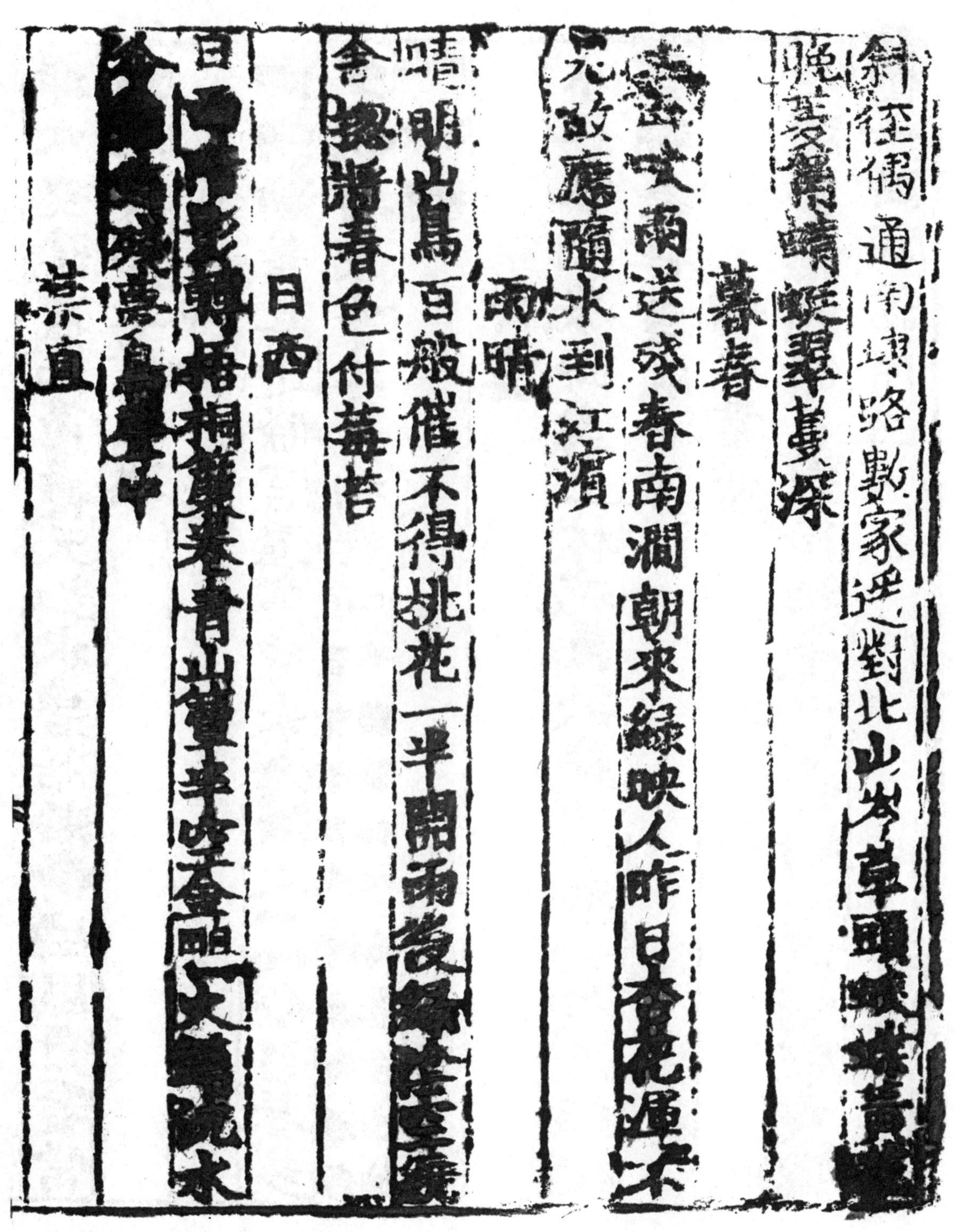

斜徑偶通南塘路數家遥對北山岑草頭蝶共黃[illegible]
晚葉鶯啼蜒翠蔓深

暮春

一雨送殘春南澗朝來綠映人昨日杏花渾不
見故應隨水到江濱

雨晴

晴明山鳥百般催不得桃花一半開雨後綠陰[illegible]
舍總將春色付莓苔

日西

日[illegible]影轉梧桐[illegible]寒青山疊半吐含暉一丈[illegible]啼木
[illegible]殘[illegible]鳥中

崇直

春木交陰靄復雨簷夜天如水碧湉湉帝城風月看常
好人世悲哀老自添

御柳

御柳新黃已迸條宮溝蒲藻柰全消人問今日春多
少欸香東方北斗杓音標一作習習春風拂柳條御溝春水已冰消[illegible]如[illegible]海[illegible]多少[illegible]
向大[illegible]閒汁物

祥雲

冰入春風漲御溝上林花氣欲飛來與屋瓦猶殘
雪卻為祥雲映日流

題中書壁

夜開金鑰鏁辭臣對御抽毫出帝綸漢信朝家重[illegible]
[illegible]一時同膀用三人

禁中春寒

青[一作浮]煙漠漠雨紛紛，水殿西廊北苑門。已著單衣猶禁火，海棠花下怯黃昏。

試院中

少時操筆坐中庭，子墨文章頗自輕。聖世選材終用賦，白頭來此試諸生。

學士院燕侍郎畫圖

六幅生綃四五峯，暮雲樓閣有無中。去年今日長干里，遙望鍾山與此同。

道旁大松人取以為明

龍甲虬髯不可攀，亭亭千丈蔭南山。應嗟無地逃斤斧，豈願爭明爝火閒。

見鸚鵡畫作四句

雲木何高兩翅翻玉籠金鎖秖須寬眞須強學人間語擧世無人解鳥言

漁鷹

羽毛憔悴向人愁當食哀鳴似有求萬里衡陽冬欲暖失身元爲稻粱謀

六年

六年湖海老侵尋千里歸來一寸心西望國門搔短髮九天宮闕五雲深

世故

世故紛紛漫白頭欲尋歸路更遲留鍾山北遶無窮水散髮何時一釣舟

邵平

天下紛紛未一家，販繒屠狗尚雄誇。東陵豈是無能者，得[illegible]青門手種瓜。

中牟

積𡏖百雉擁高秋，驅馬臨風想聖丘。此道門人多未悟，爾來千載判悠悠。

王章

壯一作志士軒昂非自謀，近臣當爲國深憂。區區女子無高意，追念牛衣暖即休。

神物

神物登天擾可騎，如何孔甲但能羈。當時若在更人無劉累，龍意茫然豈得知。

文成

文成五利老紛紛方丈蓬萊豈可聞萬里出師求實馬飄然空有意凌雲

讀漢書

京房劉向各稱忠詔獄當時迹自窮畢竟論心異恭顯不妨迷國略相同

賜也

賜也能言未識真誤將心許漢陰人桔槔俯仰妨何事抱甕區區老此身

重將

重將白髮旁牆陰陳迹茫茫不可尋花鳥總知春爛漫人間獨自有傷心

載酒

載酒欲尋江上舟出門無路水交流黄昏獨倚春風立看却花開觸地愁

楚天

楚天如夢水悠悠花底殘紅漫不收獨繞去年揮淚處還將牢落對滄洲

江上

江北秋陰一半開晚雲含雨却低回青山繚繞疑無路忽見千帆隱映來

春江

春江渺渺抱牆流煙草茸茸一片愁吹盡柳花人不見青旗催日下城頭

春雨

城雲如夢柳僛僛野水横來强滿池九十日春渾得雨故應留潤作花時

初到金陵

江湖歸不及花時空遶扶踈緑玉枝夜直去年看蓓蕾晝眠今日對紛披

送和甫至龍安微雨因寄吴氏女子

荒煙涼雨助人悲淚染衣巾不自知除却春風沙際緑一如看汝過江時

與北山道人

蒔果踈泉帶淺山柴門雖設要常關別開小徑連松路秖與鄰僧約往還

過外弟飲

一日君家把酒盃六年波浪與塵埃不知烏石岡邊路至老相尋得幾回

若耶溪歸興

若耶溪上踏莓苔興罷張帆載酒回汀草岸花渾不見青山無數逐人來

烏石

烏石岡邊繚繞山柴荊細路一作逕水雲間吹一作拈花嚼蕊長來往秖有春風似我閑

定林

定林青一作備又作喬木老參天橫貫東南一道泉六月杖藜尋石路午陰多處弄潺湲

定林所居

屋繞灣溪竹繞山溪山却在白雲間臨溪放艇依山坐溪鳥山花共我閑

臺城寺側獨行

春山撩亂水縱横籬落荒畦草自生獨往獨來山下路筍輿看得綠陰成

遊鍾山

終日看山不厭山買山終待老山間山花落盡山長在山水空流山自閑

松間拙名篇行作

偶向松間覓舊題野人休誦北山移丈夫〻〻出處非無意猿鶴從來自不知

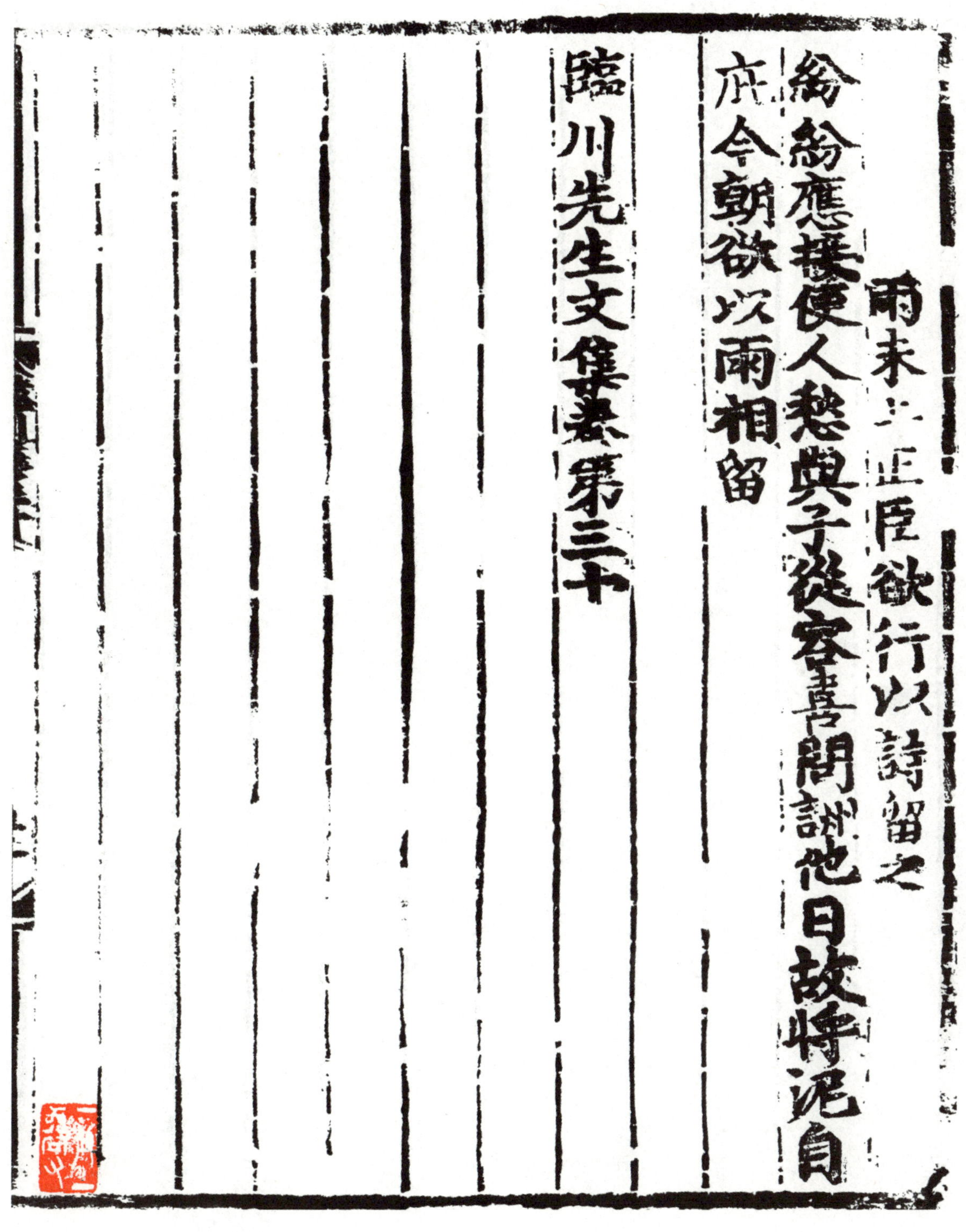

雨未止正臣欲行以詩留之

紛紛應接使人愁與子從容喜閒謝他日故將泥自庇今朝欲以雨相留

臨川先生文集卷第三十

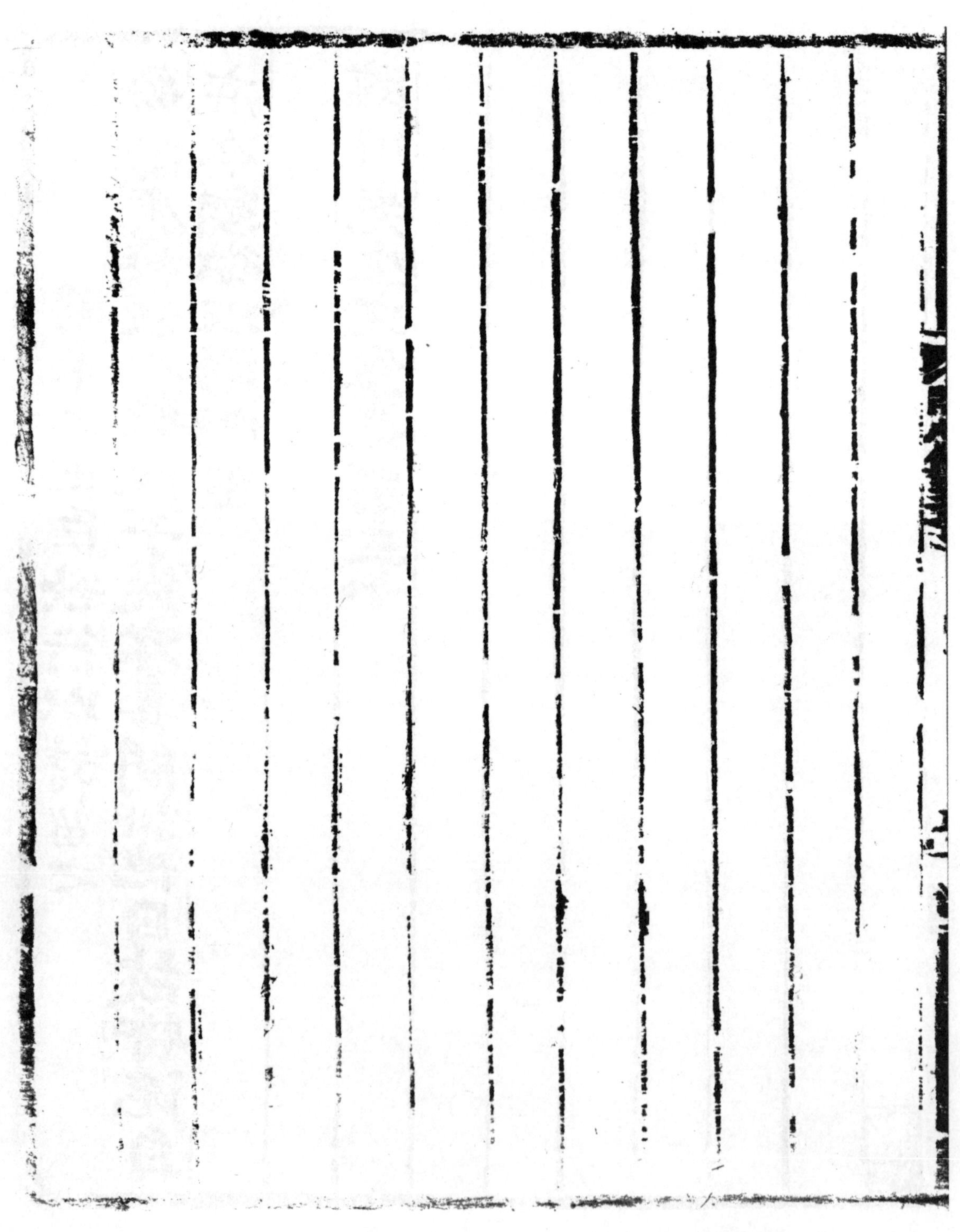

# 臨川先生文集卷第三十一

律詩 古詩 絶句

題張司業詩

同陳和叔遊北山

次吳氏女子韻二首

即事

遊城南即事二首

寄沈道原

哭張唐公

生日次韻南郭子二首

八公山

過徐城

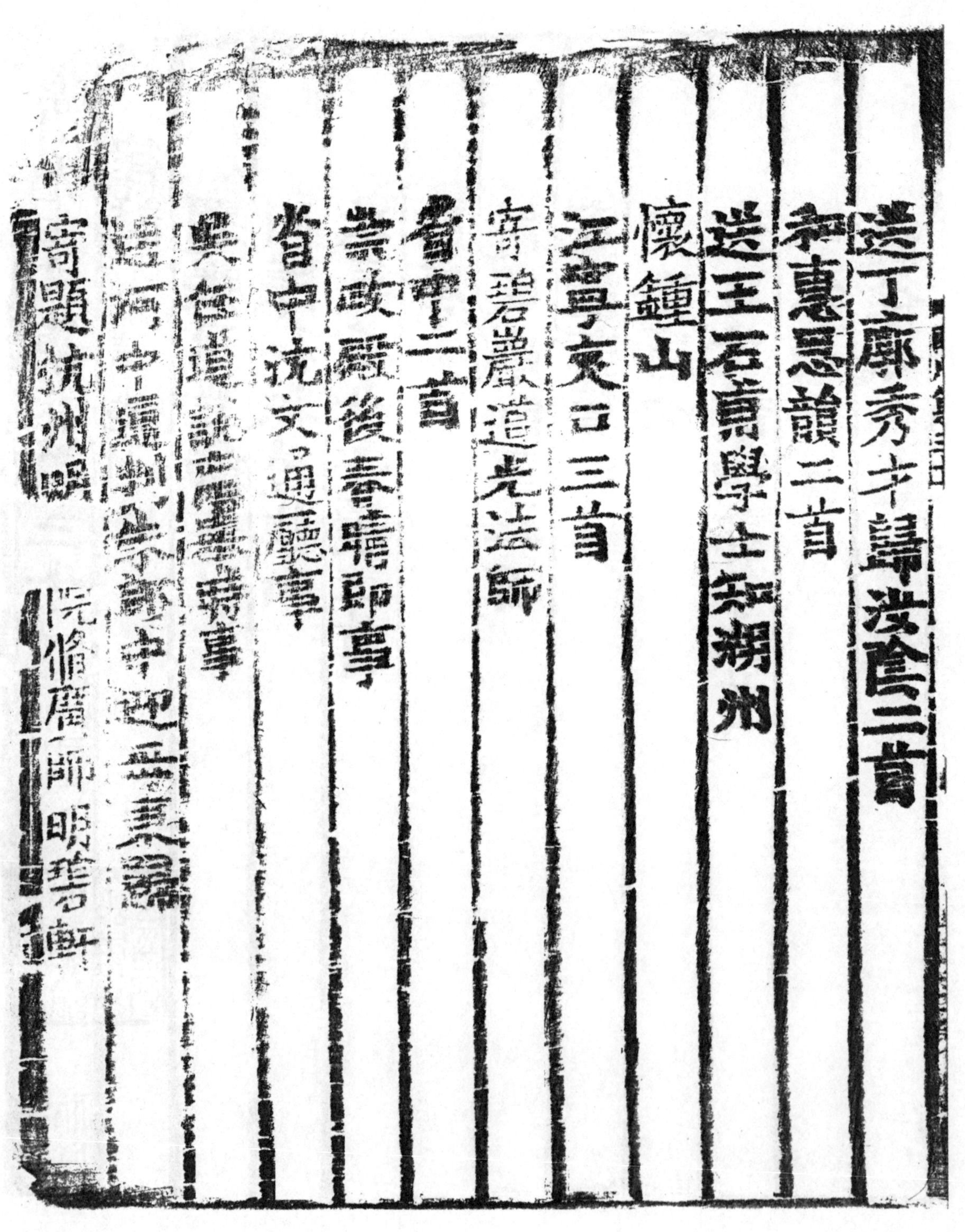

送丁廓秀才歸汝陰三首
和惠思韻二首
送王石甫學士知湖州
懷鍾山
江寧夾口三首
寄碧巖道光法師
省中二首
崇政殿後春晴即事
省中沈文通廳事
與會道說靈寶事
送河中通判余郎中迎其兄歸
寄題杭州[illegible] 院修廣師明碧軒

夜直
試院中四首
人間
後殿牡丹未開
春日
寄韓持國
答韓持國
出城
涿州
出塞
入塞
書汜水關寺壁

題北山隱居王閑叟壁
和惠思歲二日二絶
赴召道中
江亭召歸
平甫如通州寄之
寄顯道
和平父寄道光法師
三品石
和崔公度家風琴八首
送陳請中舍歸武陵
北山
適意

厝卉

題金沙

夜聞流水

詠月□首

題張司業詩

蘇州司業詩名老樂府皆言妙入神看似尋常最奇崛成如容易卻艱辛

同陳和叔遊北山

春風蕩屋雨填溝東閣翛然撫[illegible]剗裛鄰壁黃糧炊未熟喚回殘夢有鳴驢

次吴氏女子韻 [illegible]

江南千里恨依前采[illegible]看寺花[illegible]

日暮姑蘇陵曲街[illegible]圖只數百步[illegible]

孫陵西曲岸烏紗知汝淒涼正憶家人世豈能無聚散亦逢佳節且吹花

再次前韻

秋燈一點映籠紗好讀楞嚴莫念家能了諸緣如夢事世間唯有妙蓮花

即席

曲沼騤騤漾畫齋暖煙籠瓦碧參差人情共恨春猶淺不問寒梅有幾枝

遊城南即事二首

神交變化久難知禹鼎由來更不疑螭魅合謀非一日太丘真復社云遲

泰壇東路遶重城百獨背朝陽但馬行邊道城南天尺五荒林晴見一（一作木荊）

寄沈道原

城郭千家一彈丸蜀岡擁腫作蛇蟠眼前不道無蕃卒偷得鍾山隔水看

哭張唐公

堂（一作峯）邑山林久寂寥屬車前日駐雞翹冥冥獨鳳隨雲霧（一作知何處）南陌空聞引葬簫

生日次韻南郭子二首

救懸醫劇世無方斷簡陳編付藥房祝我壽齡君好語（此曲）耶一夜滿城香

二

來過清谿故有梅草堂先對白頭開殘花已若難年
歩猶見雖人幾度來

八公山

淮山但有八公名鴻寶燒金竟不成身與仙人守都
厠可能雞犬得長生

過徐城

七年五過徐城縣自笑皇皇此世間安得身如倉庚
氏一官能到子孫閑

送丁廓秀才歸汝陰二首

好去翩然丁令威昔人且在不應非淮雲且與遼天
闊櫂復留情故一歸

二

西州行路日蕭條執手傷懷不自聊遊子故鄉終念返豈能無意治城潮

和惠思韻二首

醴泉觀

邂逅相隨一日閑或緣香火共靈山夕陽與罷黄塵陌直似蓬萊墮世間

蟬

白下長干何可見風塵愁殺庾蘭成去年今日青松路亦自聞蟬第一聲

送王石甫學士知湖州

吳興太守美如何柳惲詩才未足多遥想郡人迎下檐白蘋洲渚正滄波

懷鍾山

投老歸來供奉班，塵埃無復見鍾山。何須更待黄粱熟，始覺人間是夢間。

江寧夾石三首

茅屋滄洲一酒旗，午煙孤起隔林炊。江清日暖蘆花轉，秪一作恰似春風柳絮時。

二

月墮浮雲水捲空，滄洲店坼五更風。北山草木何由見，夢盡青燈展轉中。

三

花帆江口月黄昏，小店無燈欲閉門。側出岸沙楓半死，繫船應有去年痕。

寄碧巖道光法師

去馬来車擾擾塵，自難長寄水雲身。碧巖後主今爲客，何況開山說法人。

省中

萬事悠悠心自知，強顏於世轉參差。移床獨卧秋風裏，靜看蜘蛛結網絲。

二

大梁春雪滿城泥，一馬常瞻落日歸。身世自知還自笑，悠悠三十九年非。

崇政殿後春晴即事

悠悠獨夢水西軒，百舌枝頭語更繁。山鳥不應知地禁，亦逢春暖即啾喧。

省中沈文通廳事

竹上秋風吹網絲角門常閉吏人稀蕭蕭一榻卷書坐直到日斜騎馬歸

吳任道説應舉時事

縣郭城南陂水深春泥滿眼路嶇嶔獨騎瘦馬銜殘雨前伴茫茫不可尋

送河中通判朱郎中迎母東歸

綵衣東笑上歸船萊氏歡娛在晚年嗟我白頭生意盡看君今日更悽然

寄題杭州明慶院脩廣師明碧軒

明碧軒南竹數叢別來江外幾秋風道人無復人間世嗟我今爲白髮翁

夜直

金爐香燼漏聲殘翦翦輕風陣陣寒春色惱人眠不
得月移花影上欄干

試院中

白髮無聊病更侵移床卧竹向秋陰朝來鴈背西風
急吹折江湖萬里心

二

咫只淹留可奈何東西處共一姮娥背前年鏡應嗟
落此夜清光得幾多

三

青燈照我夢城西坐上傳觴把菊枝忽忽覺來頭更
白隔牆聞語趁朝時

四

盡書讀靜雨歇蒼苔角處喧喧顛蛩啼草根閑却荒庭歸來

愁一燈明滅照黃昏

人間

人間投老事紛紛才薄何能強致君一馬黃塵曾陌

路眼中唯見北山雲

後殿牡丹未開

紅襆未開如婉娩紫囊猶結想芳菲此花似欲留人

住山鳥無端勸我歸

春日

柴門照水見青苔春

到日長啼鳥去遙來

隨花拉夜漫濕開路遙遊人行不

寄韓持國

最是宮城漫漫流，颺黃小蝶弄春柔。問盍陪子朝陵去，歸得花時却自愁。

答韓持國

知今尚憶洛城中，醉裏宮花滿袖風。花亦有鄉還有恨，今為紅藥主人翁。

出城

慣作野人多野興，欲為時用少時材。出城偶與沙塵肯，轉覺谿山入眼來。

涿州

涿州沙上望桑乾，鞍馬春風特地寒。萬里如今持漢節，却尋此路使呼韓。

出塞

涿州沙上飲盤[illegible]看舞春風小契丹塞雨巧催燕淚落濛濛吹濕漢衣冠

入塞

荒雲涼雨水悠悠鞍馬東西鼓吹休尚有燕人數行淚回身却望塞南流

書汜水關寺壁

汜水鴻溝楚漢間跳兵走馬百重山如何咫尺商於地便有園公綺季閑

題此山隱居王開甫壁

荒村日午未開門雨後餘花滿地存春晝寂寥能隱逸誰人知道是王孫

和吉思思歲二日一絕

懶讀書來已數年從人嘲我腹便便無嫌歸舍兒曹聒故就僧房借榻眠

二

沙礫藏春未放來荒庭終日守陳荄遙嗟草色偏要看綠湖寺西南一徑開

是召道中

海氣冥冥漲楚氛汀洲回薄水橫分青松千里鍾山路秖隔西南一片雲

江東召歸

昨日君恩悮賜環歸腸一夜繞鍾山雖然眷戀明時祿羞見瑯邪有郊丹

平甫如通州寄之

北山搖落水嶙嶙，想見揚帆出廣陵。平昔自無憂國事，未田應不忤陳登。

寄顯道

舟約刀頭止歲前，故人專使手書傳。出門江口問消息，極目寒沙空渺然。

和平父寄道光法師

欲見道人非一朝，杖藜無路到青霄。千巖萬壑排風雨，想對銅鑪栢子燒。

三品石

草没苔侵棄道周，誤[illegible]三品竟何酬。國士今日頭無恥，以爲賞年一平與討

和崔公度家風琴八首

屋山終日信飄飄似與幽人破寂寥爲有機心須强
聒直教懸解始聲消

二

簾幕無風起泬寥誰悲精鐵任飄飄隨商應角知無
意不待歌成韻已消

三

萬物能鳴爲不平世間歌哭兩營營若知此物心何
欲自信天機自有聲

四

風鐵相敲固可鳴朔兵行夜響行營如何清世容高
卧飜作幽窻枕上聲

五

南風屋角響蕭蕭，白日簾垂坐寂寥。愛此宮商有眞意，與君傾耳盡今朝。

六

風來風去豈嘗要，隨分鏗鏘與寂寥。不似人間古鐘磬，從來文飾到今朝。

七

繫身高處本無心，萬竅鳴時有至音。欲作鏌耶爲物使，知君能笑不祥金。

八

疏鐵簷間挂作琴，清風纔到遽成音。伊人欲問無眞意，向道從來不博金。

送陳請中舍歸武陵

知君欲上武陵溪，水自東流人自西。到日桃花應已謝，想君應不爲花迷。

北山

刳木爲舟數丈餘，卧看風月映芙蕖。清音一陣潭無暑，時有驚榜躍出魚。

適意

一燈相伴十餘年，舊事陳言知幾編。到了不知緣累後，困來顛倒枕書眠。

辱井

結綺臨春草一丘，尚殘宮井戒千秋。奢淫自是前王恥，不到龍沉亦可羞。

題金沙

海棠開後數金沙，高架層層壯絳葩。咫尺西家無力到，不知誰賞魏家花。

夜聞流水

千丈崩奔落石磯，秋聲散入夜雲悲。州長月下聞流水，不忘鍾山獨宿時。

詠月三首

寒光下洗山川瑩，清影遙分草樹纖。萬里更無雲物動，中天只有兔隨蟾。

二

江海清明上下兼，碧天過見一毫纖。此時只欲浮雲盡，虛亮何妨有兔蟾。

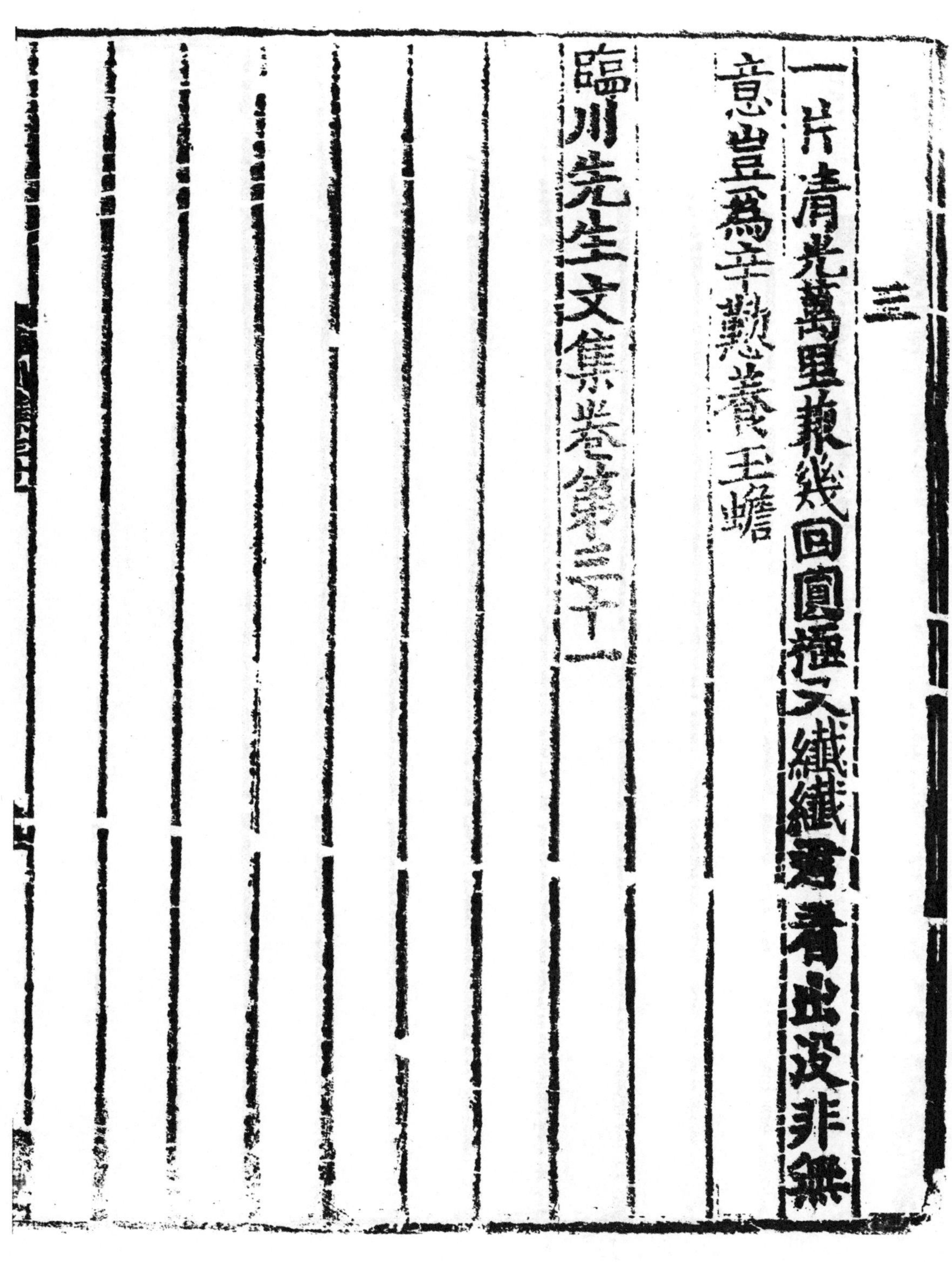

一片清光萬里輭幾回圓極又纖纖君看出没非無意豈爲辛勤養玉蟾

臨川先生文集卷第三十一

# 臨川先生文集卷第三十二

律詩七言絶句

次韻杏花三首
杏園即事
宋城道中
對客
懸儒玩
遇雪
孫勝淵師示家
懷舊
訪隱著
海棠花

證聖寺杏接梅花二首

雜詠五首

書陳祈兄弟屋壁

郊行

破冢二首

題景德寺試院壁至和三年八月十日

金陵報恩大師西堂方丈二首

題正覺院譯龍軒二首

相州古瓦硯

望夫石

山雞

江雨

揚子二首
獨卧二首
孟子
商鞅
蘇秦
范睢
張良
曹參
韓信
伯牙
范增二首
賈生

兩生

謝安

岀上

讀後漢書

讀蜀志

讀唐書

讀開成事

别和甫赴南徐

寄茶與和甫

寄茶與平甫

戲長安岀嶺石

代答

促織

臘亭

次韻杏花三首

只愁風雨劫春回怕見枝頭爛漫開野鳥不知人意緒啄教零亂點蒼苔

二

心憐紅蘂與移栽不惜年年費壅培風雨無時誰會得欲教零亂強催開

三

看時高艷先驚眼折處幽香易滿懷野女強簪看亦醜少教憔悴逐荊釵

杏園即事

蟠桃移種杏園初紅抹燕脂嫩臉鮮聞道飄零落人世清香得似舊時無

宋城道中

都城花木久知春北路餘寒尚中人宿草連雲青未得東風無賴只驚塵

對客

窻壁風回午枕涼清談相對一胡牀心知帝力同天地能使人閒白日長

愍儒坑

智力區區不爲身欲將何力敵強秦只應埋沒千秋後更足詩書發冢人

遇雪

定知花發是歸期不奈歸心百日歸風雲豈知行客恨向人更作落花飛

殊勝淵師八十餘因見訪問之近來如何答曰隨緣而已至示寂作是詩

寄記荒山鬼與鄰一生黃卷不離身百年薪盡隨緣去莫學緇郎更誤人

懷舊

吹破春冰水放光山花澗草百般香身閑處處堪行樂何事低佪兩鬢霜

訪隱者

童子穿雲晚未歸誰收松下看殘碁先生醉卧落花裏春去人間摠不知

海棠花

綠嬌隱約眉輕掃紅嫩妖饒臉薄粧巧筆寫傳功未盡清才吟詠興何長

證聖寺杏接梅花々不開

紅蘂曾遊此地來青青今見數枝梅只應尚有嬌春意不肯淩寒取次開

雜詠五首

勳業無成照水羞黃塵入眼見山愁煙中漠漠江灣岸更與家人一少留

二

白頭重到太寧宮玉珮瓊琚在眼中歌舞可憐人暗換花開花落幾春風

三

朝陽映屋擁書眠夢想鍾山一慨然投老安能長忍垢會當歸此濯寒泉

四

烏石岡頭躑躅紅東江柳色漲春風物華人意曾相值永日留連草莽中

五

聽竹心齋

書陳祈兄弟屋壁

千里歸來倦宦身欲尋田宅豫求鄰能爲孝友傳家世鄉邑如君更幾人

郊行

柔桑采盡綠陰稀蘆箔蠶成密繭肥聊向村家問風俗如何勤苦尚凶飢

破冢二首

埋沒殘碑草自春旋風時出地中塵墦間人去分餘玉獨是當時乞祭人

二

殘撏空寒發幾春諸葛長荁沒騏驎墦間或有羹饌容易他年醉飽人

題景德寺試院壁至和三年八月十日

壁東瓜蔓已扶疎小石藍花破萼初從此到寒能幾日風沙還見一年除

金陵報恩大師西堂方丈二首

簷花映日午風薰，時有黃鸝隔竹聞。香灺一鑪春睡足，上方車馬正紛紛。

二

矗矗出屋千竿玉，靄靄當窻一炷雲。心力長年人事外，種花鋤雨尚殷勤。

題正覺院籜龍軒二首

北軒名字經平子，愛此吾能爲賦詩。山雨江風一披拂，籜龍還自有吟時。

二

仙事茫茫不可知，籜龍空此見孫枝。壺中若有開天地，何苦歸來問葛陂。

相州古瓦硯

吹盡西陵歌舞塵當時屋瓦始稱珍甄陶往往成今手尚託聲名動世人

望夫石

雲鬟煙鬢與誰期一立天邊更不歸還似九疑山下女千秋長望舜裳衣

山前

山前溪水漲潺潺山後雲埋不見山不趁雨來耕水際即穿雲去卧山間

江雨

冥冥江雨濕黄昏天入滄洲漫不分北澗欲通南澗水南山正遶北山雲

揚子二首

儒者陵夷此道窮，千秋止有一揚雄。當時薦口終虛語，賦擬相如却未工。

二

道真沉溺九流渾，獨泝頹波討得源。歲晚强顔天祿閣，祇將奇字與人言。

獨卧二首

誰有鋤耰不自操，可憐園地滿蓬蒿。欲尋春物無蹊徑，獨卧南牕白日高。一作日自高

二

茅簷午影轉悠悠，門閉青苔水亂流。百囀黄鸝看不見，海棠無數出牆頭。

孟子

沉魄浮魂不可招遺編一讀想風標何妨舉世嫌迂闊故有斯人慰寂寥

商鞅

自古驅民在信誠一言爲重百金輕今人未可非商鞅商鞅能令政必行

蘇秦

已分將身死勢權惡名磨滅幾何年想君魂魄千秋後却悔初無二頃田

范雎

范雎相秦傾九州一言立斷魏齊頭世間禍故不可

張良

漢業存亡俯仰中留侯當（一作於）此每從容固陵始議韓彭地複道方圖雍齒封

曹參

束髮河山百戰功白頭富貴亦成空華堂不著新歌舞卻要區區一老翁

韓信

貧賤侵陵富貴驕功名無復在芻蕘將軍北面師降虜此事人間久寂寥

伯牙

千載朱弦無此悲欲彈孤絕鬼神疑故人舍我歸黃壤流水高山心自知

范增二首

中原秦鹿待新羈，力戰紛紛此一時。有道弔民天即助，不知何用牧羊兒。

二

鄛人七十謾多奇，為漢敺民了不知。誰合軍中稱亞父，直須推讓外黃兒。

賈生

一時謀議略施行，誰道君王薄賈生。爵位自高言盡廢，古來何啻萬公卿。

兩生

兩生才器亦超群，異意何勞强自分。好與蕭敖同一傳。此詩俗本重衛將軍下

謝公才業自超羣晚長清談勳業紛秦晉區區等寸云國可能王何勝商君

其二

范蠡五湖豈遠逝蒼茫滄海寄餘生可憐世上風波惡最有仁賢不敢行

讀後漢書

錮黨紛紛果是非當時高士見精微可憐竇武陳蕃輩欲與天爭漢鼎歸

讀蜀志

千載紛紜共一毛可憐身世兩徒勞無人語與劉玄德問舍求田意最高

讀虞書

堯亡壽亦少成守才隨世說功名并將諸子何爲
者垂拱文皇立太平

讀開成事

安邑紛紛不爲明有心天下共無成宣令執筆螭頭
者曰記言臣曰言事

別和甫赴南徐

都城落日馬蕭蕭兩岸春風暗柳條天際歸艎那可
望只將心寄海門潮

寄茶與和甫

彩絳縫囊海上舟月團蒼潤紫煙浮集英殿裏春風
晚分到并門想麥秋

寄茶與亞甫

碧月團團墮九天封題寄與洛中仙石樓試水宜頻啜金谷看花莫漫煎

戲長安嶺石

附巘憑崖豈易躋無心應合與雲齊橫身勢欲塡滄海青爲行人惜馬蹄

代荅

破車傷馬亦天成所託雖高豈自營四海不無容足地行人何事此中行

促織

金屏翠幔與秋宜得此年年醉不知秖向貧家促機杼幾家能有一絇絲

臘享

明星慘澹月參差萬竅含風各自悲人散廟門燈火盡却尋殘夢獨多時

臨川先生文集卷第三十二

臨川先生文集卷第三十三

律詩七言絶句

杏花

城東寺菊

種霜花

燕

吐綬雞

黄鸝

蝶

暮春

真州東園作

過皖口

發粟至石陂寺
别皖口
别灊皖二山
舒州被召試不赴偶書
舟過長蘆
金山三首
泊姚江
遊鍾山
龍泉寺石井二首
興國樓上作
别灊閣
杭州望湖樓回馬上作呈玉汝樂道

奉和景純十四文三絕
臨津
汀沙
西山
和文淑張氏文弟
春入
暮春
烏江亭
漢武
諸葛武侯
望越亭
春日席上

句容道中

晏望驛釋舟走信州

祁澤寺見許堅題詩

送陳景初陳醫 善

巫峽

徐秀才園亭

中茅峯石上得徐鍇篆字題名

欲雪

上元夜戲作

石竹花

黄花

木芙蓉

精衛

戲贈育王虛白長老

黃河

東江

北望

驪山

縣舍西亭二首

鐵幢浦

臨吳亭作

蘇州道中順風

杏花

垂楊一徑紫苔封人語蕭蕭院落中獨有杏花如喚

客倚墻斜日數枝紅

城東寺菊

黃花漠漠弄秋暉無數蜜蜂花上飛不忍獨醒孤爾
去慇懃為折一枝歸

拒霜花

落盡群花獨自芳紅英渾欲拒嚴霜開元天子千秋
節戚里人家承露囊

燕

處處定知秋後別年年長向社前逢行藏自欲追時
節豈是人間不見容

吐綬鷄

樊籠寄食老低摧組麗深藏肯自媒天日清明聊一

吐兒童初見互驚猜

黃鸝

野花吹盡竹娟娟尚有黃鸝最可憐婭姹不知緣底
事背人飛過北山前

蝶

翅輕於粉薄於繒長被花牽不自勝若信莊周尚非
我豈能投死爲韓憑

暮春

無限殘紅著地飛谿頭煙樹[illegible]圍楊花獨得東風
意相逐晴空去不歸

眞州東園作

十年歷[illegible]花認故叢南北此身知幾

日山川長在

過皖口

皖城西■百董山陳迹今埋■霤間■行藏空自感春風江水照衰顏

發粟至石陂寺

驀水穿山近更賒三更燃火飯僧家乘田有秩難逃責從事雖勤敢嘆嗟

別皖口

浮煙漠漠細沙平飛雨濺濺嫩水生異日不知來影更添華髮幾千莖

別灊皖二山

鄉墨新恩借舊朱欲辭灊皖更踟躕攢眉列岫應

設飽食窮年以報禮虛

舒州被召試不赴偶書

戴盆難冀望天兼自怪虛名亦自嫌槁壤太牢俱有味可能蚯蚓獨清廉

舟過長蘆

木落草搖洲渚净泊船深閉雨中門回燈只欲尋歸夢兒女紛紛強笑言

金山三首

北檝南檣泊四垂共憐金碧爛參差孤根萬古滄波底除却蛟龍世不知

二

波瀾蕩沃乾坤大氣象包藏水石閑祇有此中宜曠

望誰令天作海門山

三

天日蒼茫海氣深一船西去此登臨丹樓碧閣皆時事只有江山古到今

泊姚江

山如碧浪翻江去水似青天照眼明喚取仙人來往此莫教辛苦上層城

遊鍾山

兩山松櫟暗朱藤一水中門勝武陵午梵隔雲知有寺夕陽歸去不逢僧

龍泉寺石井二首

山腰石有千年潤海眼一作眼泉無一日乾天下蒼生

待雲雨不知龍向此中眠

二

人傳湫水未嘗枯滿底蒼苔亂髮麤四海旱多霖雨少此中端有卧龍無

興國樓上作

松篁不動翠相重日射流塵四散紅地上行人愁暍死那知高處有清風

別灊閣

一溪清瀉百山重風物能留邴曼容後夜肯思幽興極月明孤影伴寒松

杭州望湖樓回馬上作呈玉汝樂道

水光山氣碧浮浮落日將歸又少留從此秖應長入

夢中還與故人遊

奉和景純十四丈三絶

身先諸老斡樞機再見王門闔左扉但恨東歸相值晚豈知臨别更心違

二

幾年相約在林丘眼見京江更阻遊遣我琢璣何以報恨無瑶玉與公舟

三

藏春花木望中迷水複山長道阻躋悵老年塵世累無因重到武陵溪

臨津

臨津豔豔花千樹夾徑斜斜柳數行著憶金明池上

路紅裙爭看綠衣郎

汀沙

汀沙雪漫水溶溶睡鴨殘蘆晻靄中歸去北人多憶此每家圖畫有屏風

西山

西山映水碧潭潭楚岸長蘆湊滿杉但道使君留不得那知肯更憶江南

和文淑 張氏安第

天[illegible]雲幾蜀山岑下視嘉陵水萬尋裁得一身江上去恐君真望亦傷心

春入

春入園林百草香池塘冰散水生光身閑是處堪攜

手何事低佪兩鬢霜

暮春

芙蕖的歷抽新葉苜蓿闌干放晚花白下門東春已老莫嗔楊柳可藏鴉

烏江亭

百戰疲勞壯士哀中原一敗勢難迴江東子弟今雖在肯與君王卷土來

漢武

壯士悲歌出塞頻中原蕭瑟半無人君王不負長陵約直欲功成賞漢臣

諸葛武侯

慟哭楊顒為一言餘風今日更誰傳區區庸蜀支吳

魂不是虛心豈得賞

望越亭

亂山千頃翠相圍衮衮滄江去復歸安得病身生羽翼長隨沙鳥自由飛

春日席上

十年流落負歸期臨水登山各有思今日猶嗟萬十書恨不堪頻唱鷓鴣辭

句容道中

荒煙寒雨暮山重草木冥冥但有風二十四年三往返一身多在百憂中

晏望驛釋舟走信州

肩走行山山更險下窮溪谷上通天乘高欲作東南

堂青壁杉杉滿我前

祈澤寺見許堅題詩

鶗鴂春風入水村𡸁𡸁喬木映朱門高人遺蹟空壇
尚華識旌陽後世孫

送陳景初 陳番留

慘淡淮山水墨秋行人不飲奈離愁藥囊直入長安
市誰識柴車載倚休

巫峽

神安音容詎可求青山回抱楚宮樓朝朝暮暮空雲
雨不盡襄王萬古愁

徐秀才園亭

茂松脩竹翠紛紛正得山阿與水濆笑傲一生雖自

樂[illegible]同不述歌選古聞

亭臺石上徐翁篆字題名

百年風雨豈音昏，尚有當年篆法存。祇恐終隨[illegible]碑盡，西風吹燒滿秋原。

欲雪

天上雲驕未肯同，晚來雪意已垂空。欲開新酒邀嘉客，且待天花落坐中。

上元夜戲作

馬頭乘興尚譁先，幽巷橫街一一穿。盡道滿城無國豔，不知誰戶鎖嬋娟。

石竹花

春歸幽谷始成叢，地面芬敷淺淺紅。車馬不臨誰見

賞可憐亦解度春風

黄花

四月揚州芍藥多先時爲別苦風波還家忽忽驚秋色獨見黄花出短莎

木芙蓉

水邊無數木芙蓉露染燕脂色未濃正似美人初醉着強擡青鏡欲粧慵

精衛

帝子銜冤久未平區區微意欲何成情知千古無窮猶銜長石西來變更

戲贈耳玉壺白雲杜日

白雲山頂洞禮師昔日從渺多贈詩何靈四一方年八

十都驛荒寺有韋久

黃河

派出崑崙五色流一支黃濁貫中州吹沙走浪幾千
里轉側屋閭無處求

東江

東江木落水分洪伐盡黃蘆洲渚空南澗夕陽煙自
起西山漠漠有無中

北望

欲望淮南更白頭杖藜蕭颯倚滄洲可憐新月為誰
好無數晚山相對愁

驪山

六籍燃除士不磨驪山如此盜兵何五陵蕭五歸人

世却爲詩書發家多

縣舍西亭二首

山根移竹水邊栽已見新篁破嫩苔可惜主人官便滿無因長向此徘徊

二

主人將去菊初栽落盡黃花去却迴到得明年官又滿不知誰見此花開

鐵幢浦

憶昨初爲海上行日斜來往看潮生如今身是西歸客回首山川覺有情

疑吳真之作

補寧[illegible]卷五十六 [illegible]

日器勞使者報新書

蘇州道中順風

北風一夕阻東舟清曉飛帆落虎丘運數本來無得
喪人生萬事不須謀

臨川先生文集卷第三十三

臨川先生文集卷第三十四

律詩 七言絶句

送僧惠思歸錢塘

松江

秋日

中秋夕寄平甫諸弟

靈山

荷花

蔡葯

竹窻

出定力院作

寄育王大覺禪師

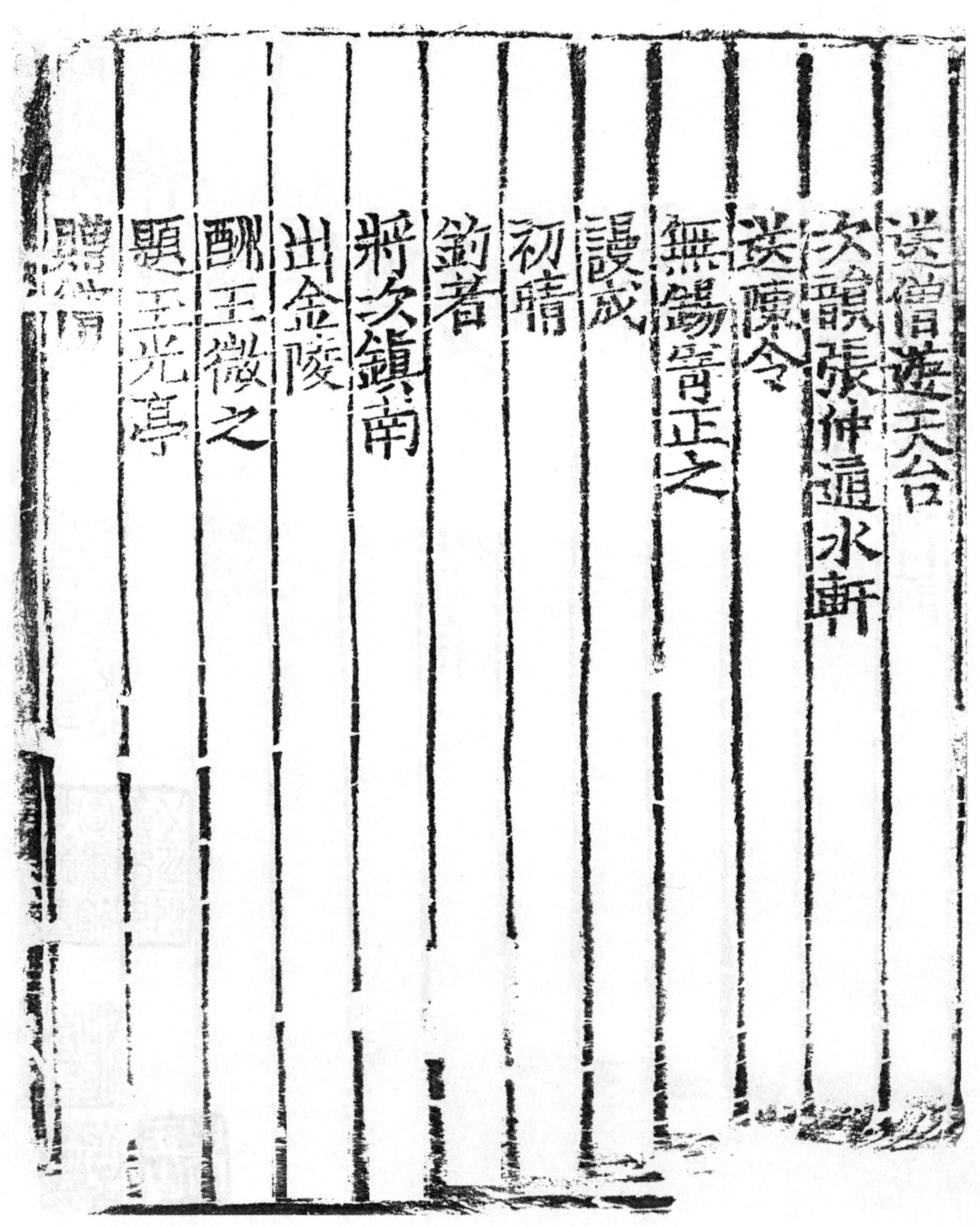

送僧遊天台
次韻張仲通水軒
送陳令
無錫胥正之
漫成
初晴
釣者
將次鎮南
出金陵
酬王微之
題王光亭
贈僧

嘲叔孫通
和淨因有作
張工部廟
次韻和張仲通見寄三絕句
宣州府君喪過金陵
觀王氏雪圖
韓子
宰嚭
郭解
商鞅
越人以幕養花因遊其下二首
烏塘

羞鄞三王著陞東望
信州迴車館中作二首
天童山溪上
鄞縣西亭
寄吉甫
寄伯兄
別鄞女
重別馬上作
登飛來峯
讀漢功臣表
詠月
金山

疊翠亭

默默

達本

寓言二首

偶書

揚子

讀維摩經有感

春日即事

贈安大師

送李生白華巖脩造

寄道光大師

示報寧長老

紅梁

鴟

驢二首

送僧惠思歸錢塘

潺湲堂前湖水綠歸時正復有荷花花前亦見餘杭姥爲道仙人憶酒家

松江

來時還似去時天欲道來時已惘然秖有松江橋下水無情長送去來船

秋日

莫言草木未知秋今日風雲已自愁獨傍黃塵驅一馬行看蕭索[illegible]風颼

中秋夕寄平甫諸弟

浮雲吹盡數秋毫爚爚金波滿滿醪千里得君詩挑戰夜壇誰敢將風騷

靈山

靈山寧與世爲仇斤斧侵凌自不休水玉比來聞長價市人無數起相讎

荷花

亭亭風露擁川坻天放嬌嬈豈自知一舸超然他日事故應將爾當西施

殘菊

黃昏風雨打園林殘菊飄零滿地金攬得一枝猶好在可憐公子惜花心

竹窗

竹窗紅莧兩三根山色遥供水際門只我近知牆下路能將屐齒記苔痕

出定力院作

江上悠悠不見人十年塵垢夢中身殷勤爲解丁香結放出枝間自在春

寄育王大覺禪師

山木悲鳴水怒流百蟲專夜思高秋道人方丈應無夢想復長吟慧休

送僧游天台

天台一萬八千丈山咸是老僧拄錫歸前程好景醉吟否密雲亂雲緘詩做

次韻張仲通水[illegible]

池雨含煙頭不收草根長見一个交流愛君古錦囊中
句解道今秋似去秋

送陳令

長谿流水碧潺潺古木蒼藤暗兩山把臂道人今在
否長官白首尚人間

無錫寄正之

徙倚高檣老病身亂山荒驛望歸津應須一曲千回
首西去論心更幾人

謾成

清時無路取封侯病對牛衣已數秋日月不膠時易
去歲今懷言使人愁

初晴

一抹明霞黯淡紅瓦溝已見雪花融前山未放曉寒散猶鎖白雲三兩峯

釣者

釣國平生豈有心解甘身與世浮沉應知渭水車中老自是君王著意深

將次鎮南

豫章江面朔風驚浩渺帆檣破浪行目送家山無幾許千年空想蟪蛄聲

出金陵

白石岡頭草木深春風似與散衣襟浮雲映郭留佳氣飛鳥隨人作好音

酬王徽之

一雨廻颸助蓐收炎蒸不復畏金流君家咫尺堪乘興想岸烏巾對爽秋

題王光亭

傳聞天下此堙堙千古誰分僞與眞無向小庭風月夜却疑山水有精神

贈僧

紛紛擾擾十年間世事何嘗不強顔亦欲心如秋水靜應須身似嶺雲閑

朝叔孫通

馬上功成不喜文叔孫綿蕝共經綸諸君可笑貪君賜便許當時作聖人

[illegible]淨因有作

朝[illegible]一片隋窗塵壁禪客猶然感此辰更覺城中芳意
少不[illegible]山野早知春

張工部廟

使節紛紛下禁中幾人曾到此城東獨君遺像今如
在廟食真須德與功

次韻和張仲通見寄三絶句

高山流水意無窮三尺空絃膝上桐默默此時誰會
得坐凭江閣看飛鴻

二

收拾乾坤付一壺世間無物直錙銖醉鄉舊業抛來
久更欲因君稍問塗

歌𢭏枉歌聲嗟盡直辭一斛亮年詞錄醉鄉歧路暮
否不似人間足畏塗

宣州府君喪過金陵

百年難盡此身悲眼入春風祇涕洟花發鳥啼皆有
思忍尋棠棣鶺鴒詩

觀王氏雪圖

崔嵬相映雪重重蒼莾柴門在半峯想有幽人遺世
事獨臨青嶂倚長松

韓子

紛紛易盡百年身舉世何人識道真力去陳言夸末
俗可憐無補費精神一本作默默笑[illegible]道真

辛亥詔

諫言本自繫安危毀妄何能作禍基但願君王詳審諭不愁言責有兩施

郭解

翁伯亦公豈有不貲恩漢法歸成棄市論平自五陵多任俠可能誰力報王孫

古寺

寥寂參靈區一半遺基燕逕客經年斷履甚祭猶有磬梁雀日時殿塵已昏金像雨苔青碑

越人以菁田養黃花因遊其下二首

壺天無日地無塵日紫千紅占得春野早自花還自夜發落晴開還有惜花人

尚有殘紅已可悲更憂回首孤空枝莫嗟身世渾無事贏過春風作惡時

魚兒

遶岸車鳴水欲乾魚兒相逐尚相歡無人挈入滄江去汝死那知世界寬

離鄭至菁江東堂

村落蕭條夜氣生側身東望一傷情丹樓碧閣無處所秪有谿山相照明

信州迴車館中作二首

太白山根秋夜靜亂泉深水遶林鳴滴來空館聞風雨恰似當年枕上聲

山木漂搖聽弋陽因思太白夜淋浪西窗一榻芭蕉
雨一作芭蕉幾西窗雨一復似當時水楚粧

天童山溪上

溪水清漣樹老蒼行穿溪樹踏春陽溪深樹密無人
處唯有幽花渡水香

鄞縣西亭

收坂無路去無由空竊食窮城度兩年吏作世間見
管[illegible][illegible]蒹花竹萎風壓

寄[illegible]甫

八[illegible]村恭喜[illegible][illegible]曾君問道黃州九月寒憶得此[illegible]時光[illegible]
[illegible][illegible]詩女[illegible]同盤

寄伯兄

身留海上去何時，秖看春鴻比向飛。安得先生同一飲，蕨苐香嫰鱟魚肥。

別鄭女

行年三十已衰翁，滿眼憂傷秪自攻。今夜扁舟來訣汝，死生從此各西東。

眞州馬上作

身隨飢馬日中行，眼入風沙困欲盲。心氣已勞形亦弊，自憐於世欲何營。

登飛來峯

飛來山上千尋塔，聞說雞鳴見日昇。不畏浮雲遮望眼，自緣身在最高層。

讀漢功臣表

漢家分土建忠良，鐵券丹書信誓長。本待山河如帶礪，何緣葅醢賜侯王。

詠月

追隨落日盡還生，點綴浮雲暗又明。江有蛟龍山虎豹，清光雖在不堪行。

金山

怪祕陰靈與護持，重丹複碧石嵯參差。滄江見底應無日，萬丈孤根世不知。

疊翠亭

煙籠遠浦迷芳草，日照澄湖浸碧峯。亭有清樽豈昭酌，忍陪良友不從容。

默默

長年有所思世間談笑强追隨蒼髯冉冉欲出朱顔□□更覺求田問舍遲

達本

達本且歸根貞照無知豈待言枯木巖前猶□□那堪春入武陵原

寓言二首

大虛無實可追尋葉落松枝謾古今若見□□解不疑還自有疑心

二

本來無物使人疑却爲參禪買得癡聞道無□□法面牆終日妄尋思

偶書

穰侯老擅關中事長恐諸侯客子来我亦暮年專一壑每逢車馬便驚猜

揚子

千古雄文造聖真眇然幽思入無倫他年未免投天禄虛爲新都著劇秦

讀維摩經有感

身如泡沫亦如風刀割香塗共一空宴坐世間觀此理維摩雖病有神通

春日即事

池北池南春水生桃花深處好閑行細思擾擾夢中事何用悠悠身後名

贈安大師

獨龍岡北第三峯，通客歸來老更傭。敗屋數椽青繚繞，冷雲深處不聞鐘。

送李生白華巖修道

白華巖主是金仙，假作山僧學道禪。珍重此行吾不及，爲傳消息結因緣。

寄道光大師

秋雨漫漫夜復朝，可嗟蔀屋望重霄。遥知宴坐無餘念，萬事都從劫火燒。

示報寧長老

白下亭東鳴一牛，山林陂港净高秋。新營棄蕨我檀越，曾悟布毛誰比丘。

紅梨

紅梨無葉庇花身黄菊分香委路塵歳晚蒼官纔自保日高青女尚横陳

鴟

依倚秋風氣象豪似欺黄雀在蓬蒿不知羽翼青冥上腐鼠相隨勢亦高

驢二首

力侔龍象或難堪脣比僊人亦未甘臨路長鳴有真意盤山弟子久同參

二

雖得康莊亦好還毎逢溝塹便知難由來此物非佗物莫道何曾似仰山

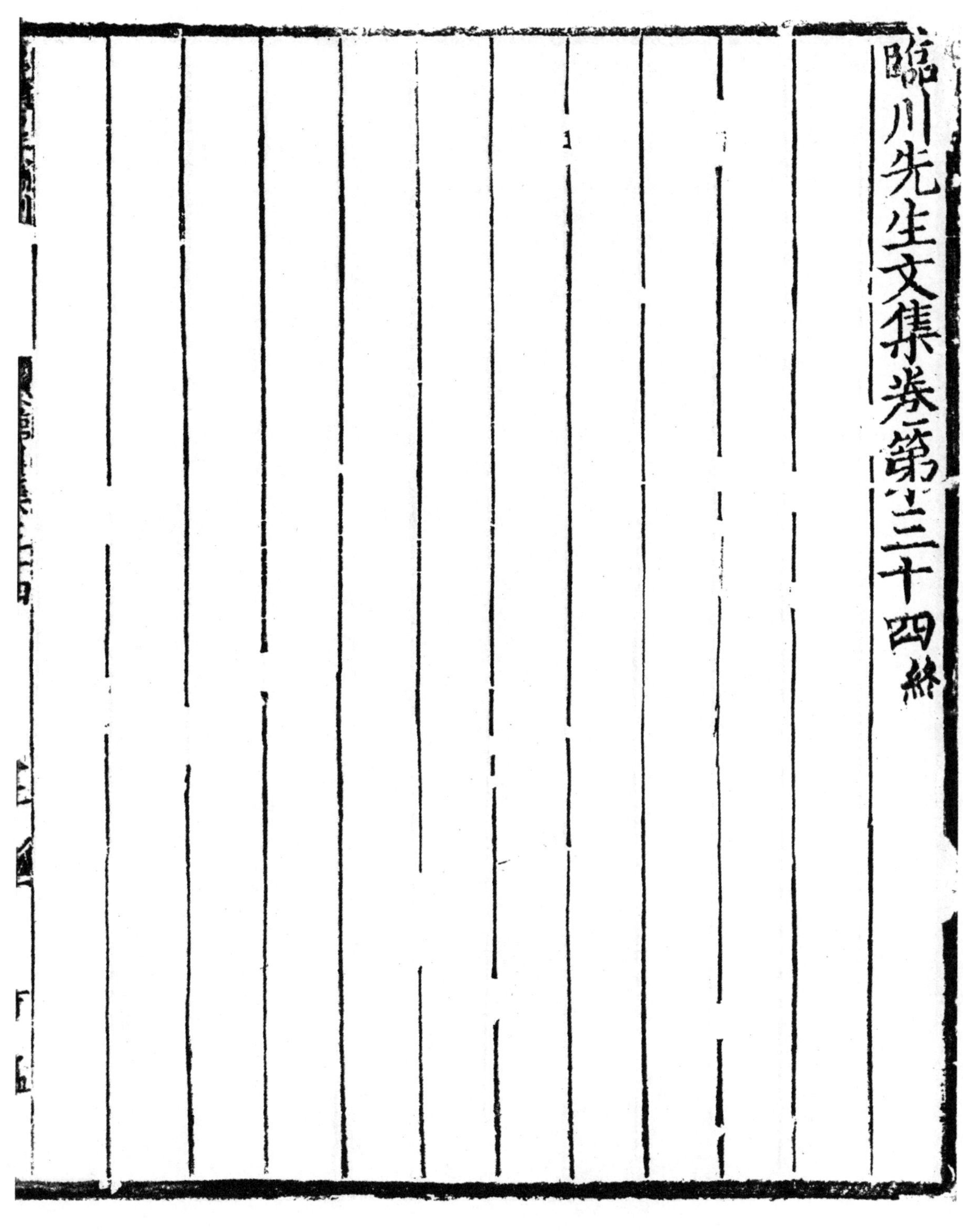

臨川先生文集卷第三十四終

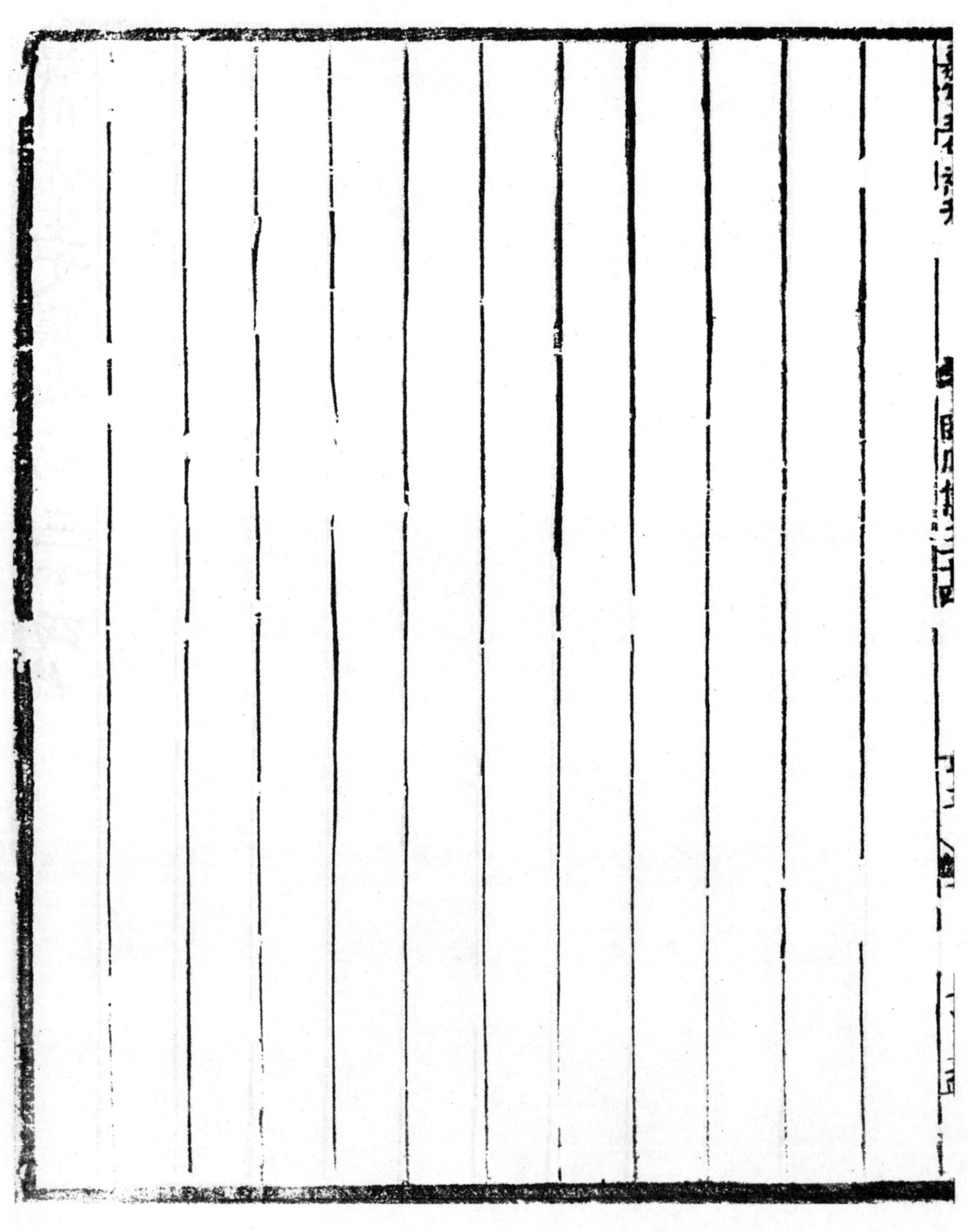

# 臨川先生文集卷第三十五

## 挽辭

仁宗皇帝挽辭四首
英宗皇帝挽辭二首
神宗皇帝挽辭二首
慈聖光獻皇后挽辭二首
正肅吳公挽辭三首
文元賈公挽辭二首
元獻晏公挽辭三首
忠獻韓公挽辭二首
正憲吳公挽辭
孫威敏公挽辭

崇禧給事向年馬兄挽辭二首
陳動之秘丞挽辭二首
贈工部侍郎鄭公挽辭
致仕虞部曲江譚君挽辭
馬玘大夫挽辭
宋中道挽辭
王中甫學士挽辭
王逢原挽辭
葛興祖挽辭
河中使君修撰陸公挽辭二首
王子直挽辭
孫君挽辭

處士葛君挽辭

永壽縣太君周氏挽辭二首

致仕邵君挽辭二首

葛郎中挽辭二首

悼王致處士

蘇才翁挽辭一首

悼慧休二首

仁宗皇帝挽辭四首

去序三朝聖行崩萬國天憂勤無曠古治洽景長年
仁育齊高厚哀思罄幅員欲知千載美道德冠遺編

馮几微言絕群臣涕泗揮哀號三級陛縞素九重圍

天上僊遊遠宮中御座非最悲帷幄侍不復未明衣

三

厭代人間世收神天上游遽然虛王座不復望珠旒
待旦移巾幘饔人改膳羞尋常飛白几寂寞暗塵浮

四

閏執群方至因山十月催永違天日表空有肺肝摧
悵殿流蘇卷鈴歌薤露哀宮中垂曉朝西去不更回

英宗皇帝挽辭二首

御氣方尊極乘雲已汎寥衣冠萬國會陵寢百神朝
夏鼎金歸啓虞羹想見堯誰當授椽筆論德在瓊瑤

二

玉冊上鴻名猶殘蹕警聲忽辭千歲祝虛卜五年征

羽衛悲哀送，山陵指顧成。謳歌歸聖子，並孝在持盈。

神宗皇帝挽辭二首

將聖由天縱，成能與鬼謀。聰明初四達，俊乂盡旁求。
一變前無古，三登歲有秋。謳歌歸子啓，欽念禹功修。

二

城闕宫車轉，山林隧路歸。蒼梧雲未遠，姑射露先晞。
玉暗蛟龍蟄，金寒鴈鶩飛。老臣他日淚，湖海想遺衣。

慈聖光獻皇后挽辭二首

國賴姜任盛，門歸馬鄧高。關雎求窈窕，卷耳念勤勞。
聖淑才難擬，休明運繼遭。岡原今獻卜，帷扆正攀號。

二

塗山文德茂，京室母才難。負美多前志，餘光末後觀。

遺衣遷館御祖載出宫苦終始神孫孝長留萬國歡

## 正爾吴公挽辭三首

公嘗舉賢良參河南守幕鄭子舉進士時公與舉

從容邊塞議慷慨廟堂華曲突非無驗方穿有不行
搢紳終倚賴贈襚極哀榮豈慕公孫貴平生學董生

二

應世文章手宜民政事才朝多側目忌士有拊心哀
書奏平生簡香寒後夜灰悠悠國西路空得葬車回

三

昔繼吴公治今從子産遊里門無舊客鄉國有新丘
譚議禪讖遠文歸一貫祖優此時章忠寵西望涕空流

## 文元賈公挽辭二首

諱昌朝

勳名烜赫在三朝[illegible]從容輔漢儀儒服早紓丞[illegible]

紱戎冠再褌侍中貂閑僉六詧流人復出甲甘陵叛
黨錮東第秪今空畫像當時於此識風標

二

銘旌蕭颯九秋風薤露悲歌落月中華屋幾人思貫
傳佳城今日閉滕公名垂竹帛書勳在神寄丹青圖
象同天上貂蟬曾書賜歸兔應佩紫陽宮

元獻晏公挽辭三首

文章晉康樂經術漢公孫舊秩疑承貴前功保傅尊
傳呼猶在耳會哭已塡門蕭瑟城南路嗚笳上九原

二

終賈年方妙蕭曹地已親優游太平日密勿老成人
抗論辭多秘賡歌迹已陳功名千載下不負漢庭臣

三

感會眞音遇，飛揚獨妙齡。位年西餞日，此夜上騎星。宿惠留藩屏，餘忠在禁庭。音容無處所，髣髴寄丹青。

忠獻韓公挽辭二首 琦

心期自與衆人殊，骨相知非淺丈夫。獨斡斗杓環帝座，親扶日轂上（一作繼）天衢。鋤耰萬里山無盜，袞繡三朝國有儒。爽氣忽隨秋露盡，但留陳迹在龜趺。

二

兩朝身與國安危，典策哀榮此一時。木稼嘗聞達官怕，山頹果見哲人萎。英姿爽氣歸圖畫，舊德元勳在鼎彝。幕府少年今白髮，傷心無路送靈

正憲吳公挽辭

丙魏雖遭漢道昌豈如公出自虞唐鍾于舊國山川氣榮附中天日月光更化事功參虎變贊元時序得金穰傷心鼓吹城南陌回首新阡補一行

孫威敏公挽辭

功名一世事興廢豈人謀重爲蒼生起終隨逝水流凄涼歸部曲零落掩山丘許國言猶在姦諛可使羞

[illegible]禧給事同年馬母挽辭二首

慶曆公皆起元豐我獨傷兩綸終莫夢五鼎繼前喪薰歇曾攀桂甘留所憩棠素風知不墜能世有諸郎

二

藏室亡三篋得之吾最多露晞富晚景川逝作前波惠寄興人誦悲傳挽者歌竹西芳草處清淚遶山河

陳動之秘丞挽辭二首

早高漢賈誼宮過楚荀卿望古亭無憾論今我未平有風吹畫翣無日照佳城空復人章在流傳世上名

人間三十六年逢孔鸞飛似欲高為端如何去不歸琴樽已寂寞筆墨尚光輝空復玉下堂亥西華豈易依

贈工部侍郎李養壯州

地蟠江漢交多靈通德門中見世雄南去伏波推將略北來光祿擅詩名密章贈祿高三組墨銀葬東誠一旌陰德故應多後福可能堂上但升卿

致仕虞部曲江譚君挽辭

同時獻賦久無人握手悲歡迹可陳宅日白衣雲漢

志暮年朱紱本雲身虛容劍几亡長夜小隱山林耗

舊日春豈情埋辭追往事幽袞才亡獨傷神

馬玘大夫挽辭

冠蓋青門道知君自少時從容心目喜奄忽暮年悲

江月明丹旐湖風冷繐帷音容杳可想[illegible][illegible][illegible]可施

宋中道挽辭

文史傳家學聲名動帝除蘭堂空作賦金匱不解書

壽事悲慈疇昔談想緒餘吹簫處上去歸國有魂車

王中甫學士挽辭

同學金陵最少年奏書曾罰讀二千盛名非復居人

後壯歲如何棄我先種橘園林無恙舊業採蘋洲渚有

新篇壽五東路春風緑埋沒誰知太守阡

王逢原挽辭

蒿里竟何在死生從此分謾設僊人籍誰見鬼修文
蔡琰能傳業侯芭爲起墳傷心處路吹淚濕江雲

葛興祖挽辭

憶隨諸彦附青雲場屋聲名最出群孫寶暮年猶主
簿卜商今日更修文山川寥落平生氣草木蕭蕭數
尺墳欲寫此哀終不盡但令千載少知君

河中使君修撰陸公挽辭三首

文采機雲後知名賈妙年銀鉤工壯麗金薤富清研
[illegible]屬多新貴凭能熟數外遷空令猗氏監遺愛有良田

二

晩歲初得故人[illegible]晩壯時太史滯留終不

爲中郎制作遂無施二千石祿今何有四十車書昔漫知海曲冷雲埋拱木延州空掛暮年悲

三

前旌一幅粉書名行路知君亦涕零遂失詞人空有望謾留悲鶴老華亭主張壽祿無三四十收拾文章有六丁歸處仙龕終不遠新墳東見海山青

王子直挽辭

多才自合至公卿豈料青衫困一生太史有書監序事子雲於世不徼名丘墳慘淡貫山繚門巷蕭條類水清握手笑言如昨日白頭東望一傷情

孫君挽辭 名適

喪事上新壟哀挽轉空山名與碑長在魂隨帛暫還

無見漫黃卷有毋亦朱顏俛仰平生事人生一夢間

處士葛君挽辭 名

葬入黃歇地晉代葛洪家特擅山川秀相承巖冕華

猗君有清尚於世不雍琴令子能傳業流光未可涯

永壽縣太君周氏挽辭二首 鄧忠臣母

永壽聞新邑長沙返舊塋金龍冷錙軸粉字暗銘旌

薤夕露難濕蘭餘風尚清慶鍾知有在令子合升卿

二

子引金閨籍身開石窌封靈輀悲吉路象服儼虛[illegible]

楚挽雖多相萊衣不更縫誰知逝川底劒自喜相[illegible]

致仕邵少卿挽辭二首

譙城中守梁鴻巷下歸素車馳吉路丹旐卷[illegible]

撫几虛容在，瞻圖實貌非。無因置一醉，空此嘆長違。

二

杯酒邦溝上，紛紛已十年。音容常想見，風跡每流傳。老去元卿位，新開太守阡。慶門當更大，子弟固多賢。

葛郎中挽辭二首

卷卷總帷輕，空堂晝哭聲。衣冠遺故物，杯案若平生。白馬有悲送，赤車非古行。低徊九原日，光景在銘旌。

二

蠻荆長往地，湖海獨歸時。旅櫬蛟龍護，銘旌鷹鳥隨。此生要有盡，何物告無期。一片幽堂石，公知我不欺。

悼王致處士

處士生涯水一瓢，行年七十更蕭條。老妻稻下分遺

柔弱于松間拾墮樵豈有聲名高後世遂無饘粥永

今朝窮魂散漫知何處甬水東西不可招

長干釋普濟坐化

投老唯公最故人相尋長恨隔城闉百年俯仰隨薪

盡書手空傳淨戒身

悼慧休

休公遂不起難料亦難忘玉骨隨薪盡空留一分香

臨川先生文集卷第三十五

臨川先生文集卷第三十六



集句 古律詩

送吴顯道五首

送吴顯道南歸

送劉貢甫謫官衡陽

贈寶覺并序

金山寺

化城閣

明妃曲

懷元度四首

招元度

示黄吉甫

送張明甫

贈張軒民贊善

望之將行

招葉致遠

獨行

江口

戲贈湛源

與北山道人

梅花

即事五首

春風

花下
春山
金陵懷古
沈坦之將歸溧陽值雨留吾廬久之三首
示蔡天啓三首
烝然來思 并序
示楊德逢
示道光及安大師
老人行
離昇州作
倉頡
送吳顯道五首

五湖大浪如銀山問君西遊何當還以手撫膺坐長歎空手無金行路難丈夫意有在吾徒且加餐屏風九疊雲錦張千峯如連環上有橫河斷海之浮雲可望不可攀飛空結樓臺動影裊窕沖融間沛然乘天遊下看塵世悲人寰參泊舟潯陽郭云云翔寥廓君今年未成老翁衰老不復如今樂

二

滕王高閣臨江渚東邊日出西邊雨十五年前此會同天際張帷列樽俎公今此去何時歸我今停盃一問之春風兩岸水楊柳音□青青今在否偶向東湖更向東杏花兩株能白紅□□冶拓舊遊應記得稍花走馬月明中荏苒花□□瞻西□□明年花開復誰在杏花

楊柳年年好南去北來人自老少壯幾時奈老何與君把箸擊盤歌歌罷仰天歎六龍忽蹉跎眼中了了見鄉國自是不歸歸便得欲往城南望城北此心炯炯君應識

三

臨川樓上柅園中羅幃繡幕圍香風魫船一棹百分空看來成碧顏始紅杏花楊柳年年好南去北來人自老舊事無人可共論惟君與我同懷抱

四

忽憶舊鄉頭已白牙齒欲落真可惜臨江把臂難再得江水江花豈終極

五

百年多病獨登臺，知有歸日眉放開。功名富貴何足道，且賦淵明歸去來。

### 送吴顯道南歸

君不見蔡澤棲遲世看醜，豪氣英風亦何有。忽然變軒昂，盛事傳不朽。君今幸未成老翁，二十八宿羅心胷。何不上書自薦達，封侯起第一日中。秋月春風等閑度，山中舊宅無人住。宅中青桑葉宛宛，澗水流過田中路。遥知楊柳是門處，萬里蒼蒼煙水暮。我欲尋之不憚遠，君又暫來還逕去。紅亭驛路掛城頭，憶君秖欲苦死留。天際張帷列罇俎，君歌聲酸辭且苦。人生憔悴生理難，使人聽此凋朱顏。勸君更盡一盃酒，明日路長山復山。

送劉貢甫謫官衡陽

劉郎劉郎莫先起，遇酒當歌且歡喜。船頭朝轉暮千里，眼中之人吾老矣。九疑聯綿皆相似，白雪崔嵬插花裏。萬里衡陽鴈，尋常到此迴。行逢二三月，好與鴈同來。鴈來人不來，如何不飲令心哀。莫厭瀟湘少人處，謫官罇俎定常開。

贈寶覺并序

予始與寶覺相識於京師，因與俱東。後以翰林學士召，會宿金山一昔。今復見之，聞化城閣甚壯麗可登眺，思往遊焉，故賦是詩。

大師京國舊，興趣江湖迥。往與惠詢輩，一宿金山頂。懷哉若留戀，王事有朝請。別來能幾時，浮念劇含梗。

今朝忽相見，眸子清炯炯。夜闌接軟語，令人發深省。化城出天半，遠色有諸嶺。白首對汀州，猶思理煙艇。

金山寺

招提憑高岡，四面斷行旅。勝地猶在險，浮梁裊相拄。大江當我前，颭灩翠綃舞。通流與廚會，甘美勝牛乳。扣欄出黿鼉，幽姿可時覩。夜深殿突兀，太微凝帝宇。壁立兩崖對，迢迢隔雲雨。天多賸得月，月落聞津鼓。夜風一何喧，大舶夾雙艣。顛沉在須臾，我自檥迎汝。始知像教力，但度無所苦。憶昨狼狽初，只見石與土。榮華一朝盡，土梗空俯僂。人事隨轉燭，蒼茫竟誰主。咄嗟檀施開，繡楹盤萬礎。高閣切星辰，新秋照牛女。湯休起我病，轉上捫天去。攝身凌蒼霞，同倚朱欄語。

我歌爾其聆逸情得吐誰言張處士雄筆映千古

化城閣

曾宮憑風回兩岸聞鍾聲百里見秋毫（一作鑿翠開户牖御名）雲青高營化城若化出仰攀日月行俯視大江奔衆山遥相迎（一作茫茫與天平）大江蟠嶽勢旋流（一作回波）自成浪却略羅翠屏秀色各異狀楞伽海中山迥（一作古）出霄漢上中有不死庭天龍盡回向惜哉不得往側坐渺難望攀援翻想宵（一作登鐵翻百憂）意欲縺疊嶂登臨獨無語一望一惆悵（一本無此二句）忽憶少年時孤嘯坐題詩空懷焉能暴唯有故人知

明妃曲

我本漢家子早入深宮裏遠嫁單于國憔悴無復理

穹廬為室旃為牆胡塵暗天道路長去住彼此無消息明明漢月空相識死生難有却回身不忍回看舊寫真玉顏不是黃金少愛把丹青錯畫人朝為漢宮妃暮作胡地妾（一作今日漢宮人明朝胡地妾）獨留青塚向黃昏顏色如花命如葉

懷元度四首

秋水纔深四五尺扁舟斗轉疾於飛可憐物色阻携手正是歸時君不歸

二

舍南舍北皆春水[illegible]恰似蒲萄初醱醅不見秘書心若

三

失百年多病獨登臺[illegible]

思君攜手安能得上盡重城更上樓時獨看雲淚橫臆長安不見使人愁

四

自君之出矣何其悽懷抱孤坐屢窮辰山林蹤跡如掃數莖石榴發豈無一時好不可持寄君思君令人老

招元度

早知皆(一作身)是自拘因年少因何(一作何因)有旅愁自是不歸歸便得陸乘肩輿(一作藍轝)水乘舟

示黄吉甫

三山半落青天外勢比凌歊宋武臺壓世難逢開口笑生前相遇且銜杯

送張明甫

艤船一棹百分空十五年前此會同南去北來人自老桃花依舊笑春風

贈張軒民贊善

潮打空城寂寞迴百年多病獨登臺誰人得似張公子有底忙時不肯來

望之將行

江涵秋景鴈初飛沙尾長檣發漸稀惆悵無因見范蠡夕陽長送釣船歸

招葉致遠

山桃野杏兩三栽嫩葉一作蘂商量細細開最是一年春好處明朝有意抱琴來

獨行

朱顏日夜一作消不如故深感杏花相映紅盡日獨行春色裏醉吟誰肯伴蓑翁

江口

六朝文物草連空今古無端入望中江上晚來堪畫處參差煙樹五湖東

戲贈湛源

恰有三百青銅錢憑君爲筭小行年坐中亦有江南客自斷此生休問天

寘北山道人

可惜昂藏一丈夫生來不讀半行書子雲識字終投閣幸是元無免破除

梅花

白玉堂前一樹梅爲誰零落爲誰開唯有春風最相惜一年一度一歸來

即事五首

漸老逢春能幾回蓬門今始爲君開莫嫌野外無供給更向花前把一盃

二

一樹籠鬆玉刻成遊蜂多思正經營攀枝弄雪時回顧還繞櫻桃樹下行

三

幽棲地僻經過少鍾梵聲中掩竹門唯有多情枝上雪暗香浮動月黃昏

四

莫鄰雞下五更原爲閑客此閑行欲知前面花多少顛倒青苔落絳英

五

春光冉冉歸何處細雨斜風作夜寒猶有數苞紅好在老年花似霧中看

春風

春風吹園雜花開青天露坐始此迴一盃一盃復一盃笑言溢口何歡哈古人白骨生青苔我獨不飲何爲哉何時出得禁酒國壘麴便築糟丘臺

春雪

春雪墮如簁渾家醉不知泥留虎鬬跡愁殺路傍兒

花下

花下一壺酒定將誰舉杯雪英飛落近疑是故人來

春山

春山春水流曲折方屢渡荒棄不知疲行到水窮處依然舊童子要予竹西去歸時始覺遠草蔓已多露

金陵懷古

六代豪華空處所金陵王氣黯然收煙濃草遠望不盡物換星移度幾秋至竟江山誰是主却因歌舞破除休長來不見當時事上盡重城更上樓

沈坦之將歸溧陽值雨留吾廬久之三首

天雨蕭蕭滯茅屋冷猿秋鴈不勝悲牀牀屋漏無乾處獨立蒼茫自詠詩

簷雨亂淋幔風悲蕙蘭杜秋相看更勝人若自多愁

二

片雲頭上黑漸漸野風秋室婦歎鳴鸛分爲兩地愁

示蔡天啓三首

蔡子勇成癖能騎生馬駒銛鋒瑩鸊鵜價重百硨磲

脱身事幽討禪龕只晏如劃然變軒昂慎勿學吾詩

二

蔡子勇成癖劒可萬人敵讀書百紙過贏餘物不隔

閑已取將相志氣方自得偪仄何偪仄未見有一獲

蕭條兩翅蓬蒿下未能生彼升天翼焉能學堂上燕

綢繆新羽翮

三

身着青衫騎惡馬，日馳三百尚嫌遲。心源落落堪爲將，卻是君王未備知。

## 烝然來思 并序

烝然來思，送程公也。公來以荒嬛饋我，我飲餞之，宿西水澨，故作是詩。

念我獨兮，亦莫我顧。烝然來思，挹伯仲父。我有旨酒，爾殽伊脯。酌言醻之，式歌且舞。不留不處，適彼樂土。言秣其馬，率西水澨。有客宿宿，于時語語。山有喬松，江有渚弍。遄其歸，不我與。作此好歌，倡予和女。

## 示楊德逢

我行其野，春日遲遲。有菀者柳，在水之湄。有鳴倉庚，豈曰不時。求其友聲，顧之頑之。嗟我懷人，何日忘之。

夫目不言兮何爲期期逝不至我心西悲跂予望之其室則邇一昔之來我心則喜我之懷矣升彼虛矣愛而不見云何吁矣

示道光及黄大師

春日載陽陟彼高岡樂彼之園維水泱泱維筍及蒲既生既育時飛雌鳥集于灌木嚶其鳴矣亂我心曲有懷二人在往空谷既往既來獨寐寤宿陟則在巘或降于阿寤言永歎及傷如之何

殘桃花

含英含笑昔穠桃東風一吹數尺高枝柯蕭錦花爛熳美人歸兮兩歎嗟鼻晴濤漲春綠周遭俯視紅影移漁舟出蕪邇返武陵客去際歸歸秦人迷攀條弄芳

長聰晚已見黍雪鬢中毛仙人愛杏令虎守百年終屬樵蘇手我衰此果復易朽蟲來食根那得久瑤池紺絕誰見有更值花時且追酒君能酩酊相隨否

## 老人行

老人低心逐年少年少還為老人調兩家挾詐自相欺四海傷真誰復誚翻手作雲覆手雨當面論心背面笑古來人事已如此今日何須論久要

## 倉頡

倉頡造書不辭自明於乎多言秖誤後生

臨川先生文集卷第三十六

# 臨川先生文集卷第三十七

## 集句

胡笳十八拍十八首

虞美人

甘露歌

## 歌曲

桂枝香

菩薩蠻

漁家傲二首

清平樂

浣溪沙

浪淘沙令

南鄉子二首

訴衷情五首

望江南

胡笳十八拍十八首

中郎有女能傳業，顏色如花命如葉。命如葉薄將奈何，一生抱恨常咨嗟。良人持戟明光裏，所慕靈妃媲蕭史。空房寂寞施繐帷，棄我不待白頭時。

二

天不仁兮降亂離，嗟余去此其從誰。自胡之反持干戈，翠蕤雲旓相蕩摩。流星白羽腰間插，疊鼓遥翻瀚海波。

三

一門骨肉散百草，安得無淚如黄河。

身被駱兮入西關，關山阻脩兮行路難。水頭宿兮草頭坐，春野只教心膽破。更𨄍彤鞭教走馬，玉骨瘦來無一把。幾迴拋鞚抱鞍橋，往往驚墮馬蹄下。

四

漢家公主出和親，御廚絡繹送八珍。明妃初嫁與胡時，一生衣服盡隨身。眼長看地不稱意，同是天涯淪落人。我今一食日還併，短衣數挽不掩脛。乃知貧賤別更苦，安得康強保天性。

五

十三學得琵琶成，繡幕重重卷畫屏。一見郎來雙眼明，勸我酤酒花前傾。齊言此夕樂未央，豈知此聲能斷腸。如今正南看北斗，言語傳情不如手。低眉信手

續續彈彈看飛鴻勸胡酒

六

青天漫漫覆長路一紙短書無寄處月下長吟久不歸當時還見鴈南飛彎彎弓射飛無遠近青冢路邊南鴈盡兩處音塵從此絕唯向東西望明月

七

明明漢月空相識道路只今多擁隔去住彼此無消息時獨看雲淚橫臆豺狼喜怒難姑息自倚紅顏能騎射千言萬語無人會漫倚文章真末策

八

生難有却回身不忍重看舊寫真暮去朝來顏色改四時天氣總愁人東風漫漫吹桃李盡日獨行春

色裏自經喪亂少睡眠鸎飛燕語長悄然

九

柳絮已將春去遠攀條弄芳畏晚晚憂憲衆兮歡樂鮮一去可憐終不返日夕思歸不得歸山川滿目淚沾衣草奎苑裏西風起歎息人間萬事非

十

寒聲一夜傳刁斗雲雪埋山蒼石兕吼詩成吟詠轉淒涼不如獨坐空搔首漫漫胡天叫不聞胡人高鼻動成君子寒盡春生洛陽殿回首何時復來見

十一

晚來幽獨恐傷神唯見沙蓬水柳春破除萬事無過酒虜酒千盃不醉人含情欲説更無語一生長恨奈

何許饑對酪肉兮不能餐強來前帳臨歌舞

十二

歸來展轉到五更起看北斗天未明秦人一作家築城備胡處擾擾唯有牛羊聲萬里飛蓬映天過風吹漢地衣裳破欲上城南望城北三步回頭五步坐

十三

自斷此生休問天生得明兒擬棄捐一始扶牀一初

十四

鞠之育之不羞恥恩情亦各言其子天寒日暮山谷

裏腸斷非關隴頭水見呼母兮嗁失聲依然離别難爲情灑血仰頭兮訴蒼蒼知我如此兮不如無生

十五

當時悔來歸又恨洛陽宫殿焚燒盡紛紛黎庶逐黄巾心折此時無一寸慟哭秋原何處村千家今有百家存爭持酒食來相饋舊事無人可共論

十六

此身飲罷無歸處心懷百憂復千慮天翻地覆誰得知魏公垂淚嫁文姬天涯憔悴身託命於新人念我出腹子使我歎恨勞精神新人新人聽我語我所思兮在何所母子分離兮意難任死生不相知兮何處尋

十七

燕山雪花大如席與兒洗面作光澤恍然天地半夜白閨中秖是空相憶點注桃花舒小紅與兒洗面作華容欲問平安無使來桃花依舊笑春風

十八

春風似舊花仍笑人生豈得長年少我與兒兮各一方憔悴看成兩鬢霜如今豈無騕褭與驊騮安得送我置汝傍胡塵暗天道路長遂令再往之計墮眇芒胡笳本出自胡中此曲哀怨何時終笳一會兮琴一拍此心炯炯君應識

虞美人

虞美人態濃意遠淑且真同輦隨君侍君側六宫粉

黛無顔色楚歌四面起形勢返蒼黄夜聞馬嘶曉無迹蛾眉蕭颯如秋霜漢家離宫三十六緩歌謾舞疑絲竹人間舉眼盡堪悲獨在陰崖結茅屋美人爲黄土草木皆含愁紅房紫萼處處有聽曲低昂如有求青天漫漫覆長路今人犂田昔人墓虞兮虞兮奈若何不見玉顔空死處

甘露歌

折得一枝香在手人間應未有疑是經春雪未消今日是何朝盡日含毫難比興都無色可竝萬里晴天何處來眞是屑瓊瑰天寒日暮山谷裏的皪愁成水地上漸多枝上稀唯有故人知

桂枝香　歌曲

登臨送目正故國晚秋天氣初肅千里澄江似練翠峯如簇歸帆去棹殘陽裏背西風酒旗斜矗綵舟雲淡星河鷺起畫圖難足念往昔繁華競逐歎門外樓頭悲恨相續千古憑高對此謾嗟榮辱六朝舊事隨流水但寒煙芳草凝綠至今商女時時猶歌後庭遺曲

菩薩蠻

數家茅屋閑臨水單衫短帽垂楊裏今日是何朝看予度石橋梢梢新月偃午醉醒來晚何物最關情黃鸝一兩聲

漁家傲二首

燈火已收正月半山南山北花撩亂聞說洊亭新水

漫騎款段穿雲入鳥尋遊伴却拂僧牀褰素幔千巖萬壑春風暖一弄松聲悲急管吹夢斷西看牕日猶嫌短

二

平岸小橋千嶂抱柔藍一水縈花草茅屋數間窗窈窕塵不到時時自有春風掃午枕覺來聞語鳥欹眠似聽朝雞早忽憶故人今總老貪夢好茫然忘却邯鄲道

清平樂

雲垂平野掩映竹籬茅舍闃寂幽居實瀟灑是處綠嬌紅冶丈夫運用堂堂且莫五角六張若有一卮芳酒逍遥自在無妨

### 浣溪沙

百畝中庭半是苔門前白道水縈迴愛閑能有幾人来小院回廊春寂寂山桃溪杏兩三栽為誰零落為誰開

### 浪淘沙令

伊呂兩衰翁歷遍窮通一為釣叟一耕傭若使當時身不遇老了英雄湯武偶相逢風虎雲龍興王祇在笑談中直至如今千載後誰與爭功

### 南鄉子二首

嗟見世間人但有纖毫即是塵不住舊時無相皃沉淪祇為從來認識神作麼有疎親我自降魔轉法輪不是攝心除妄想求真幻化空身即法身

二

自古帝王州鬱鬱葱葱佳氣浮四百年來成一夢堪愁晉代衣冠成古丘

三

遶水恣行遊上盡層城更上樓往事悠悠君莫問回頭檻外長江空自流

訴衷情五首 和俞秀老鈔詞

常時黃色見眉間松桂我同攀每言天上辛苦不肯餌金丹 憐水靜愛雲閑便忘還高歌一曲巖谷迤邐宛似商山

二

練巾藜杖白雲間有興即躋攀追思往昔如夢華轂也曾丹 塵自擾性長閑更無還達如周召窮似丘軻秖箇山山

三

芒然不肯往祢間有處 即追攀將他死語圖度怎得
離眞丹 漿水價匹如閑也須還何如直截踢倒軍
持贏取溈山

四

營巢燕子逞翺翔微志在雕梁碧若雲霄翺千里其奈
有鸞皇 臨濟處德山行果承當自時降在一切天
魔掃地焚香

五

眞言普化紙顛狂眞解作庠溧驀然打箇觔斗直跳
過羲皇 臨濟處德山行果承當將他建立認作心
識也是尋香

望江南　歸依三寶讚

歸依衆，梵行四威儀。願我遍遊諸佛土，十方賢聖不相離。永滅世間癡。

歸依法，法法法不思議。願我六根常寂靜，心如寶月映琉璃。了法更無疑。

歸依佛，彈指越三祇。願我速登無上覺，還如佛坐道場時。能智又能悲。

三界裏，有取總災危。普願衆生同我願，能於空有善思惟。三寶共住持。

臨川先生文集卷第三十七

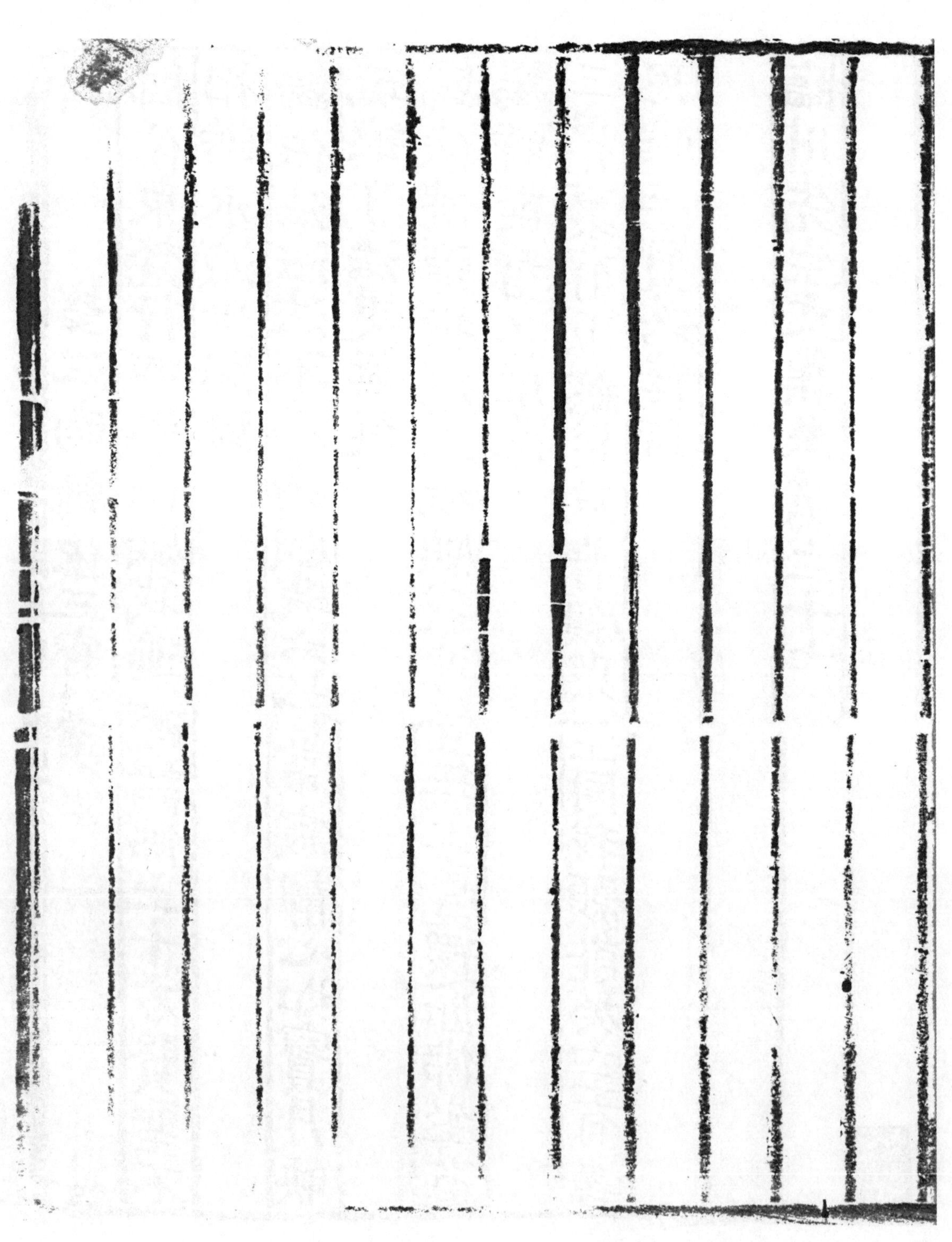

# 臨川先生文集卷第三十八

## 四言詩

潭州新學詩 并序
新田詩 并序
獵較詩 并序
雲之祁祁荅董傳

## 古賦

龍賦
歷山賦 并序
思歸賦
釋謀賦

## 樂章

明堂樂章二首
歆安之曲
皇帝還大次憩安之曲
上梁文
景靈宫修蓋　英宗皇帝神御殿上梁文
銘
蔣山鍾銘
明州新刻漏銘
伍子胥廟銘
璨公信心銘
讚
蔣山覺海元公真讚

梵天畫讃　八

維摩像讃

空覺義示周彦真

## 潭州新學詩 并序

治平元年天章閣待制興國吳公治潭州之明年正月改築廟學于城東南越五月告成孔子冕幣潭人曰公爲善政以德義文不勤我而爲此學以嘉我士子誰能詩乎以誦我公於無窮皆辭不敢乃使來請詩曰

有嚴新學潭守所作守者誰歟仲庶氏吳撫養矜寡教之孝弟黥首鼓歌吏靜不求乃相廟序生師所廬上漏旁穿燥濕不除曰嘻遷哉迫陋卑汙當其壞府

適可以謀營地庀工伐楩楠櫧撤故就新爲此渠渠潭人來止相語而喜我知覡成無豫經始公弁在堂從者如水公曰諭汝潭之士予古之讀書凡以爲己躬行孝悌由義而仕神聽汝助況於閭里無賞而勸非聖自是雖大得意吾猶汝羞上下其手公言無尤請詩我歌以遠公休

## 新田詩 并序

唐治四縣田之入於草萊者十九民如寄客雖簡其賦緩其徭而不可以必留尚書比部郎中趙君尚寬之來問敝於民而知其故乃委推官張君恂以兵士興大渠之廢者一大陂之廢者四諸小渠陂教民自爲者數十一年流民作而相告以歸二年而淮之南

湖之北操囊詣以來甚衆予者其來如雨三年
之上不可賤取昔之藏粟者多化而爲徐環居者求
矣唐獨得歲焉船漕車輓負擔出于四境一日之間
不可爲數唐之私廪固有餘而吏之無稱於世久矣
予聞趙君如此故爲作詩詩曰
離離新田其下流水孰知其初灌莽八千[illegible]高青江
其北逾淮父挽子扶十[illegible]其來[illegible][illegible][illegible]爰我新居
趙侯劬之作者不飢歲仍大熟及[illegible]秀[illegible]船[illegible][illegible]
四鄙出穀今游者處昔止者流雖言其[illegible]一不如今侯
侯來適野不有觀者執于水濱問我鰥寡侯其歸矣
三歲于茲誰能止侯我往求之

## 獵較詩 并序

獵較刺時也昔孔子仕於魯魯人獵較孔子亦獵較或問乎孟軻曰孔子之仕非事道歟曰事道也事道奚獵較也曰孔子先簿正祭器不以四方之食供簿[illegible]不獵較則若無以祭祀蓋孔子所以小同於俗猶[illegible][illegible]義國在於可為之職而後之人冒於隨者一不[illegible]義以之可否汙身毀道獵然以和衆自得甚者傷人倫毀風俗至於無號則譏曰孔子亦嘗獵較矣悲夫作是詩以刺焉

獵較獵較誰爲我有國人之恥君子所醜獵較獵較祭占異辭國人之厚君子所傷

雲之祁祁答董傳

雲之祁祁或雨于淵苗之[illegible][illegible]或[illegible]于田曰雲之祁祁

[illegible]兩手野肯禍于四豈不自我賈其隮莫往西都
匪我爲之我歌且謡蔚兮其猶南山之側我歌且謡
維以育德

## 龍賦

龍之爲物能合能散能潛能見能弱能强能微能章
惟不可見所以莫知其鄉惟不可畜所以異於牛羊
變而不可測動而不可馴則常出乎害人而未始出
乎害人夫此所以爲仁爲仁無止則常至乎喪己而
未始至乎喪己夫此所以爲智止則身安曰惟知幾
動則物利曰惟知時然則龍終不可見乎曰與爲類
者常見之

## 歷山賦 并序

餘杭縣人有與季父爭田于縣于州于轉運使不直揭點刑獄令余來直之將歸與然登歷山而望之歷山在縣西上虞縣界中或曰舜所耕云

歷山之峩峩兮予汝耕之孰汝遷之此匪予私云然兮誰汝使予人之子兮予鄙嗟山之峩峩兮朗維其常人之子兮予爲而亡予易而亡兮我之思今孰繼兮我之悲嗚呼已矣兮來者爲誰

思歸賦

蹇吾南兮實之恭吾兮觀一以晡吾歸兮永渡暮吾馬兮山阿云濟兮維寞夫駛田兮上遙風脩脩兮來去日翳翳兮溟濛之雨萬物紛紛誰與儔兮歲逶迤其今暮吾感不知夫塗兮徘徊彷徨以一夜顧吾歸兮吾

去兮獨何爲乎此旅

釋誹賦

雲冥冥兮蔽日風浩浩兮吹沙出予馳兮不得塊獨處兮咨嗟嗟天地兮無窮暑與寒兮相容以短褐兮憂親孰知予兮孔棘維抱關兮擊柝乃予侮兮所宜禄可辭兮尚冒養孰劇兮方衝豈吾事兮固拙寍我辰兮獨悖信物默兮有制尚可侮兮內外

明堂樂章二首

歆安之曲

穆穆在堂肅肅在庭於顯辟公來相思成神既歆止有聞惟馨錫我休嘉燕及群生

皇帝還大次憩安之曲

有奕明堂萬方時會宗予聖考作帝之配樂酌虞典禮從周制鼇事既成於皇來塈

景靈宮修蓋 英宗皇帝神御殿上梁文

兒郎偉天都左界帝室中經誕惟僊聖之祠夙有神靈之宅嗣開宏御名追奉睟容方將廣舜孝於無窮豈特尚漢儀之有舊 先皇帝道該五泰德貫二儀文摛雲漢之章武布風霆之號華夏歸仁亦祗屬蠻夷馳義以駿奔清蹕旁傳靈輿忽往超然姑射山無一物之疵癘矣壽丘臺有萬人之畏已葬鼎湖之弓劒將游高廟之衣冠 今皇帝孝奉神明恩涵動植纂禹之服期成萬世之功見堯於羹未改三年之政乃眷熏修之吉壤載營館御之新宮考協前彝述追先

孝嚴列峙兮明可象於平居□旁開輦路兮古□
於陳迹官師肅給斤築隆施揆吉兮以庀徒舉修梁
而考室致申善頌以相歡謡
兒郎偉抛梁東　聖主迎陽坐禁中　明似九天昇曉
日恩如萬國轉春風
兒郎偉抛梁西瀚海兵銷太白低王母玉環方自獻
大宛金馬不須齎
兒郎偉抛梁南丙地星高每歲占千障滅烽開鎮徼
萬艘輸賨引江漕
兒郎偉抛梁北邊城自此無鳴鏑即看呼韓渭上朝
脩詩實憲燕然勒
兒郎偉抛梁上彷彿神遊今可想風馬雲車世世來

金輿玉輦年年事

兒郎偉拋梁下萬靈賚祉於宗社天垂嘉種已豐年地産珍符方極化

伏願上梁之後聖躬樂豫寶命靈長於茂獻兩宫之壽椒繁占六寢之祥宗室蕃維之彦朝廷表幹之良家傳慶譽代襲龍光章一心而顯相保鎮祀之無疆

皇帝萬歲

## 蔣山鍾銘

於皇正覺訓用音聞肆作大鍾以警流昏

## 明州新刻漏銘

戊子王公始治于明丁亥孟冬漏具成追謂屬人嗟汝予銘自古在昔挈壺有職匪器則弊人亡政息

其政謂何弗棘弗遲君子小人嬰息維時東方來思
自公召之彼寧不勤得罪于時厥荒懈廢乃政之疵
嗚呼有州謹哉維茲茲惟其中俾我後思

## 伍子胥廟銘

予觀子胥出死亡逋竄之中以客寄之一身卒以說吳折不測之楚仇執恥雪名震天下豈不壯哉及其危疑之際能自慷慨不顧萬死畢諫於所事此其志與夫自恕以偷一時之利者異也孔子論古之士大夫若管夷吾臧武仲之屬苟志於善而有補於當世者咸不廢也然則子胥之義又曷可少耶康定二年予過所謂胥山者周行廟庭嘆吳亡千有餘年事之興壞廢革者不可勝數獨子胥之祠不徙不絕何其

廬也豈獨神之事吳之所興蓋亦子胥之節有以動後世而愛尤在於吳也後九年樂安蔣公爲杭使其州人力而新之余與爲銘也

烈烈子胥發節窮逋遂爲册臣奮不圖軀諫合謀行隆隆之吳厥廢不遂邑都俄墟以智死昏忠則有餘胥山之顛殿屋渠渠千載之祠如祠之初孰作新之民勸而趨維忠肆懷維孝肆孚我銘祠庭示後不誣

璨公信心銘

泗彼有流載浮載沉爲可以濟一壺千金法譬則水窮之彌深璨公所傳等觀初心

蔣山覺海元公眞讚

賢哉人也行厲而容寂知言而能默譽至弗喜辱毀

弗食弗矜弗克人自衛德有備有百自南自北弗何弗迪弗抗弗抑弗觀汝華惟食已亮故其嗣之我有遺則

## 梵天畫讚

梵天尚寶厥乘孔雀雖知時語鈴戒沆濁鶮身黃衣於淨無著乃持赤幡歸趣正覺

## 維摩像讚

是身是像無有二相三世諸佛亦如是像若取真實還成虛妄應持香花如是供養

## 空覺義示周彥真

覺而徧空而迷故曰覺迷空不徧覺而頑故曰空頑空不無頑以色故頑覺本無迷以見故迷

臨川先生文集卷第三十八

# 臨川先生文集卷第三十九

## 書疏

上仁宗皇帝言事書
上時政疏
進戒疏

### 上仁宗皇帝言事書

臣愚不肖蒙恩備使一路今又蒙恩召還闕廷有所任屬而當以使事歸報 陛下不自知其無以稱職而敢緣使事之所及冒言天下之事伏惟 陛下詳思而擇其中幸甚臣竊觀 陛下有恭儉之德有聰明睿智之才夙興夜寐無一日之懈聲色狗馬觀遊玩好之事無纖介之蔽而仁民愛物之意孚於天下而又公選天下

之所顧以爲輔相者屬之以事而不貳於讒邪傾巧之臣此雖二帝三王之用心不過如此而已宜其家給人足天下大治而效不至於此顧內則不能無以社稷爲憂外則不能無懼於夷狄天下之財力日以困窮而風俗日以衰壞四方有志之士諰諰然常恐天下之久不安此其故何也患在不知法度故也今朝廷法嚴令具無所不有而臣以謂無法度者何哉方今之法度多不合乎先王之政故也孟子曰有仁心仁聞而澤不加於百姓者爲政不法於先王之道故也以孟子之說觀方今之失正在於此而已夫以今之世去先王之世遠所遭之變所遇之勢不一而欲一二修先王之政雖甚愚者猶知其難也然臣以謂今之失患在不法先王之政

者以謂當法其意而已夫二帝三王相去蓋千有餘載
一治一亂其盛衰之時具矣其所遭之變所遇之勢亦
各不同其施設之方亦皆殊而其爲天下國家之意本
末先後未嘗不同也臣故曰當法其意而已法其意則
吾所改易更革不至乎傾駭天下之耳目囂天下之口
而固已合乎先王之政矣雖然以今之勢揆之
陛下雖欲改易更革天下之事合於先王之意其勢必
不能也　陛下有恭儉之德有聰明睿智之才有仁民
愛物之意誠加之意則何爲而不成何欲而不得然而
臣顧以謂　陛下雖欲改易更革天下之事合於先王
之意其勢必不能者何也以方今天下之人才不足故
也臣嘗試竊觀天下在位之人未有乏於此時者也夫

人才之於上則有沈廢伏匿在下而不為當時所知者矣臣又求之於閭巷草野之間而亦未見其多焉豈非陶冶而成之者非其道而然乎臣以謂方今在位之人才不足者以臣使事之所及則可知矣今以一路數千里之間能推行朝廷之法令知其所緩急而一切能使民以修其職事者甚少而不才苟簡貪鄙之人至不可勝數其能講先王之意以合當時之變者蓋闔郡之間往往而絕也朝廷每一令下其意雖善在位者猶不能推行使膏澤加於民而吏輒緣之為姦以擾百姓臣故曰在位之人才不足而草野閭巷之間亦未見其多也夫人才不足則　陛下雖欲改易更革天下之事以合先王之意大臣雖有欲此當　陛下之意而領此者九

州之大四海之遠孰能稱　陛下之指以一二推行此而人人蒙其施者乎臣故曰其勢必未能也孟子曰徒法不能以自行非此之謂乎然則方今之急在於人才而已誠能使天下之才衆多然後在位之才可以擇其人而取足焉在位者得其才矣然後稍視時勢之可否而因人情之患苦變更天下之弊法以趨先王之意甚易也今之天下亦先王之天下先王之時人才嘗衆矣何至於今而獨不足乎故曰陶冶而成之者非其道故也商之時天下嘗大亂矣在位貪毒禍敗皆非其人及文王之起而天下之才嘗少矣當是時文王能陶冶天下之士而使之皆有士君子之才然後隨其才之所有而官使之詩曰豈弟君子遐不作人此之謂也及其

成也微賤兎罝之人猶莫不好德兎罝之詩是也又況於在位之人乎夫文王惟能如此故以征則服以守則治詩曰奉璋峨峨髦士攸宜又曰周王于邁六師及之言文王所用文武各得其才而無廢事也及至夷厲之亂天下之才又嘗少矣至宣王之起所與圖天下之事者仲山甫而已故詩人歎之曰德輶如毛維仲山甫舉之愛莫助之蓋閔人士之少而山甫之無助也宣王能用仲山甫推其類以新美天下之士而後人才復衆於是內脩政事外討不庭而復有文武之境土故詩人美之曰薄言采芑于彼新田于此菑畝言宣王能新美天下之士使之有可用之才如農夫新美其田而使之有可采之芑也由此觀之人之才未嘗不自人主陶冶而

成之者也所謂陶冶而成之者何也亦教之養之取之任之有其道而已所謂教之之道何也古者天子諸侯自國至於鄉黨皆有學博置教導之官而嚴其選朝廷禮樂刑政之事皆在於學士所觀而習者皆先王之法言德行治天下之意其技亦可以爲天下國家之用苟不可以爲天下國家之用則不教也苟可以爲天下國家之用者則無不在於學此教之之道也所謂養之之道何也饒之以財約之以禮裁之以法也何謂饒之以財人之情不足於財則貪鄙苟得無所不至先王知其如此故其制祿自庶人之在官者其祿已足以代其耕矣由此等而上之每有加焉使其足以養廉恥而離於貪鄙之行猶以爲未也又推其祿以及其子孫謂之世

祿使其生也既於父子兄弟妻子之養昏姻朋友之接皆無憾矣其死也又於子孫無不足之憂焉何謂約之以禮人情足於財而無禮以節之則又放僻邪侈無所不至先王知其如此故為之制度婚喪祭養燕享之事服食器用之物皆以命數為之節而齊之以律度量衡之法其命可以為之而財不足以具則弗非也其財可以具而命不得為之者不使有銖兩分寸之加焉何謂裁之以法先王於天下之士教之以道藝矣不帥教而待之以屏棄遠方終身不齒之法約之以禮也不循禮則待之以流殺之法王制曰變衣服者其君流酒誥曰厥或誥曰群飲汝勿佚盡執拘以歸于周予其殺夫群飲變衣服小罪也流殺大刑也加小罪以大刑先王所

以悉而不疑者以爲不如是不足以一天下之俗而成吾治夫約之以禮裁之以法天下所以服從無抵冒者又非獨其禁嚴而治察之所能致也蓋亦以吾至誠懇惻之心力行而爲之倡凡在左右通貴之人皆順上之欲而服行之有一不帥者法之加必自此始夫上以至誠行之而貴者知避上之所惡矣則天下之不罰而止者矣故曰此養之之道也所謂取之之道者何也先王之取人也必於鄉黨必於庠序使衆人推其所謂賢能書之以告于上而察之誠賢能也然後隨其德之大小才之高下而官使之所謂察之者非專用耳目之聰明而聽私於一人之口也欲審知其德問以行欲審知其才問以言得其言行則試之以事所謂察之者試之

以事是也雖堯之用舜亦不過如此而已又况其下乎若夫九州之大四海之遠萬官億醜之賤所須士大夫之才則衆矣有天下者又不可以一二自察之也又不可以偏屬於一人而使之於一日二日之間考試其行能而進退之也蓋吾已能察其才行之大者以爲大官矣因使之取其類以持久試之而考其能者以告于上而後以爵命祿秩予之而已此取之之道也所謂任之之道者何也人之才德高下厚薄不同其所任有宜有不宜先王知其如此故知農者以爲后稷知工者以爲共工其德厚而才高者以爲之長德薄而才下者以爲之佐屬又以久於其職則上狃習而知其事下服馴而安其教賢者則其功可以至

於成不肖者則其罪可以至於著故久其任而待之以考績之法夫知此故智能才力之士則得盡其智以赴功而不患其事之不終其功之不就也偷惰苟且之人雖欲取容於一時而顧僇辱在其後安敢不勉乎若夫無能之人固知辭避而去矣居職任事之日久不勝任之罪不可以幸而免故也彼且不敢冒而知辭避矣尚何有比周讒諂爭進之人乎取之既已詳使之既已當處之既已久至其任之也又專焉而不一二以法束縛之而使之得行其意堯舜之所以理百官而熙衆工者以此而已書曰三載考績三考黜陟幽明此之謂也然堯舜之時其所黜者則聞之矣蓋四凶是也其所陟者則皋陶稷契皆終身一

官而不徒盖其所謂賢者特加之爵命禄賜而已耳此任之之道也夫教之養之取之任之之道如此而當時人君又能與其大臣悉其耳目心力至誠惻怛思念而行之此其人臣之所以無疑而於天下國家之事無所欲爲而不得也方今州縣雖有學取墻壁具而已非有教導之官長育人才之事也唯太學有教導之官而亦未嘗嚴其選朝廷禮樂刑政之事未嘗在於學學者亦漠然自以禮樂刑政爲有司之事而非已所當知也學者之所教講說章句而已講說章句固非古道教人之道也近歲乃始教之以課試之文章夫課試之文章非博誦強學窮日之力則不能及其能工也大則不足以用天下 國家小則不足

以為天下國家之用故雖白首於庠序窮日之力以帥上之教及使之從政則茫然不知其方者皆是也蓋今之教者非特不能成人之才而已又從而困苦毀壞之使不得成才者何也夫人之才成於專而毀於雜故先王之處民才處工於官府處農於畎畝處商賈於肆而處士於庠序使各專其業而不見異物懼異物之足以害其業也所謂士者又非特使之不得見異物而已一示之以先王之道而百家諸子之異說皆屏之而莫敢習者焉今士之所宜學者天下國家之用也今悉使置之不教而教之以課試之文章使其耗精疲神窮日之力以從事於此及其任之以官也則又悉使置之而責之以天下國家之事夫

古之人以朝夕專其業於天下國家之事而猶才有能有不能今乃移其精神奪其日力以朝夕從事於無補之學及其任之以用然後卒然責之以為天下國家之用宜其才之足以有為者少矣臣故曰非特不能成人之才又從而困苦毀壞之使不得成才也又有甚害者先王之時士之所學者文武之道也士之才有可以為公卿大夫有可以為士其才之大小宜不宜則有矣至於武事則隨其才之大小未有不學者也故其大者居則為六官之卿出則為六軍之將也其次則比閭族黨之師亦皆卒兩師旅之帥也故邊疆宿衛皆得士大夫為之而小人不得奸其任今之學者以為文武異事吾知治文事而已至於邊

疆宿衛之任則推而屬之於卒伍往往天下無賴之人苟其才行足自託於鄉里者亦未有肯去親戚而從召募者也邊疆宿衛此乃天下之重任而人主之所當慎重者也故古者教士以射御爲急其他技能則視其人才之所宜而後教之其才之所不能則不彊也至於射則爲男子之事人之生有疾則已苟無疾未有去射而不學者也在庠序之間固當從事於射也有賓客之事則以射有祭祀之事則以射别士之行同能偶則以射於禮樂之事未嘗不寓以射而射亦未嘗不在於禮樂祭祀之間也易曰弧矢之利以威天下先王豈以射爲可以習揖讓之儀而已乎固以爲射者武事之尤大而威天下守國家

之具也居則以是習禮樂出則以是從戰伐士既朝夕從事於此而能者衆則邊疆宿衛之任皆可以擇而取也夫士嘗學先王之道其行義嘗見推於鄉黨矣然後因其才而託之以邊疆宿衛之事此古之人君所以推干戈以屬之人而無內外之虞也今乃以夫天下之重任　人主所當至慎之選推而屬之姦悍無賴才行不足自託於鄉里之人此方今所以諰諰然常抱邊疆之憂而虞宿衛之不足恃以為安也今孰不知邊疆宿衛之士不足恃以為安哉顧以為天下學士以執兵為恥而亦未有能騎射行陣之事者也則非召募之卒伍孰能任其事者乎夫不嚴其教高其選則士之以執兵為恥而未若有能騎射行

陣之事固其理也凡此皆教之非其道故也方今制祿大抵皆薄自非朝廷侍從之列食口稍衆未有不兼農商之利而能充其養者也其下州縣之吏一月所得多者錢八九千少者四五千以守選待除守闕通之蓋六七年而後得三年之祿計一月所得乃實不能四五千少者乃實不能及三四千而已雖廝養之給不窘於此矣而其養生喪死婚姻葬送之事皆當於此夫出中人之上者雖窮而不失爲君子出中人之下者雖泰而不失爲小人唯中人不然窮則爲小人泰則爲君子計天下之出中人之上下者千百而無十一窮而爲小人泰而爲君子者則天下皆是也先王以爲衆不可以力勝也故制行不以己而以

中人爲制所以因其欲而利道之以爲中人之所能守則其志可以行乎天下而推之后世以今人之制祿而欲士之無毀廉耻蓋中人之所不能也故今官大者往往交賂遺營貲産以負貪汙之毀官小者販鬻乞丐無所不爲夫士已嘗毀廉耻以負累於世矣則其偷惰取容之意起而矜奮自强之心息則職業安得而不施治道何從而興乎又況委法受賂侵牟百姓者往往而是也此所謂不能饒之以財也婚喪奉養服食器用之物皆無制度以爲之節而天下以奢爲榮以儉爲耻苟其財之可以具則無所爲而不得有司既不禁而人又以此爲榮苟其財不足而不能自稱於流俗則其婚喪之際往往得罪於族人婚

姻而人以爲耻矣故富者貪而不知止貧者則强勉其不足以追之此士之所以重困而廉耻之心毁也凡此所謂不能約之以禮也方今　陛下躬行儉約以率天下此左右通貴之臣所親見然而其閨門之内奢靡無節犯上之所惡以傷天下之教者有已甚者矣未聞朝廷有所放絀以示天下昔周之人拘群飲而被之以殺刑者以爲酒之末流生害有至於死者衆矣故重禁其禍之所自生重禁禍之所自生故其施刑極省而人之抵於禍敗者少矣今朝廷之法所尤重者獨貪吏耳重禁貪吏而輕奢靡之法此所謂禁其末而弛其本然而世之識者以爲方今官冗而縣官財用已不足以供之其亦蔽於理矣今之入

言識冗矣然而前世置員蓋甚少而賦祿又如此之薄則財用之所不足蓋亦有説矣吏祿豈足計哉臣於財利固未嘗學然竊觀前世治財之大略矣蓋因天下之力以生天下之財取天下之財以供天下之費自古治世未嘗以不足為天下之公患也患在治財無其道耳今天下不見兵革之具而元元安土樂業人致已力以生天下之財然而公私常以困窮為患者殆以理財未得其道而有司不能度世之宜而通其變耳誠能理財以其道而通其變臣雖愚固知增吏祿不足以傷經費也方今法嚴令具所以羅天下之士可謂密矣然而亦嘗教之以道藝而有不帥教之刑以待之乎亦嘗約之以制度而有不循理之

刑以待之乎亦嘗任之以職事而有不任事之刑以待之乎夫不先教之以道藝誠不可以誅其不帥教不先約之以制度誠不可以誅其不循理不先任之以職事誠不可以誅其不任事此三者先王之法所尤急也今皆不可得誅而薄物細故非害治之急者為之法禁月異而歲不同為吏者至於不可勝記又況能一二避之而無犯者乎此法令所以玩而不行小人有幸而免者君子有不幸而及者焉此所謂不能裁之以刑也凡此皆治之非其道也方今取士強記博誦而略通於文辭謂之茂才異等賢良方正茂才異等賢良方正者公卿之選也記不必強誦不必博略通於文辭而又嘗學詩賦則謂之進士進士之

高者亦公卿之選也夫此二科所得之技能不足以爲公卿不待論而後可知而世之議者乃以爲吾常以此取天下之士而才之可以爲公卿者常出於此不必法古之取人而後得士也其亦蔽於理矣先王之時盡所以取人之道猶懼賢者之難進而不肖者之雜於其間也今悉廢先王所以取士之道而敺天下之才士悉使爲賢良進士則士之才可以爲公卿者固宜爲賢良進士而賢良進士亦固宜有時而得才之可以爲公卿者也然而不肖者苟能雕蟲篆刻之學以此進至乎公卿才之可以爲公卿者困於無補之學而以此絀死於嵒野蓋十八九矣夫古之人有天下者其所以慎擇者公卿而已公卿既得其人因

使推其類以聚於朝廷則百司庶物無不得其人也今使不肖之人幸而至乎公卿因得推其類聚之朝廷此朝廷所以多不肖之人而雖有賢智往往困於無助不得行其意也且公卿之不肖既推其類以聚於朝廷朝廷之不肖又推其類以備四方之任使四方之任使者又各推其不肖以布於州郡則雖有同罪舉官之科豈足恃哉適足以爲不肖者之資而已其次九經五經學究明法之科朝廷固已嘗患其無用於世而稍責之以大義矣然大義之所得未有以賢於故也今朝廷又開明經之選以進經術之士然明經之所取亦記誦而略通於文辭者則得之矣彼通先王之意而可以施於天下國家之用者顧未必

得與於此選也。其次則恩澤子弟，庠序不教之以道藝，官司不考問其才能，父兄不保任其行義，而朝廷輒以官予之，而任之以事。武王數紂之罪，則曰「官人以世」。夫官人以世而不計其才行，此乃紂之所以亂亡之道，而治世之所無也。又其次曰流外，朝廷固已擠之於廉恥之外，而限其進取之路矣，顧屬之以州縣之事，使之臨士民之上，豈所謂以賢治不肖者乎？以臣使事之所及，一路數千里之間，州縣之吏出於流外者往往而有，可屬任以事者殆無二三，而當防閑其姦者皆是也。蓋古者有賢不肖之分，而無流品之別，故孔子之聖而嘗爲季氏吏，蓋雖爲吏而亦不害其爲公卿。及後世有流品之別，則凡在流外者，其所成立固嘗自置於廉恥之外而無高人之意矣夫以道遵風俗之流弊自雖士大夫之才勢足以進取而朝廷嘗獎之以禮義者晚節末路往往怵而爲姦況又其素所成立無高人之意而朝廷固已擠之於廉恥之外限其進取者乎其臨民聽職放僻邪侈固其理也至於邊疆宿衛之選則臣固已言其失矣凡此皆取之非其道也方今取之既不以其道至於任之又不問其德之所宜而問其出身之後先不論其才之稱否而論其歷任之多少以文學進者且使之治財已使之治財矣又轉而使之典獄已使之典獄矣又轉而使之治禮是則一人之身而責之以百官之所能備宜其人才之難爲也夫責人以其所難爲

則人之能爲者少矣人之能爲者少則相率而不爲
故使之典禮未嘗以不知禮爲憂以今之典禮者未
嘗學禮故也使之典獄未嘗以不知獄爲恥以今之
典獄者未嘗學獄故也天下之人亦已漸漬於失教
被服於成俗見朝廷有所任使非其資序則相議而
訕之至於任使之不當其才未嘗有非之者也且在
位者數徙則不得久於其官故上不能狃習而知其
事下不肯服馴而安其教賢者則其功不可以及於
成不肖者則其罪不可以至於著若夫迎新將故之
勞緣絕簿書之弊固其害之小者不足悉數也設官
大抵皆當久於其任而至於所部者遠所任者重則
尤宜久於其官而後可以責其有爲而方今尤不得

久於其官往往數日輒遷之矣取之既已不詳使之既已不當處之既已不久至於任之則又不專而又一二以法束縛之不得行其意臣故知當今在位多非其人稍假借之權而不一二以法束縛之則放恣而無不為雖然在位非其人而恃法以為治自古及今未有能治者也即使在位皆得其人矣而一二以法束縛之不使之得行其意亦自古及今未有能治者也夫取之既已不詳使之既已不當處之既已不久任之又不專而一二之以法束縛之故雖賢者在位能者在職與不肖而無能者殆無以異夫如此故朝廷明知其賢能足以任事苟非其資序則不以任事而輒進之雖進之士猶不服也明知其無能而不

肖苟非有罪爲在事者所劾不敢以其不勝任而輒退之雖退之士猶不服也彼誠不肖無能然而士不服者何也以所謂賢能者任其事與不肖而無能者亦無以異故也臣前以謂不能任人以職事而無不任事之刑以待之者蓋謂此也夫教之養之取之任之有一非其道則足以敗天下之人才又況兼此四者而有之則在位不才苟簡貪鄙之人至於不可勝數而草野閭巷之間亦少可任之才固不足怪詩曰國雖靡止或聖或否民雖靡膴或哲或謀或肅或艾如彼泉流無淪胥以敗此之謂也夫在位之人才不足矣而閭巷草野之間亦少可用之才則豈特行先王之政而不得也社稷之託封疆之守　陛下其能

又以天幸爲常而無一旦之憂乎漢之張角三十
六萬同日而起所在郡國莫能發其謀唐之黃巢橫
行天下而所至將吏無敢與之抗者漢唐之所以亡
禍自此始唐既亡矣陵夷以至五代而武夫用事賢
者伏匿消沮而不見在位無復有知君臣之義上下
之禮者也當是之時變置社稷蓋甚於弈棊之易而
元元肝腦塗地幸而不轉死於溝壑者無幾耳夫人
才不足其患蓋如此而方今公卿大夫莫肯爲
陛下長慮後顧爲宗廟萬世計臣竊惑之昔晉武帝
趣過目前而不爲子孫長遠之謀當時在位亦皆偷
合苟容而風俗蕩然棄禮義捐法制上下同失莫以
爲非有識固知其將必亂矣而其後果海內大擾中

國列於夷狄者二百餘年伏惟　三廟祖宗神靈所以付屬　陛下固將爲萬世血食而大庇元元於無窮也臣願　陛下鑒漢唐五代之所以亂亡懲晉武苟且因循之禍明詔大臣思所以陶成天下之才慮之以謀計之以數爲之以漸期爲合於當世之變而無負於先王之意則天下之人才不勝用矣人才不勝用則　陛下何求而不得何欲而不成哉夫慮之以謀計之以數爲之以漸則成天下之才甚易也臣始讀孟子見孟子言王政之易行心則以爲誠然及見與慎子論齊魯之地以爲先王之制國大抵不過百里者以爲今有王者起則凡諸侯之地或千里或五百里皆將損之至於數十百里而後止於是疑孟

□□賢其仁智是非　天下上以安能毋刼之以兵革而使數百千里之强國一旦肯損其地之十八九比於先王之諸侯至其後觀漢武帝用主父偃之策令諸侯王地悉得推恩封其子弟而漢親臨定其號名輒別屬漢於是諸侯王之子弟各有分土而勢强地大者卒以分析弱小然後知慮之以謀計之以數爲之以漸則大者固可使小强者固可使弱而不至乎傾駭變亂敗傷之釁孟子之言不爲過又況今欲改易更革其勢非若孟子所爲之難也臣故曰慮之以謀計之以數爲之以漸則其爲甚易也然先王之爲天下不患人之不爲而患人之不能不患人之不能而患己之不勉何謂不患人之不爲而患人之不能

人之情所願得者善行美名尊爵厚利也而先王能
操之以臨天下之士天下之士有能遵之以治者則
悉以其所願得者以與之士不能則已矣苟能則孰
肯舍其所願得而不自勉以爲才故曰不患人之不
爲患人之不能何謂不患人之不能而患己之不勉
先王之法所以待人者盡矣自非下愚不可移之才
未有不能赴者也然而不謀之以至誠惻怛之心力
行而先之未有能以至誠惻怛之心力行而應之者
也故曰不患人之不能而患己之不勉 陛下誠有
意乎成天下之才則臣願 陛下勉之而已臣又觀
朝廷異時欲有所施爲變革其始計利害未嘗熟也
顧有一流俗僥倖之人不悅而非之則遂止而不敢

夫法度立則人無獨蒙其幸者故先王之政雖足以利天下而當其承弊壞之後僥倖之時其創法之制未嘗不艱難也以其創法立制而天下僥倖之人亦順悅以趨之無有齟齬則先王之法至今存而不廢矣惟其創法立制之艱難而僥倖之人不肯順悅而趨之故古之人欲有所為未嘗不先之以征誅而後得其意詩曰是伐是肆是絕是忽四方以無拂此言文王先征誅而後得意於天下也夫先王欲立法度以變衰壞之俗而成人之才雖有征誅之難猶忍而為之以為不若是不可以有為也及至孔子以匹夫遊諸侯所至則使其君臣捐所習逆所順強所劣憧憧如也卒困於排逐然孔子亦終不為之變以為不

如是不可以有爲此其所守蓋與文王同意夫在上之聖人莫如文王在下之聖人莫如孔子而欲有所施爲變革則其事蓋如此矣今有天下之勢居先王之位創立法制非有征誅之難也雖有僥倖之人不悅而非之固不勝天下順悅之人衆也然而一有流俗僥倖不悅之言則遂止而不敢爲者惑也陛下誠有意乎成天下之才則臣願斷之而已夫慮之以謀計之以數爲之以漸而又勉之以成斷之以果然而猶不能成天下之才則以臣所聞蓋未有也然臣之所稱流俗之所不講而今之議者以謂迂闊而熟爛者也竊觀近世士大夫所欲悉心力耳目以補助朝廷者有矣彼其意非一切利害則以爲當世所

能行者士大夫既以此希世而朝廷所取於天下之士亦不過如此至於大倫大法禮義之際先王之所力學而守者蓋不及也一有及此則群聚而笑之以爲迂闊今朝廷悉心於一切之利害有司法令於刀筆之間非一日也然其效可觀矣則夫所謂迂闊而熟爛者惟　陛下亦可以少留神而察之矣昔唐太宗正觀之初人人異論如封德彝之徒皆以爲非雜用秦漢之政不足以爲天下能思先王之事開太宗者魏文正公一人爾其所施設雖未能盡當先王之意抑其大略可謂合矣故能以數年之間而天下幾致刑措中國安寧蠻夷順服自三王以來未有如此盛時也唐太宗之初天下之俗猶今之世也魏文正

公之言固當時所謂迂闊而熟爛者也然其效如此賈誼曰今或言德教之不如法令胡不引商周秦漢以觀之然則唐太宗之事亦足以觀矣臣幸以職事歸報　陛下不自知其駑下無以稱職而敢及國家之大體者竊以臣蒙　陛下任使而當歸報竊謂在位之人才不足而無以稱朝廷任使之意而朝廷所以任使天下之士者或非其理而士不得盡其才此亦臣使事之所及而　陛下之所宜先聞者也釋此一言而毛舉利害之一二以汙　陛下之聰明而終無補於世則非臣所以事　陛下惓惓之義也伏惟陛下詳思而擇其中天下幸甚

## 上時政疏

年月日具位臣某昧死再拜上疏　尊號皇帝陛下臣竊觀自古人主享國日久無至誠惻怛憂天下之心雖無暴政重刑加於百姓而天下未嘗不亂自秦已下享國日久者有晉之武帝梁之武帝唐之明皇此三帝者皆聰明智畧有功之主也享國日久內外無患因循苟且無至誠惻怛憂天下之心趨過目前而不為久遠之計自以禍災可以無及其身往往身遇災禍而悔無所及雖或僅得身免而宗廟固已毀辱而妻子固以困窮天下之民固以膏血塗草野而生者不能自脫於困餓劫束之患矣夫為人子孫使其宗廟毀辱為人父母使其比屋死亡此豈仁孝之主所宜忍者乎然而晉梁唐之三帝以晏然致此者

自以爲其禍災可以不至於此而不自知忽然已至也盖夫天下至大器也非大明法度不足以維持非衆建賢才不足以保守苟無至誠惻怛憂天下之心則不能詢考賢才講求法度賢才不用法度不修偷假歲月則幸或可以無他曠日持久則未嘗不終於大亂伏惟　皇帝陛下有恭儉之德有聰明睿智之才有仁民愛物之意然享國日久矣此誠當惻怛憂天下而以晉梁唐三帝爲戒之時以臣所見方今朝廷之位未可謂能得賢才政事所施未可謂能合法度官亂於上民貧於下風俗日以薄才力日以困窮而陛下高居深拱未嘗有詢考講求之意此臣所以竊爲　陛下計而不能無慨然者也夫因循苟且

逸豫而無[illegible]時而不可以曠日持久胥然唐三帝者不知慮此故災稔禍變生於一時則雖欲復詢考講求以自救而已無所及矣以古準今則天下安危治亂尚可以有爲有爲之時莫急於今日過今日則臣恐亦有無所及之悔矣然則以至誠詢考而衆建賢才以至誠講求而大明法度陛下今日其可以不汲汲乎書曰若藥不瞑眩厥疾弗瘳臣願陛下以終身之狼疾爲憂而不以一日之瞑眩爲苦臣既蒙陛下拔擢使備從官朝廷治亂安危臣實預其榮辱此臣所以不敢避進越之罪而忘盡規之義伏惟陛下深思臣言以自警戒則天下之幸

## 進戒疏

熙寧二年五月十一日朝散大夫右諫議大夫參知政事護軍賜紫　再拜上疏皇帝陛下臣竊以爲　陛下既終亮陰考之於經則群臣進戒之時而臣待罪近司職當先事有言者也竊聞孔子論爲邦先放鄭聲而後曰遠佞人仲虺稱湯之德先不邇聲色不殖貨利而後曰用人惟己蓋以謂不淫耳目於聲色玩好之物然後能精於用志能精於用志然後能明於見理能明於見理然後能知人能知人然後佞人可得而遠忠臣良士與有道之君子類進於時有以自竭則法度之行風俗之成甚易也若夫人主雖有過人之材而不能早自戒於耳目之欲至於過差以亂其心之所思則用志不精用志

不精則見理不明見理不明則邪說詖行而作則其至於危亂也豈難哉伏惟陛下即位以來未有聲色玩好之過聞於外然孔子爲人之盛尚自以爲七十而后敢縱心所欲也今陛下以盛之春秋而享天下之大奉所以耳目者爲不少矣則臣之所豫慮而陛下之所深在於此天之生聖人之材甚吝而人之值聖人之時甚難天既以聖人之材付陛下則此時伏惟陛下自愛以成德而自後世不失聖人之名而天下皆蒙陛下之可願之事哉臣愚不勝惓惓唯陛下幸賜省察

臨川先生文集卷第三十九

# 臨川先生文集卷第四十

## 奏狀

乞免就試狀
辭集賢校理狀四
辭同修起居注狀七
再辭同修起居注狀五
辭赴闕狀二
辭知江寧府狀
舉陳樞充錢穀職司狀
舉謝卿材充升擢任使狀
舉錢公輔狀
舉屯田員外郎劉彝狀

劄舉兵官未有人堪充狀

舉渭州兵馬都監蓋傳等充邊上任使狀

舉古渭寨都監段充充兵官任使狀

## 乞免就試狀

准中書劄子奉　聖旨依前降指揮發來赴闕就試者伏念臣祖母年老先臣未葬弟妹當嫁家貧口衆難住京師比嘗以此自陳乞不就試慢廢朝命尚宜有罪幸蒙寬赦即賜聽許不圖遂事之臣更以臣爲恬退今臣無葬嫁奉養之急而逡巡辭避不敢當清要之選雖曰恬退可也今特以營私家之急擇利害而行謂之恬退非臣本意兼臣罷縣守闕及今二年有餘老幼未嘗寧宇方欲就任即令赴闕實於私計

有妨伏望　聖慈察臣本意豈是營私特寢召試指
揮且令終滿外任一兩發遣赴今任去訖

辭集賢校理狀四

右臣今月二十二日准中書差人賫到敕牒一道除
臣集賢校理聞命震怖不知所以伏念臣頃者蒙
聖恩召試臣以先臣未葬二妹當嫁家貧口衆難住
京師乞且終滿外任比蒙矜允獲畢所圖而門衰祚
薄祖母二兄一嫂相繼喪亡奉養昏嫁葬送之窘比
於向時爲甚所以今茲纔至闕下即乞除一在外差
遣不願就試以臣疵賤謬蒙獎擢至於館閣之選豈
非素願所榮然而不願就試者以舊制入館則當供
職一年臣方甚貧勢不可處此臣所以不敢避干紊

朝廷之罪而苟欲就其營養之私不圖朝廷不加考
試有此除授臣若避違命之罰詭受而不能自列則是
臣前所乞爲以私養要君而詐 陛下以虛名加寵
臣又聞朝廷特與推恩不候一年即與在外差遣臣
一年供職乃是朝廷舊制臣以何名敢當此恩而累
朝廷隳紊廢久行公共之法又且凡新制選臣薦舉官吏
非條詔指揮不得用例施行令出已來未能十日今
臣有此除授乃因近臣薦舉不加考試又非條詔者
揮臣雖不肖獨何敢冒過分之寵而以身爲廢法之
首乎伏望 聖慈察臣本意發臣私欲追還所授特
與除一在外合入差遣則使公義不虧於上私行不
失於下臣不任激切祈恩待罪之至所有敕牒臣不

敢受謹具狀奏聞

二

右臣三月二十二日准中書差人賫到敕牒一道除臣集賢校理臣以分不當得已具狀陳列乞追還所授今月五日又准中書差人賫到敕牒令臣受職不得辭免臣以微賤誤蒙采拔非臣隕首足以報稱然分有所不敢受名有所不敢居竊以恩上得罪終不敢冒恩苟止何則臣以擇利辭試而朝廷因與免試推恩是臣以辭試上要朝廷而朝廷畀以恩還副之也不獨傷臣私義固以上累國體此臣所以惓惓至於再三而終不敢止且勸沮之方失不在大如臣心實擇利而迹有辭讓之嫌以故朝廷特有優假臣恐

進趨之士有以窺度聖世將或立小異以近名託虛名以邀利浸成弊俗非復法令所能禁止此亦朝廷所宜慎惜不當遂已成之命而難於追改也竊見近臣比有辭讓官職旨義所當得而特以禮辭讓朝廷固宜必使受之而不聽如臣卑賤今所陳列直以分不當得非敢以為讓也伏望　聖慈聽臣所守特與追還所授臣區區之誠期於得請而後敢已所有敕牒臣不敢受

三

右臣三月二十二日准中書差人賫到敕牒一道除臣集賢校理臣以分不當得已再具狀奏聞乞追還所授今月九日又准中書差人賫到敕牒令臣不得

辭免是臣區區之意終未蒙朝廷矜察臣於他官苟可以得則或恐力以求之唯恐利之不多而勢之不便非能有所辭讓也至於私養之不給則苟求冒取亦無所不至今朝廷特除以爲校理則再三干紊朝廷終不敢受者誠以要君罔上之罪非大故寧以他得罪而於此不敢順命苟止也所謂要君者臣前狀已言之矣所謂罔上者朝廷除校理必先考試今獨推恩異於尋常朝廷不以臣爲小有異能則必以臣爲小有異行臣無其實而敢冒此恩此乃所謂罔上也且臣蒙恩與試久矣臣非敢終辭也特以勢未便爾若朝廷且從臣欲使臣他日之力足以供職京師而無乏養之憂則臣自當援恩求試豈敢上煩朝廷數

迫何必遽加特恩使朝廷爲苟與而臣爲苟得者乎

臣聞之古人曰明主可以理奪又曰匹夫不可奪志

臣敢守此語以至於再三伏乞 聖慈特賜矜允須

冒天威臣無任祈恩待報惶恐迫切之至

四

右臣蒙恩除集賢校理以分不當得已累曾具狀奏

聞乞追還所授今月二十四日准中書劄子奉

聖旨更不許辭讓臣以小官非敢以禮爲讓也直以

分不當得理當自言蓋聞當得而辭讓則上有所不得

聽不當得而授則下有所不敢承不聽不爲迫下不

承不爲慢上以其義也臣誠不以爲然區區之私具狀

四奏者竊以爲匹夫之志有近於義是以衝迫恩威

至於再三終不敢受伏望　聖慈俯察臣愚特
還所授臣無任

## 辭同修起居注狀七

臣蒙恩差同修起居注者　聖恩深厚非臣隕首所能報稱然臣去年始蒙恩特除直集賢院當是時臣黽勉不敢久違恩指至今就職纔及數月又蒙恩有此除授臣竊觀朝廷用人皆以資序臣入館最爲日淺而才何以異人終不敢貪冒寵榮以干朝廷公論伏望　聖慈察臣誠心非敢飾讓特賜追還所授

二

臣昨進狀乞追還所授同修起居注敕准中書劄子奉　聖旨不許辭讓便令受敕供職伏念臣前奏所

陳實繫朝廷用人之體，令特於臣私義有所不安。伏望聖慈檢會臣前奏，特賜追還所授。

## 三

臣昨進狀乞追還所授同修起居注敕誥、中書劄子，奉聖旨不許辭讓，便令受敕供職。跡遠小臣，上煩朝廷敦獎如此，而區區所陳終不敢止者，誠以諸進在臣先而才行當蒙選擢，則與之宜有先後。臣入館資序最爲在後，而獨先被選，竊以爲非朝廷用人之體，此臣所以不敢也。念臣異時得以叙進，臣雖不肖，豈敢復辭？且臣已緣辭避職事而不爲朝廷所察，今若又迫於敦喻，黽勉供職，則是臣每飾辭讓之虛文以要譽朝廷，人雖不以爲言，臣亦何顏以立於世？蓋

以臣事君苟心知其甚不可則豈得罪而有不從況
臣幸在聖人至仁隆寬盡下之時謹分守以辭其所
不當得之寵榮必無方命之罰則朝廷之命雖欲必
行而不改臣之愚心亦將固守而不移伏望　聖慈
察臣如此早賜追還所授

四

臣累進狀乞免同修起居注又准中書劄子奉
聖旨不許辭讓便令受敕供職卑賤之臣屢煩
聖恩敦諭誠惶誠恐不知所措然臣聞人無信不立
臣事君以忠忠者不飾行以徼榮信者不食言以從
利臣固嘗曰朝廷之命雖欲必行而不改臣之愚心
亦將固守而不移若臣既有此言而終於詭不得已

以虛受寵授則是臣飾行食言而實無自守之義非所以稱朝廷獎遇之意而明區區避讓之本心寧以違命受譴終不敢身爲浮僞之首以傷聖時忠實之化伏望 聖慈早賜追還所授

五

臣近狀乞免同修起居注准中書劄子奉 聖旨依累降指揮更不得辭讓便令受敕供職 聖恩所以加臣者如此非臣隕首所能報稱然臣愚不肖不知朝廷必欲度越衆人而加臣以此者何也爲其賢於人也固有廉讓必信之實也度越衆人而貪其所不當得非所以爲廉讓知其不當得而辭於上以爲朝廷之命雖欲必而不敢臣之君心亦將固守

而不移然終於託不得已以私其寵利非所以爲忠信無廉讓無忠信然而朝廷必欲度越衆人而加之以其所不當得之職事臣恐執政大臣必受比周朋黨之嫌　陛下必獲不察蔽欺之謗臣亦不得自託於忠廉之行而居下義利之人竊觀朝廷之間爭飾僞讓以徼一時之幸而有傷忠厚之俗其事如此在朝廷不可以不深思而聽臣之辭臣亦不可以不固守而違朝廷之命誠願　陛下日月之明察臣今日之請辭窮理極非敢如向時避讓職事猶在可冒之地雖由此得罪必不敢以身爲亂俗之首伏乞斷自

聖心無牽於左右大臣之過論特賜追還所授

六

臣累進狀乞免同修起居注奉 聖旨不許進狀辭讓者 聖恩深厚至于此臣誠惶誠恐震怖不知所出竊觀朝廷近日辭讓職事未嘗有蒙聽許者而臣又嘗辭讓職事方以不爲朝廷聽許矣今復守辭讓之說以請於朝廷固宜 聖恩不卽聽許然臣已嘗見朝廷未嘗許人辭讓職事而猶惓惓自陳所守不避僞讓之嫌誠以螻蟻微誠自誓終不敢受冀蒙天聰終加省察而已今若迫於恩指遂叨寵利則人雖不以爲言臣實亦無顏以處使臣負僞讓之謗則朝廷豈免濫恩之譏臣雖不肖義實不敢安此且方今之所患而務絶者正在於冒進而不在於辭讓方在於欺罔而不在於忠信臣若一說不得已終叨寵利不

顧其色出之言則是去辭讓而引進取鄉人忠信而爲欺罔朝廷今欲拔取人才而所得者乃若去辭讓毀忠信之嫌恐非所以示天下而厲士大夫之操也此臣所以不敢避方命之罰而守其區區之說誠不敢以身累國非特欲全其私義而已也伏望聖慈即賜聽許令朝廷不失所授之宜臣亦不失所守之信

七

臣昨進狀乞免同修起居注准中書劄子奉聖旨朝廷已行擢用除累降指揮不得違避者孤賤之臣行能淺薄當朝廷清明收用賢俊之時幸得著位外庭豈非榮顯況又蒙拔擢備任清要丁寧獎勵使必就官出雖隕首刳心自知無以報稱然臣所以不敢

受命而猶守其區區之説者，誠以資在臣前尚有未蒙選者，臣若苟見寵利之可得而忘避讓之義，苟知避讓而不能固其所守，非朝廷所以拔擢臣之意，又非臣所以報稱朝廷之心。且詔已行之命，以伸自守之志者，朝廷之令名；食言喪志以順命爲悦，饕寵利者，臣之醜行。今朝廷重得令名，而使臣輕爲醜行，此臣之所不諭也。臣幸蒙任使，備官三司，列職儒館，若朝廷以爲可任，異時以次升擢，於分不爲進越，則臣雖不肖，其亦何説之敢辭。誠望聖慈哀臣懇迫，檢會臣前後所奏，察其理有可言，特賜追還所授。

再辭同修起居注狀五

右臣今月二十六日准勅差臣同修起居注。伏念臣行能無異衆人入館最爲日淺尙叨選擢嘗已固辭幸蒙聖恩方賜聽許今同館之士才能資序出臣右者尙多而又蒙誤恩有此除授在臣理分固不敢當兼臣久住京師親老口衆而自春至今疾病相仍醫藥百端未得平愈近已進狀乞一知州軍差遣伏望聖慈察臣誠懇特賜追還所授除一知州軍差遣使臣無進越冒榮之罪而得紓私養之急所有同修起居注敕牒臣不敢受謹具狀奏聞伏候敕旨

二

右臣進狀乞免同修起居注准中書劄子奉聖旨不許辭讓便令受敕臣愚不肖幸嘗朝廷拔擢使待之時獨蒙不次之選豈不榮哉然臣入館最爲日淺

而行能無異衆人故不敢度越衆人以饕貪寵利向時守此説以辭朝廷之命至於八九而 聖恩不以臣言爲不信幸賜聽許今纔數月同館之士資序在臣右而行能足充此選者尚多遽蒙 聖恩有此除授令臣今而可受則向之辭命至於八九者果何心也昔鄭以伯石爲卿則辭太史退則又使之命已命已則又辭焉三辭而後受策於是子產始惡其爲人夫子產所以惡之者不以其飾辭讓而無忠實之志乎臣之蒙恩雖出於無求然始則託辭讓之名以煩慁朝廷終則徼一日之利以忘前言之信推事考情亦何以異於伯石臣誠固陋終不敢奸子產之所惡以上累 聖時任人之失且朝廷必以臣粗習文藝而

忠信可使則臣固嘗曰異時循次選用則臣不敢辭伏望　聖恩察臣誠懇特賜追還所授除臣一知州軍差遣使臣得遂前言之信而又有以紓親養之急臣不任祈恩待報之至

三

右臣近準狀乞免同修起居注准中書劄子奉　聖旨令依前後指揮不許辭免便令受勅者　聖恩加臣無窮臣愚固守無已臣誠惶恐震怖不知所爲然臣義有所不敢爲故不敢冒恩而苟止伏念臣以資序在臣右而行能宜蒙此選者尚多故嘗自列至於八九幸蒙　聖恩聽察而所除始祖無擇一人若臣今遂冒居則是謂在臣右者已無可選臣以應舉

入仕磨勘遷官本圖官達非敢苟為高抗至於恩諭理分度越衆人官謗所歸臣亦不敢苟得以忘前言之信兼臣自春至今疾病相仍亦以氣衰舊學幾廢親老口衆久住京師近嘗進狀乞一閑慢州軍差遣伏見近例見任修起居注以便親求罷出補外官嘗蒙朝廷聽許蓋當聖時務以仁恕優容臣下則以便親而求外補朝廷之所宜從伏望　聖慈哀臣懇迫特賜追還所授除臣一知州軍差遣以便私養且令臣無進越冒榮之罪所有同修起居注敕牒臣不敢受臣不任祈恩待報激切之至

四

右臣近進狀乞免同修起居注准中書劄子奉

聖旨令依累降指揮便受 敕更不得辭所免者臣之懇懇已具前奏螻蟻微識未能上動 聖聽臣誠惶怖不知所爲然臣愚不肖以謂朝廷革因循之弊以不次官人當得異能之士然後允衆人之望而因循之弊可以遂除臣治身則行能不備居官則職業無稱雖知好學而所得未可以施於實用故猥蒙選擢即自以行能無異衆人而不敢度越衆人受職幸蒙聽許纔及數月即欲度越衆人言行本末不相顧如此豈稱朝廷選擢之意雖令言者不以是爲臣罪臣實無顔以處伏望 聖慈察臣累奏情理備盡特賜追還所授臣不任祈恩待報激切之至

右臣近進狀乞免同修起居注進中書劄子奉
聖旨依前降指揮便受敕供職臣之區區辭說已窮然不敢避逋慢之罪而苟止者非特欲守前言之信亦不敢上累朝廷蓋臣自冒榮失守之罪則朝廷亦有選授失人之謗因啓天下好利之士僞讓以要君則甚傷聖時風俗此臣之所大懼也若 聖恩幸聽臣言使臣得守理分則臣爲不失所守臣能不失所守則朝廷不失所選矣朝廷不失所選而又隆寛廣裕以尚盡臣志謂宜無傷而適足以感厲天下之士且朝廷以臣粗涉藝文忠信可使不復責其材能之備必欲擢置從官則臣固嘗曰臣已備官三司列職備館若終免於罪戾則循用次受選自不爲遲當朝廷

清明拔用賢儁有志之士孰不幸願寵榮如臣之愚豈獨異於衆人誠以不敢度越衆人故嘗自列至於八九朝廷隆寬盡下已嘗幸聽臣言曾未數月臣即不復自顧前言之信若令言者謂臣要君以爲臣誠無辭可以自明伏望 聖慈察臣所守如此臣誓堅死節上報 聖知臣不任祈恩待報之至

## 辭赴闕狀三 治平二年七月二十七日

右臣准中書劄子伏奉 聖恩以臣喪服既除特授故官召令赴闕罪逆餘生尚蒙齒録非臣隕首所能報稱理當即日奔走就塗而臣抱病日久未任跋涉見服藥調理乞候稍瘳即時赴闕謹具狀奏聞

右臣伏准中書劄子奉 聖旨令體認朝廷累降指揮疾速發來赴闕臣愚無狀屢蒙 聖恩逮及自非抱疾不任職事豈敢故爲逋慢臣近已奏陳乞一分司官於江寧府居住伏望 聖慈特賜矜許所冀便於將理終獲有瘳則臣雖自知無補於 聖時猶當乞備官使仰副朝廷眷録之意

三

右臣伏准中書劄子奉 聖旨合依累降指揮發來赴闕螻蟻微誠不能感動至煩朝廷恩旨屢降臣實惶怖不知所爲伏念臣本以孤生實無才用誤蒙仁宗拔擢備數從官當 大行皇帝亮陰之際始以疾喪解職久尸榮禄無補聖時今 陛下以仁孝之

資纘承聖緒，臣於私養豈無所及？唯當追　先帝之遇，致身於　陛下之時。若自度力可用，堪任職事，何敢逋慢朝廷，詎令至於經涉歲時？緣臣自春以來，抱疾有加，心力稍有所營，即所苦滋劇，所以昧冒奏陳，乞且分司，實冀稍可支持，即乞復備官使。天聽高邈，未蒙矜允。雖欲扶伏奔走闕廷，而力與願違，不能自强。伏望　聖慈察臣懇迫，令撿會臣累奏，特賜指揮。臣無任瞻天望聖激切之至。

辭知江寧府狀

右臣今月初九日進奏院遞到敕下家，恩差知江寧軍府事。犬馬之疾，自隔清光；天地之恩，曲垂眷恤。以臣丘墓所在，就付兵民之權，非臣肝膽塗地所能報稱萬一然臣所抱疾病迄今無損若輒冒恩黽勉典領當路大藩恐力用無以上副朝廷寄任伏望陛下察臣如此儻以臣遠侍 先帝恭許分司則乞除臣一留臺宫觀差遣冀便將理終獲有瘳誓當捐軀少報 聖德所有敕牒臣未敢祗受已送江寧府收管謹具狀奏聞

舉陳樞充錢穀職司狀

前件官明敏方直有政事之材臣奉使江東時樞爲旌德縣令聽訟鞫獄允爲精明隨所施設皆有方略

舉錢公輔自代狀

伏覩尚書兵部員外郎知制誥錢公輔忠信篤實嘗於文學職事所及不爲苟且以臣鄙薄實爲不如資

之禁林必有補助今舉自代

舉呂公著自代狀

具某官呂公著沖深而能謀寬博而有制其器可以大受而退然似不能言故衆人知之有所不盡如蒙選用得試其才必有績効不孤聖世臣實不如今舉自代

舉謝御材充升擢任使狀

前件官公廉自守曉達民事嘗知撫州臨川縣縣人至今稱説以爲良吏督率百姓修復陂防所溉田畝甚多水旱皆蒙其利若朝廷興修功利或選人才與領劇郡皆可任使

舉屯田員外郎劉彝狀

屯田員外郎温州通判劉彝聰明敏達有濟務之材堪充升擢繁難任使

勑舉兵官未有人堪充狀

具位臣某准今年六月二十三日宣令臣同罪保舉大使臣堪充主兵官二員限一月内具姓名聞奏即不得舉見任兩府親戚并已係路分都監及知軍州已上人數右具如前伏緣臣所職不係路分都監及知州軍大使臣即不見有堪充主兵官者謹具狀奏聞伏候　勑旨

舉渭州兵馬都監盖傳等充邊上任使狀

具位臣某准宣同罪保舉不拘路分有武勇智略三班使臣二員不得舉見任兩府親戚者然謹具如前

臣伏覩東頭供奉官權渭州兵馬都監兼在城巡檢盖傳有智略能訓治軍旅東頭供奉官江寧府龍安鎮巡檢王崇禨有武勇能擒捕盜賊臣今保舉堪充邊上任使如蒙朝廷擢用後犯正入己贓不如舉狀臣甘當同罪其人並不是臣親戚亦無親戚見任兩府謹具狀奏聞伏候敕旨

舉古渭寨都監段充充兵官任使狀

具位臣某准宣節文同罪保舉大使臣堪充主兵官二員姓名聞奏即不得舉見任兩府親戚并已係路分都監及知州軍已上人數者右謹具如前臣伏覩內殿崇班閤門祗候秦州古渭寨都監段充武勇才略可用嘗以戰鬬有功堪充主兵官任使如蒙朝廷

擢用後不如所奏及犯正入己贓臣甘當同罪其人與臣不是親戚亦無親戚見任兩府不係路分都監及知州軍已上人資叙所准宣命令舉兩人今且保舉到段充一員尚闕一員見訪求別狀舉次謹具狀奏聞伏候勑旨

臨川先生文集卷第四十

# 臨川先生文集卷第四十一

## 劄子

擬上殿劄子
上五事劄子
議入廟劄子
言尊號劄子
論罷春燕劄子
論館職劄子二
本朝百年無事劄子

### 擬上殿劄子

臣蒙恩奉使歸報　陛下敢因邊事之所及冒言天下之事伏惟　陛下詳思而擇其中天下幸甚臣竊

見陛下有恭儉之德有聰明睿智之才有仁民愛
物之意顧内不能無以社稷爲憂外則不能無患於
夷狄天下之才力日以窮困而風俗日以衰壞四方
有智之士諰諰然常恐天下之不久安此其故何也
患在無法度故也今朝廷法嚴令具無所不有而臣
以謂無法度者方今之法度多不合於先王之法度
故也孟子曰有仁心仁聞而人不被其澤者爲政不
法先王之道故也非此之謂乎以今之時方先王之
時遠矣所遭之時所遇之變不同而欲一二修先王
之政雖甚愚者猶知其難也而臣以謂當今之失患
在不法先王之政者以謂當法其意而已夫二帝三
王相去蓋千有餘歲一治一亂其盛衰之時具矣其所

遭之變所遇之勢不同其施設之方亦皆殊而其爲
國家之意本末先後未嘗不同也臣故曰當法其意
而已法其意則吾所改易更革不至乎傾駭天下之
耳目囂天下之口而固已合乎先王之政矣雖然以
方今之勢揆之　陛下雖欲改易更革天下之事合
於先王之意其勢未必能也　陛下有恭儉之德有
聰明睿智之才有仁民愛物之意則何爲而不成何
欲而不得而臣固以謂雖欲改易更革天下之事合
於先王之意其勢未必能者何也方今天下之吏才
少故也朝廷之人才固嘗簡在　陛下之聰明以臣
使事之所及則一路數千里之間能推行朝廷之法
知其所緩急而一切能修其職事者甚少而不才苟

簡貪鄙之人至不可勝數其能講先王之意以合當世之變者蓋闔郡之間往往而絕也夫人才不足則陛下雖欲改易更革天下之事以先王王之意大臣雖有能當　陛下之意而領此者九州之大四海之遠萬官之衆孰能一二推行之使人人蒙其施者乎臣故曰其勢未必能也然則方今之急在乎人才而已今之天下亦先王之天下先王之時人才嘗衆矣蓋其所以陶冶而成之者有道所謂陶冶以成之者詩書傳記之所載其大畧可見矣　陛下嘗試詳延大臣左右及天下智能才諝之士使其論先王所以成天下之才者其設施之方如何今之所以異於先王而人才不足者其咎安在其欲變而通之以合於

先王之意而成天下之才宜何施爲而可　陛下因擇其言之近於理者使之揭與上下反覆爲論焉因取其宜於時者施焉則人才宜衆矣夫成人之才甚不難人所願得者尊爵厚祿而所惡者善行所恥者惡名也今操利勢以臨天下之士勸之以其所榮而予之以其所願則孰肯背而不爲者特患不能爲而吾所以責之者又中人之所能爲則不能者又少矣夫成人之才甚不難而自古往往不能成人之才何也以　人主之才不足故也蓋　人主無恭儉之德無聰明睿智之才無仁民愛物之意則讒佞諂諛姦闒蕞殘賊放恣之人皆得志於時而推其類以亂天下雖有良法不能成天下之才矣今　陛下有恭

儉之德有聰明睿智之才有仁民愛物之意而又因
天下之所願以爲輔相者公議並觀以進退天下之
士則所以成天下之才特患無良法而 陛下幸至
誠惻怛之心以行之則臣雖愚固知人之才不難成
也人才既衆則 陛下何爲而不成何欲而不得夫
然後改易更革天下之事以合乎先王之意甚易也
陛下不能如此苟於積敝之末流因不足任之才而
修不足爲之法臣恐在廷者吕以勞而上民愈以窮
固汙濫而於天下國家愈其無補也臣幸以僥幸歸
報徒舉剌書之一二而無補於世非臣之所以事
陛下惓惓之義也輒不自知其駑下而敢言國家之
大體伏惟 陛下詳擇其中天下幸甚也

## 上五事劄子

陛下即位五年更張改造者數千百事而爲書具爲法立而爲利者何其多也就其多而求其法最大其效最晚其議論最多者五事也一曰和戎二曰青苗三曰免役四曰保甲五曰市易今青唐洮河幅員三千餘里舉戎羌之衆二十萬獻其地因爲熟戶則和戎之策已效矣昔之貧者舉息之於豪民今之貧者舉息之於官官薄其息而民救其乏則青苗之令已行矣惟免役也保甲也市易也此三者有大利害焉得其人而行之則爲大利非其人而行之則爲大害緩而圖之則爲大利急而成之則爲大害傳曰事不師古以克永世匪説攸聞者三法者可謂師古矣然

而知古之道，然後能行古之法，此臣所謂大利害者也。蓋免役之法出於周官所謂府史胥徒，王制所謂庶人在官者也。然而九州之民，貧富不均，風俗不齊，版籍之高下不足據。今一旦變之，則使之家至戶到，均平如一，舉天下之役人人用募，釋天下之農歸於畎畝。苟不得其人而行，則五等必不平，而募役必不均矣。保甲之法起於三代丘甲，管仲用之齊，子產用之鄭，商君用之秦，仲長統言之漢，而非今日之立異也。然而天下之人鳧居鴈聚，散而之四方而無禁也者，數千百年矣。今一旦變之，使行什伍相維，鄰里相屬，察姦而顯諸仁，宿兵而藏諸用。苟不得其人而行，則擾之以追呼，駭之以調發，而民心搖矣。市易之法起於周之司市漢之平準今以百萬緡之錢權物價之輕重以通商而貰之令民以歲入數萬緡息然甚知天下之貨賄未甚行竊恐希功幸賞之人速求成效於年歲之間則吾法廢矣臣故曰三法者得其人緩而謀之則爲大利非其人急而成之則爲大害故免役之法成則農時不奪而民力均矣保甲之法成則寇亂息而威勢强矣市易之法成則貨賄通流而國用饒矣

## 議入廟劄子

臣今日曾公亮傳　聖旨以臣寮上言郊祀不當入廟令臣詳議臣愚以爲制天下之事當令本末終始相稱今既奉　先帝遺詔外行以日易月之禮又請

所以崇事 祖宗皆循本朝制度獨於入廟則欲變
先帝故事而遠從三代之禮臣恐於事之本末終始
不爲有繼然欲盡除近世之制度一以三代爲法則
今 陛下當在諒陰之中非可以制禮之時且言者
以爲喪三年不祭唯祭於廟禮也而今乃欲令公卿代告
此何禮也臣竊以爲今之禮不合於三代者多矣言
者不以爲非而專疑不當入廟者蓋於所習見則安
於所罕見則怪恐亦不足留 聖聽也臣學術淺陋誤
蒙訪逮敢不盡愚取 進止

言尊號劄子 庚戌七[illegible]

臣伏以 陛下[illegible]熙光明如日之方升帝利施學如
川之子三號名[illegible]實豈能[illegible]所增加輒復卷卷至有

陳請徒以　祖宗故事適在此時臣子之心懷不能已　陛下受而不拒足以俯順人心臣獨不能無疑者　陛下以西垂之勞方以過爲在己遽膺徽冊似或未安臣等以歸美爲忠　陛下以撝謙爲德布之海內誰曰不然伏惟　聖心更賜詳酌

論罷春燕劄子

臣竊以邊夷外畔士卒內潰吏民騷動死傷接踵恐非燕而用樂之時且此月休假已多又加兩日即恐急奏或致留滯臣愚謂宜罷燕以副　聖心仁惻且又不妨應接機速公事如蒙省察乞賜中旨施行

論館職劄子二

臣伏見今館職一除方至十人此本所以儲公卿之材

也然　陛下試求以爲講官則必不知其誰可試求以爲諫官則必不知其誰可試求以爲監司則必不知其誰可此患在於不親考試以實故也孟子曰國人皆曰賢然後察之見賢焉然後用之今所除館職將一二大臣以爲賢而已非國人皆曰賢國人皆曰賢尚未可信用必躬察見其可賢而後用況於一二大臣以爲賢而已何可遽信而用也臣願　陛下察舉衆人所謂材良而行美可以爲公卿者召令三館祗候雖已帶館職亦可令兼祗候事有當論議者召至中書或召至禁中令具條奏是非利害及所當施設之方及察其才可以備任使者有四方之事則令往相　又或令各陳其所言是非利害其所

言是非利害雖不盡中義理可施用然其於相視問察能詳盡而不爲蔽欺者即皆可以備任使之材也其有經術者又令講說如此至於數四則材否略見然後罷其否者而召其材者更親訪問以事訪問以事非一事而後可以知其人之實也必至於期年所訪一二十事則其人之賢不肖審矣然後隨其材之所宜任使其尤材良行美可與謀者雖常令備訪問可也此與用一二大臣薦舉不考試以實而加以職固萬萬不侔然此說在他時或難行今 陛下有堯舜之明洞見天下之理臣度無實之人不能蔽也則推行此事甚易既因考試可以出材實又因訪問可以知事情所謂敷納以言明試以功用人惟己闕四

門明四目達四聰者蓋如此而已以令在位之人上下壅隔之時恐行此不宜在衆事之後也然巧言令色孔壬之人能伺人主意所在而爲傾邪者此堯舜之所畏而孔子之所欲遠也如此人當知而遠之使不得親近然如此人亦有數　陛下博訪於忠臣良士知其人　如此則遠而弗見誤而見之以　陛下之仁聖以道揆之以人參之亦必知其如此知其如此則宜有所懲如此則巧言令色孔壬之徒消而正論不蔽於上今欲廣闢見而使巧言令色孔壬之徒得志乃所以自蔽畏巧言令色孔壬之徒爲害而一切疏遠羣臣亦所以自蔽蓋　人主之患在不窮理不窮理則不足以知言不知言則不足以知人不知人

則不能官人不能官人則治道何從而興乎　陛下堯舜之主也其所明見秦漢以來欲治之主未有能彷彿者固非羣臣所能窺望然自堯舜文武皆好問以窮理擇人而官之以自助其意以為王者之職在於論道而不在於任事在於擇人而官之而不在於自用願　陛下以堯舜文武為法則聖人之功必見於天下至於有司叢脞之務恐不足以棄日力勞聖慮也以方今所急為在如此敢不盡愚臣愚才薄然蒙拔擢使豫聞天下之事　聖旨宣諭富弼等欲於講筵召對輔臣討論時事顧如臣者材薄不足以望　陛下之清光然　陛下及此言也實天下幸甚自備位政府每得進見所論皆有司叢脞之事至於

大體粗有所及則迫於日晷已復旅退而方今之事非博論詳說令所改更施設本末先後小大詳略之方已熟於　聖心然後以次奉行則治道終無由興起然則如臣者非蒙　陛下賜之從容則所懷何能自竭蓋自古大有爲之君未有不始於憂勤而終於逸樂今　陛下仁聖之質秦漢以來人主未有企及者也於天下事又非不憂勤然所操或非其要所施或未得其方則恐未能終於逸樂無爲而治也則於博論詳說豈宜緩然　陛下欲賜之從容使兩府並進則論議者衆而不一有所懷者或不得自竭謂宜使中書密院迭進則人各得盡其所懷而　陛下聽覽亦不至於煩　陛下即以臣言爲可乞明以諭大臣

使各舉所知無限人數皆實封以聞然後 陛下推擇召置以爲三館祗候其不足取者旋即罷去則所置雖多亦無所害也

二

臣伏見某人云云皆衆人所謂材良行美宜蒙 陛下訪問任使者凡此九人臣或熟聞而未識或熟識而未敢任或敢任其可以爲公卿臣雖未識然衆人之所謂賢臣不敢蔽也臣雖敢任其可以爲公卿然 陛下不親見其可賢亦難遽信而用若 陛下以臣前所論奏爲合於義理即乞悉置此九人者以爲三館祗候親考試其材行若不可用旋即罷去若其可用然後留備訪問任使如此則所置雖多未有

濫得官職者然此但臣一人所聞所知恐執政大臣各有所聞所知 陛下若令各舉所聞所知而如此考試庶幾人材無所遺逸經曰舉逸民天下之民歸心焉善人君子者天下之民心所願舉欲其延問視其所在而從之者也 陛下自即位以來以在事之人或乏材能故所拔用者多士之有小材而無行義者此等人得志則風俗壞俗壞則朝夕左右者皆懷利以事 陛下而不足以質朝廷之是非發於四方者皆懷利以事 陛下而不可以知天下之利害其弊已効見於前矣恐不宜不察也欲救此弊惟在親近忠良而已伏惟 陛下仁聖已深察此理臣愚竊欲及此者忠臣惓惓之義也

## 本朝百年無事劄子

臣前蒙　陛下問及本朝所以享國百年天下無事之故臣以淺陋誤承　聖問迫於日晷不敢久留語不及悉遂辭而退竊惟念　聖問及此天下之福而臣遂無一言之獻非近臣所以事君之義故敢昧冒而粗有所陳伏惟　太祖躬上智獨見之明而周知人物之情僞指揮付託必盡其材變置施設必當其務故能駕馭將帥訓齊士卒外以扞夷狄内以平中國於是除苛賦止虐刑廢强横之藩鎮誅貪殘之官吏躬以簡儉爲天下先其於出政發令之間一以安利元元爲事　太宗承之以聰武　真宗守之以謙仁以至　仁宗　英宗無有逸德此所以享國百年

而天下無事也　仁宗在位歷年最久臣於時實備
從官施爲本末臣所親見嘗試爲　陛下陳其一二
而　陛下詳擇其可亦足以申鑒於方今伏惟
仁宗之爲君也仰畏天俯畏人寛仁恭儉出於自然
而忠恕誠慤終始如一未嘗妄興一役未嘗妄殺一
人斷獄務在生之而特惡吏之殘擾寧屈己棄財於
夷狄而終不忍加兵刑平而公賞重而信納用諫官
御史公聽並觀而不蔽於偏至之讒因任衆人耳目
拔舉疏遠而隨之以相坐之法蓋監司之吏以至州
縣無敢暴虐殘酷擅有調發以傷百姓自夏人順服
蠻夷遂無大變邊人父子夫婦得免於兵死而中國
之人安逸蕃息以至今日者未嘗妄興一役未嘗妄

殺一人斷獄務在生之而特惡吏之殘擾寧屈己棄財於夷狄而不忍加兵之効也大臣貴戚左右近習莫敢強横犯法其自重慎或甚於閭巷之人此刑平而公之効也募天下驍雄横猾以爲兵幾至百萬非有良將以御之而謀變者輒敗聚天下財物雖有文籍委之府史非有能吏以鉤考而斷盜者輒發凶年饑歲流者塡道死者相枕而寇攘者輒得此賞重而信之効也大臣貴戚左右近習莫能大擅威福廣私貨賂一有姦慝隨輒上聞貪邪横猾雖間或見用未嘗得久此納用諫官御史公聽並觀而不蔽於偏至之讒之効也自縣令京官以至監司臺閣升擢之任雖不皆得人然一時之所謂才士亦罕蔽塞而不見

收舉者此因任衆人之耳目拔舉踈遠而隨之以相坐之法之効也升遐之日天下號慟如喪考妣此寬仁恭儉出於自然忠恕誠慤終始如一之効也然本朝累世因循末俗之弊而無親友群臣之議人君朝夕與處不過宦官女子出而視事又不過有司之細故未嘗如古大有爲之君與學士大夫討論先王之法以措之天下也一切因任自然之理勢而精神之運有所不加名實之間有所不察君子非不見貴然小人亦得厠其間正論非不見容然邪説亦有時而用以詩賦記誦求天下之士而無學校養成之法以科名資歷敘朝廷之位而無官司課試之方監司無檢察之人守將非選擇之吏轉徙之亟既難於考績

而游談之衆因得以亂真交私養望者多得顯官獨
立營職者或見排沮故上下偷惰取容而已雖有能
者在職亦無以異於庸人農民壞於繇役而未嘗特
見救恤又不爲之設官以脩其水土之利兵士雜於
疲老而未嘗申敕訓練又不爲之擇將而久其疆埸
之權宿衛則聚卒伍無賴之人而未有以變五代姑
息羈縻之俗宗室則無教訓選舉之實而未有以合
先王親疎隆殺之宜其於理財大抵無法故雖儉約
而民不富雖憂勤而國不强賴非夷狄昌熾之時又
無堯湯水旱之變故天下無事過於百年雖曰人事
亦天助也　蓋累聖相繼仰畏天俯畏人寬仁恭儉
忠恕誠慤此其所以獲天助也伏惟　陛下躬上聖

之曾承無窮之緒知天助之不可常恃知人事之不可怠忽則大有爲之時正在今日臣不敢輒廢將明之義而苟逃譖邑之誅伏惟陛下幸赦而留神則天下之福也取進止

臨川先生文集卷第四十一

臨川先生文集卷第四十二

劄子

相度牧馬所舉薛向劄子
論許舉留守令敕劄子
乞朝陵劄子
乞免修實錄劄子
乞改科條制劄子
廟議劄子
議服劄子
議南郊三聖並侑劄子
議郊祀壇制劄子
議郊廟太牢劄子

議皇地示神州地示燎壇劄子

進鄭信遺事劄子

相度牧馬所舉薛向劄子

臣等竊覩自古國馬盛衰皆以所任得人失人而已汧渭之間秦嘗無牧而非子獨能蕃息於周河隴之間未嘗無牧而張萬歲獨能蕃息於唐此前世得人之明效也使得人而不久其官久其官而不使得專其事使得專其事而不臨之以賞罰亦不可以成功今臣等相度陝西一路買馬監牧利害大綱已具奏聞伏見權陝西轉運副使薛向精力強果達於政事河北便糴陝西榷鹽皆有已試之效今來相度陝西馬事尤爲詳悉臣等前奏已乞就委薛向提舉陝西

買馬及監牧公事令欲乞降指揮許令久任緣今來馬價多出於解池鹽利三司所支銀紬絹等又許令於陝西轉運司兌換見錢令解向既掌解鹽又領陝西財賦則通融變轉於事為便兼臣等訪問得解向陝西係官空地可以興置監牧頗甚多若將來稍成次第即可以漸興置蓋得西戎之馬牧之於西方不失其土性一利也因未嘗耕墾之地無傷於民二利也因向之耕而就令經始三利也又河北有河防塘泊之患而土多爲鹵不毛戎馬所宜地利不足諸監牧多在此路所占草地多是肥饒而馬又不堪未嘗大段孳息若陝西興置監牧漸成次第即河北諸監有司有者悉以陝西良馬易其惡種有司甘其者悉以

肥饒之地賤民於地不足而馬所不宜之費其以肥饒之地賤民而收其課租以助戎馬之費其於地有餘而馬所宜之處以未嘗耕墾之地牧馬而無傷於民此又利之大者也如允臣等所奏即乞薛向所志舉官員及論改舊弊朝廷一切應副成功則無愛賞敗事則無憚罰如此則臣等保任薛向必能上副朝廷收法之意如將來敗事臣等各甘同罪　進止

論許舉留守令劄子

臣伏奉今月二十九日中書降到　勅語諸州知州知軍知縣縣令內有清白不擾而政迹尤異實惠及民有如係三周年或三十箇月替到任已及成資係二周年替到任已及一年已上其知州事除本路安

撫轉運使副判官提點刑獄知縣縣令即更與本人
知州軍通判並遵署同罪保舉再任仍須於奏狀內
將本官到任以來政迹可紀實狀一一條列奏委中
書門下更加察訪如不是虛舉即進呈取旨當議量
所述政迹及合入資序擢恩許令再任令臣撰勅詞
者臣竊以謂朝廷欲使守令之宜民者久於其官識
亦方今政務之先急然勅書有於方今事變尚未
合著今審官除知州軍皆待一年八月闕知縣縣令
亦大抵待闕一年以上今若又係三年及三十月替
者須候歲資方得舉留再任及朝廷舉許即其人之
係三十月替者已及替期候年替者亦已去替期
不遠待闕之人亦已赴任迨一赴任亦多已待闕一

年方復使之還就審官别差遣，即於人情有所未安。兼朝廷欲使守令久於其職，為其自安之勢可以久，則畢於有為，而又上下相安，莫有苟且之意，則必使成責，然後許之再任。就者一年以上，即言詳之舉留。如此，則已除待闕之人免往返之勞弊，而被留之守令又早自知其當久，而於興利除害敢有所為。所有勅詞，臣雖已具草，如以臣[illegible]為允，只乞於所降勅語內除去如係三周年或二十箇月替到任已及成資係二周年替二十二字。取進止。

乞朝陵劄子

臣嘗為仁宗皇帝、英宗皇帝延坐之時，方以遭喪疾病在外，今蒙召還，復備[illegible]未見朝廷將命官朝拜諸陵，臣欲備使事，得以紓螻蟻區區感慕之情。伏望聖慈特賜矜許。取進止。

乞免修實錄劄子

臣准閤門報，勅差臣與吕公著同修英宗皇帝實錄。竊緣臣於吴充爲正親家，慮有共事之嫌。今來實錄院止闕吕公著一人，臣以爲討論綴緝，不如吴充精密。欲乞止差吴充一人以代公著，自足辦事。伏望聖恩詳酌指揮。所有勅牒，臣不敢受。取進止。

乞改科條制劄子

伏以古之取士，皆本於學校，故道德一於上，而習俗成於下，其人材皆足以有爲於世。自先王之澤竭，教養之法無所本，士雖有美材，而無學校師友以成就之議者之所患也今欲追復古制以革其弊則患於無漸宜先除去聲病對偶之文使學者得以專意經義以俟朝廷興建學校然後講求三代所以教育選舉之法施於天下庶幾可復古矣所對明經科欲行廢罷并諸科元額内解明經人數添解進士及更俟一次科場不許新應諸科人投下文字漸令改習進士仍於京東陝西河東河北京西五路先置學官使之教導於南省所添進士奏名仍具別作一項止取上件京東等五路應舉人并府監諸路曾應諸科改應進士人數所貴合格者多可以誘進諸科嚮習進士科業如允所奏乞降 勅命施行

廟議劄子

准中書門下奏准治平四年閏三月八日勑遷
僖祖廟主藏之夾室臣等聞萬物本乎天人本乎祖
故先王廟祀之制有疏而無絶有遠而無遺商周之
王斷自稷契以下者非絶嚳以上遺之以其自有本
統承之故也若夫尊卑之位先後之序則子孫雖齊
聖有功不得以加其祖考天下萬世之通道也竊以
本朝自　僖祖以上世次不可得而知則　僖祖有
廟與稷契疑無以異今毁其廟而藏其主夾室替祖
考之尊而下附於子孫殆非所以順祖宗孝心事亡
如事存之義求之前載雖或有然考合於經乃無成
憲因情制禮實在聖時伏惟　皇帝陛下仁孝聰明
紹天稽古動容周旋惟道之從宗祀重事所宜博考

乞以臣等所奏付之兩制詳議而擇取其當

## 議服劄子

先王制服也順性命之理而爲之節恩之深淺義之遠近禮之所予奪刑之所生殺皆於此乎權之傳曰三年之喪未有知其所從來者也蓋朞年及緦麻緣是以爲衰而其輕重遲速之制非得與時變易唯貴之於賤或降或絶或否蓋在先王之時諸侯大夫各君其父兄欲尊尊之義有所伸則宜親親之恩有所屈此其所以降絶之意也自封建之法廢諸侯大夫降絶之禮無所復施士大夫無宗其適孫傳重之屬不可純用周制臣愚以謂方今惟諸侯大夫降絶之禮可廢而適子死非傳爵者無衆子乃可於適孫承

重自餘喪服當用周制而已何則先王制服三年之喪以爲差非得與時變易故也然自秦漢以來言禮者或失經旨而歷代承用傳守至今與夫近世改制亦皆有説非以義折衷則不明故臣於所欲定則爲議以辨之末學寡陋獨用已見決千歲以來之所惑恐不能盡伏乞以付學士大夫博議令臣得與反復

## 議南郊三聖並侑劄子

臣等聞推尊尊以享帝義之至推親親以享親仁之極尊尊不可以瀆故郊無二主親親不可以僭故廟止其先今三后並配欲以致孝也而適所以瀆乎享帝後宮有廟欲以廣恩也而適所以僭乎享親推存事亡則非所以寧親也臣等今詳議欲乞各如禮官

所議

## 議郊祀壇制劄子

先王所以交於神明壇坎牲幣器服時日形色度數莫不依其象類易曰一陰一陽之謂道乾陽物也坤陰物也冬日至祀天於地上之圓丘所謂爲高必因丘陵而因天事天也夏日至祭地於澤中之方丘所謂爲下必因川澤而因地事地也蓋陽以圜爲形其性動陰以方爲體其性靜天陽而動故祀於地上之圓丘而禮神以蒼璧璧亦圓也地陰而靜故祭於澤中之方丘而禮神以黃琮琮亦方也今合祀天地爲圓壇而於國陽之地上豈聖人以類求神之意哉熙寧郊儀祭皇地示壇八角祭神州地示壇廣四十八步

高五尺今則變方爲圓壇神州築方壇而復無坎[illegible]不應禮伏請皇地示神州地示爲方壇壇之外爲坎庶協古制

## 議郊廟太牢劄子

謹按禮記王制祭宗廟之牛角握周禮小司徒凡小祭祀奉牛牲入古者諸侯五廟礿祠烝嘗每廟一太牢大夫三廟有天子之大夫故曰大夫用索牛謂之索者求得而用之但不在滌而已諸侯之祔祭用太牢吉祭則少牢自諸侯與天子之大夫時祭用牲如此然則天子之祭用牛者可知矣唐郊祀并宗廟社稷等祭悉用大牢其後稍易舊制九廟時享有羣享共用一犢國朝開寶初冬至親郊詔有司宗廟共

用犢一郊壇用犢三又詔其常祀惟　昊天上帝用犢自餘大祀悉以羊豕代之嘉祐中　仁宗親祫即每室用太牢自餘三年親祠八室共用一犢有司攝事惟以羊豕記曰先王之制禮也不可多也不可寡也唯其稱也是故君子大牢而祭謂之禮曰君子謂大夫以上也夫以天下奉其祖禰而廟享牲牢甫過乎儉不可謂稱今三年親祠而八室共用一犢及祫享盛祭有司攝事而少牢則非稱欲乞三年親祠并食饗有司攝事伏請太廟每室並用太牢一　貼黃竊恐朝廷以牛數多或乞時饗且仍舊制右奉　聖旨唯親祠并祫享每室用太牢

議皇地示神州地示不合燎壇事劄子

伏爲北郊所祭皇地示幷神州地示秖合坎瘞自來却如祭天升煙之義別建一壇燔祝版臣昨累次具狀奏聞乞行改正雖蒙　聖旨下有司詳定又緣所定壇壝儀注條件不少考求典故未能遽章伏覩今月二十一日神州地示亦依襲故常泥飾壇燎依舊行事臣昨亦備述自古以來祭祀皆爲瘞坎盖取就下求陰之義及考先儒所祭地示即無燔燎之文伏覩國朝祀儀所載祀辭亦曰瘞儀却行燔燎之禮顯是從來差錯恐瀆于神欲乞不候議定諸壇壝等制度先次考正今來瘞埋之義更不於壇上燔燎祝版以別天神地示之異上副　陛下修誠致孝肅恭祠享之意奏聞候　勑旨狀前批送太常禮院本所謹

按古者祀天神燔柴登煙，祭皇地示埋瘞，蓋燔柴則升煙于上，瘞埋則達氣于下，求神必以其類故也。王涇唐郊祀録：凡祭祀地示，則爲瘞埳於神壇之壬地，方深取足容物，祭訖，置牲幣祝饌於其中而埋之。熙寧祀儀：皇地示、神州地示皆爲燎壇，方一丈，高一丈有三尺，開上南出，方六尺，在壇南二十步丙地。祭大社大稷，又設燎柴於西神門外道北。以地示而同之天神之祀，殊悖於禮。所有今來王某起請，實合禮制。伏請自今祭皇地示、神州地示、大社大稷，其祝版與牲幣饌物並瘞於埳，更不設燎。所有皇地示、神州地示燎壇，並乞除去。

進鄴侯遺事劄子

臣前日伏奉　聖旨許進鄞侯遺事令繕録已具然無別本參校恐不能無脱誤竊以宇文黑獺之中材遇傾側窮困之時而輔之以區區之蘇綽然其爲法尚有可取伏惟　陛下天縱上智卓然之材全有百年無事萬里之中國欲擲業垂統追堯舜三代在明道制衆運之而已如李泌所稱豈足道哉顧求多聞以考古今得失之數則此書亦或可備省覽謹隨劄子上進

臨川先生文集卷第四十二

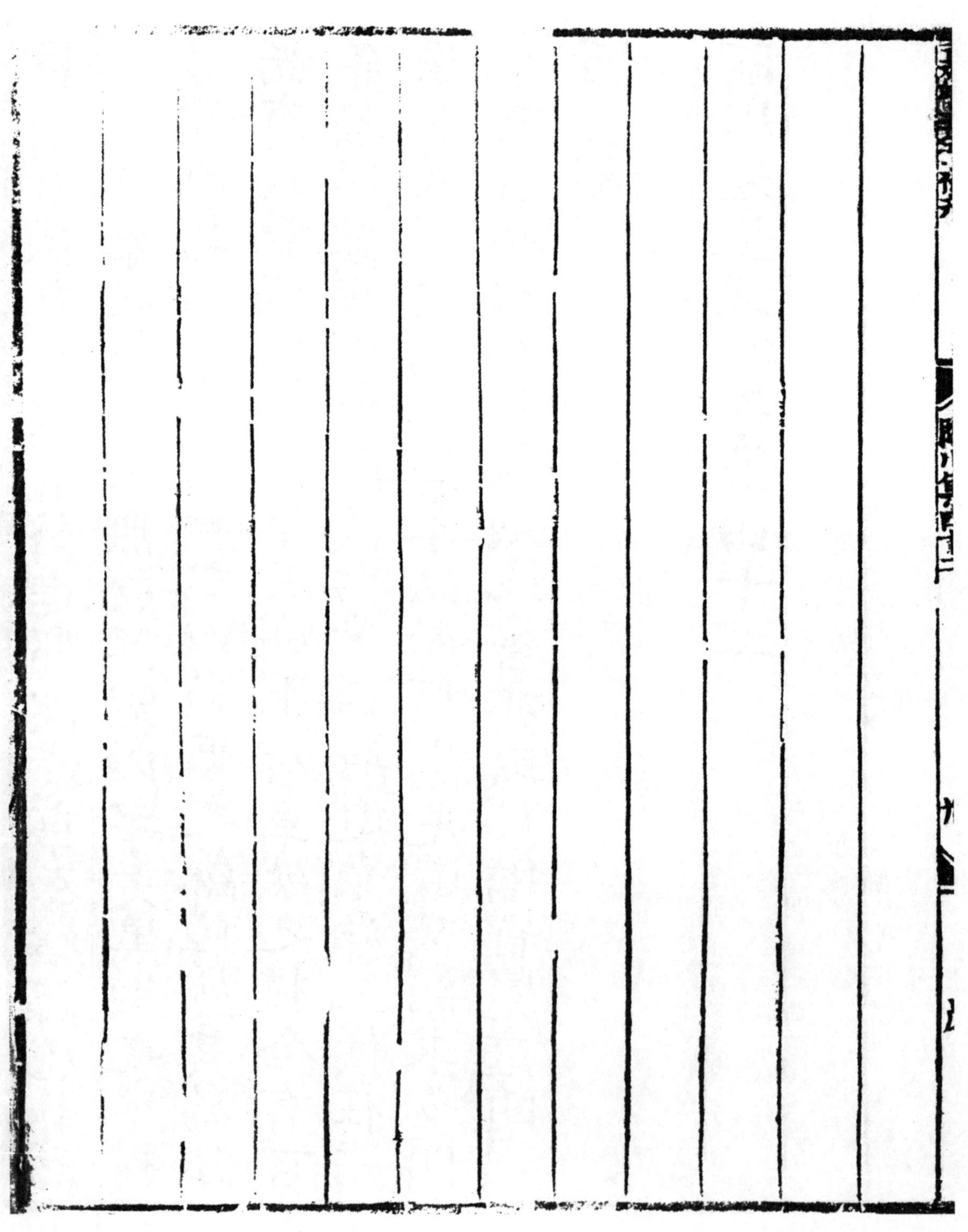

# 臨川先生文集卷第四十三

## 劄子

辭男雱說書劄子
辭男雱授龍圖劄子三道
進字說劄子
乞改三經義誤字劄子二道
論改詩義劄子
答手詔言改經義事劄子
改撰詩義序劄子
乞以所居園屋爲寺劄子
乞將田割入蔣山常住劄子
謝宣醫劄子

辭男雱說書劄子

臣今日伏奉 聖旨除男雱太子中允崇政殿說書臣雖已奏論非宜尚未蒙恩開允事有關於國體豈敢冒昧不言臣竊觀 陛下即位已來慎惜名器一介之任必欲因能講藝之臣尤爲遴選如雱學問荒淺加以未更事任試之筦庫尚懼不勝論經之地實非所據 陛下必欲誤加獎擢實恐上累知人任使之明伏乞 聖慈察臣懇款追還成命以合衆論之公取 進止

辭男雱授龍圖劄子三

臣伏承 聖恩以修撰經義罷局除臣男雱龍圖閣直學士臣雖已懇辭未蒙照察伏念臣男雱誤蒙

陛下知奬特以粗知承學比奉　聖旨撰進經義尚未了畢遂自太子中允崇政殿説書擢授右正言充天章閣待制兼侍講當是時所叨恩命已駭衆人觀聽在臣父子已所難安伏蒙　宣諭令臣更勿辭免臣亦以謂　聖恩録進書微効遂不敢辭自爾以來雱以疾病隨臣不復與聞經義職事今兹罷局在雱更無尺寸可紀之勞不知何名更受襃賞非特於臣父子私義所不敢安竊恐朝廷賞罰之公如此極爲有累伏望　聖慈察臣懇悃追寢誤恩非特臣父子曲蒙保全亦免衆人於聖政有譏議

二

臣伏奉　詔書以臣乞免臣男雱恩命未賜允俞臣

之懇款已備前陳螻蟻微誠未能昭徹然國家之賞典務在報功施之非宜實累國體非特在臣父子私義所不敢安伏惟大明無所不燭察臣非敢妄干聖聽早賜追寢誤恩謹再具劄子陳免以聞

三

臣近累具劄子辭免臣男雱恩命伏蒙　聖慈特降詔書不允者臣之懇誠已具前奏　聖恩深厚未即矜從在臣區區實不寧處如臣一叨昧尚所難勝況又賤息何名享此賞而無勸累國實多伏望　聖慈察臣父子皆荷　陛下全度之至恩所以上報生當隕首死當結草而已謹三具劄子陳免以聞

進字說劄子

臣在　先帝時得許慎說文古字妄嘗覃思究釋其意冀因自竭得見崖略之縣視八叅以冐然念非所能因畫而止頃蒙　聖問俯及退復黽勉討論賴恩寬養外假歲月而桑榆憊眊久不見功昔命頭至奉被訓敕許錄臣愚妄謂然者繕寫投進伏惟大明獨無異豈臣愚陋所敢衍冐承命退適量慙無所如蒙垂收得御宣聞千百有一儻賴神指愚所逮及繼今復上于斥宸扆臣無任

乞改三經義誤字劄子二道元豐三年閏二月六日

奉聖旨宜令國子監依所奏照會改正

臣頃奉　敕提舉修撰經義而臣聞識不該思索不精校視不審無以稱　陛下發揚聖術垂訓天下後

世之意上孤眷屬沒有餘責幸蒙恩俾息田里坐竊榮祿竟於事衰因得以疾病之間考正誤失謹錄御右伏望睿清燕之閒垂賜省覽儻合聖心謂當刊革即乞付外施行臣干冒天威無任云云哀進上

詩書義

皇內眞惡見眞惡當作其眞見惡
之長故懋受之化當作興懋使之化
微子純而不雜故謂之懷儀當作儀之元而無傷故謂之扲拴當作儀
其範有常也然後有法此書所以謂之範者以五行為宗故也五行猶五令解于形而意出焉音意鑄一而大謂之弘積而大謂之至合而大一謂之共此書合

五行以成天下之大法故謂之洪範也已上七十
一字今欲删去
又云商復商以尚矣後世易之隸字而其官猶曰詞
空因其故不忘始也已上二十六字今亦欲删去
周官意旦稽古字上漏曰字

周禮義

小宰其許用上其字當作共
大府受藏之府則若藏內掌邦之賦入是也受用之
府則若職歲掌邦之賦出是也已上三十字今欲
删去
黨正歲屬其民者四四當作正
誦訓以詔王觀事當去王字

異端手足履着手當作首

冢人山林之尸則以山虞已上八字今欲刪去

御僕掌羣吏之復復當作逆

大馭有軏也軏當作軓

大行人三公八命出封加一命則三命之臣公已上十

四字今欲刪去

## 詩義

北風北以言其威雨雪以言其虐虐者氣也喈者聲

也雱盍言其霏盍言散氣之所以被者近聲之所加

者遠暴則一方而已散則無所不加此言其為威

虐後甚於前也已上六十三字今欲刪去改云北

風之寒也而以爲涼北風之厲也而以爲喈此以

言其為盛、雨雪之散也、而以為雰雨雪之集也而

以為霏此以言其為虐

君子偕老玼兮玼兮其之翟也者服之盛也服之盛

字下今欲添質宜之三字又云瑳兮瑳兮其之展

也蒙彼縐絺是紲袢也者亦服之盛也亦服之盛

字上欲減亦字服之盛字下欲添文宜之三字

定之方中説于桑田者當作則

干旄州里之士所建今欲改為鄉黨之官所建

有女同車公子五名者字當作尊

駟鐵駟四馬既閑駟四當作四

墓門食椹而首椹當作甚

七月去其女桑三桑者猗之然後至下桑可得而采也已上

十六字今欲刪去改云柔其女桑而猗之為後遠
揚可得而伐也
又蠶月者非一月故不指言某月也下添云蠶事
也故稱月云云
又云猗薪之也言猗其女桑則遠揚可知矣言伐遠揚
則女桑可知矣皆伐而猗之也已上三十字今欲
刪云
亶攻言其女桑遠絡帝巖泉多至若並其旗然已上十二字今
欲刪去
小旻發言盈廷廷當作庭
桑扈受福不那那當作那
生民[illegible]當作[illegible]

公劉篤之字从竹从馬篤行地無疆以竹策之則力行而有所至篤之爲言力行而有所至也已上三十四字今欲刪去

卷阿藹藹然盛多然當作其文云故文以競辭太平也多士、平二字今合刪去

召旻昏非所以爲哲字上漏明字今合添

時邁政之所加孰敢不動懼今欲改云政之所加孰敢不震動疊息

二

那磬管將將管當作莞

臣近具劄子乞改正經義尚有七月詩剝棗者剝其皮而進之養老故也十三字謂亦合刪去如今回呈

心亦乞付外施行取進止

## 論改詩義劄子

臣子雱奉　聖旨撰進經義臣以嘗備　聖覽故一二經臣子乃敢奏御及設官置局有所改定臣以文辭義理當與人共故不敢專守己見爲是既承詔頒行學者頗謂所改未安竊惟　陛下欲以經術造成人材而職業其事者一臣若見小有未盡義難自默況有經置局改定諸篇謹依　聖旨具錄新舊本進呈內雖舊本今亦小有刪改處并略具所以刪復之意如合　聖旨即乞封降檢討呂升卿所解詩義依舊本頒行小有刪改即依　聖旨指揮取進止

## 答手詔言改詩義事劄子　六月上旬

臣伏奉手詔依違之罪臣愚所不敢逃然　陛下既推恩惠卿等而除其所解釋臣愚不敢安此若以其說有甚乖誤者責臣更加刪定臣敢不祗承聖訓取進止

## 改撰詩義序劄子

臣伏奉手詔以臣所進三經義序有過情之言宜速刪去臣雖嘗敷奏以爲文字所宜又奉　聖訓再三但令序述解經之意不須過有稱道伏惟　皇帝陛下盛德至善孚于四海非臣筆墨所能加損然因事宣著人臣之職也誠以言之不足爲懼不以近於媚諛爲嫌而上聖所懷深仁謙損臣敢不奉承　詔旨庶以仰稱堯禹不爭不伐之心所改撰到詩義并前

進書周禮義序謹隨劄子投進昧冒天明臣無任

乞以所居園屋爲僧寺并乞賜額劄子

臣幸遭興運超拔等夷知獎眷憐逮兼父子戴天負地感涕難勝顧迫衰殘糜捐何補不勝螻蟻微願以臣今所居江寧府上元縣園屋爲僧寺一所永遠祝延

聖壽如蒙矜許特賜名額庶昭希曠榮與一時仰憑威神誓報無已

乞將田割入蔣山常住劄子

臣父子遭值　聖恩所謂千載一時臣榮禄既不及於養親雱又不幸嗣息未立奄先朝露臣相次用所得禄賜及蒙恩賜雱銀置到江寧府上元縣荒熟田元契共納苗三百四十二石七斗七升八合䅉一萬

七千七百七十二領小麥三十三石五斗二升柴三
百二十束錢五十四貫一百六十二文少白見託蔣山
太平興國寺收歲課爲臣父母及吾營辦功德欵望
聖慈特許施充本常住令永遠追薦爲赫日月天威無任
祈恩祈屏營之至取 進止

謝宣醫劄子

貪侍掖笑自取危疾感激 天聽上煩睿慈惻不圖闈
徹特畀慈憐丞遣內臣挾醫馳降臣替肯亦循餘善即得
仇鼎數點平先尚以風氣胃悶言語謇澁又額社壬
診療尋皆痊愈臣追念衰暮自分捐沒 聖時朽亂
更生實叨殊賜戴天荷地感涕難言臣宕曾壬靄庭不
任屏營激切之至

臨川先生文集卷第四十三

# 臨川先生文集卷第四十四

## 劄子

乞解機務劄子六道
謝手詔慰撫劄子
謝手詔訓諭劄子
荅手詔封還乞罷政事表劄子
荅手詔令就職劄子
荅手詔留居京師劄子
辭僕射劄子三道
乞宮觀劄子五道
求退劄子
已除觀使乞免使相劄子四道

宣諭蘇子元劄子

乞解機務劄子

臣以羇旅之孤蒙恩收録待罪東府于今四年方陛下有所變更之初内外小大紛然臣實任其罪戾非賴至明辨察臣宜誅斥久矣在臣所當圖報豈敢復有二心徒以今年以来疾病浸加不任劳劇比嘗粗陳懇款未蒙 陛下矜從故復黽勉至今而所苦日甚一日方 陛下勵精衆治事事皆欲盡理之時乃以昏疲久尸宰事雖 聖恩善貸而罪釁日滋至于不可復容則終上累 陛下知人之明非特害臣私義而已臣所以昧冒有今日之乞也伏 宣諭未賜哀矜彷徨屏營不知所措然臣所乞固 深慮

計而後敢言與其廢職而至誅則寧違命而獲譴且大臣出入以均勞逸乃是祖宗成憲蓋國論所屬怨惡所歸自昔以擅其事鮮有不遺罪黜然則祖宗所以處大臣不為無意也 臣備位亦已久矣幸蒙全度偶免譴訶實望 陛下深念祖宗所以處大臣之宜使 臣獲粗安便異時復賜驅策 臣愚不敢辭

## 二

臣其螻蟻微誠屢煩天聽每蒙訓荅未賜矜從惶怖征營不知所措 臣今日奏對近于日旰不敢久留以勤聖體所以依違遂退即非敢食其言以道事君誠為臣之素守苟可彊勉而免違忤之罪 臣亦何敢必其初心實以疾病浸加恐隳 陛下所付職事上累

陛下知人之哲下達臣不能則止之義此所以彷徨迫切而不能自止也且臣所乞特冀暫均勞逸非敢遂即田里之安竊謂 聖恩不難賜許謹具劄子陳乞伏望 聖慈特垂開允

三

臣今日得望 陛下清光伏蒙敦喻獎激可謂備厚矣臣雖愚戇豈敢忘 陛下至恩盛德然臣之懇款亦已具陳實望 陛下照察哀憐使臣得休養其疲昏以免曠職之負而不累 陛下知人之明也臣干忤天威無任惶怖之至

四

臣今日伏蒙 陛下令呂惠卿宣道 聖旨又令馮

宗道隨賜手詔趣令復位眷顧之厚非臣殺身所能上報然臣不才無補時事肝鬲貇〻已具面陳君臣之義實均父子茍尚可以黽勉豈敢輕為去就誠以義不獲已須至昧冒天威　陛下至仁常恐一物失所況臣特蒙奬擢久備驅策夙夜之勞簡在聖心豈容不思所以全安之而令終于顛躓也伏望哀憐匹夫之志有不可奪早賜處分臣無任瞻　天祈恩激切之至取進止

五

臣伏蒙　聖恩特降中使傳宣封還所上表不允所乞臣誠惶誠感不知所措竊念臣蒙　陛下恩德至深至厚方　陛下旰食焦思之時豈宜自求安佚實

以疾疢所嬰曠瘝職事若不早避賢路必且仰誤任使貇〻所懇具如前奏伏惟 陛下天地父母曲賜矜憐察臣干祈出于甚不得已臣生當隕首死當結草謹再具劄子陳乞臣無任惶怖貇迫祈恩之至

六

臣伏奉 聖恩特降中使令臣入見供職臣之懇誠略已昧冒 天聽高邈未蒙垂惻輙復陳叙仰冀哀憐伏念臣孤遠疵賤衆之所棄 陛下收召拔擢排天下異議而付之以事八年于此矣方 陛下興事造功之初群臣未喻 聖志臣當是時志存將順而不知高明彊禦之為可畏也然 聖慮遠大非愚所及任事以來乖失多矣區〻夙夜之勞曾未足以酬

萬一之至恩今乃以久擅寵利群疑並興衆怨總至罪戾之釁將無以免而天又被之疾疢使其意氣昏惰而體力衰瘦雖欲彊勉以從事須臾勢所不能然後敢干天威乞解机務竊以謂 陛下天地父母宜垂矜憐論其無功則雖可誅閔其有志則或宜宥終始全度使無後艱而未蒙 天慈頒哀猶欲彊以重任使臣黽勉尚能有補 聖時則雖滅身毀宗無所避憚顧念終無來效而方以危辱上累朝廷此臣所以不敢也 陛下明並日月何所不燭願賜容光之地稍委照焉則知臣之惓惓非敢苟忤恩指也臣乞且于東府聽候朝旨伏望 陛下垂恩早賜裁處臣不任昧死干祈激切之至

## 謝手詔慰撫劄子

臣昨日伏奉手詔所以慰撫備厚非臣疵賤之所宜蒙伏讀不任感激屏營之至今日呂惠卿至臣第具宣 聖旨臣雖糜軀隕首豈能上酬奬遇臣自江南召還獲侍清光竊覩天錫 陛下聰明睿智誠不難興堯舜之治故不量才力之分時事之宜敢以不肖之身任天下怨誹欲以奉承 聖志自與聞政事以來遂及期年未能有所施為而内外交御名合為沮議專欲誣民以惑 聖聽流俗波蕩一至如此 陛下又若不能無惑恐臣區區終不足以勝而久妨衆邪之路則或誣罔出于不意有甚于今日以累 陛下知人任使之明故因疢疾輒求自放 陛下不以臣

狂猥賜之罪戾而屈 至尊之意反復誨喻臣豈敢尚有固志以煩督責只候開假即入謝區區所懷冀得面奏臣無任感天荷聖激切屏營之至謹具劄子奏知

謝手詔訓諭劄子

臣以不才久曠高位昧冒求解屢煩 聖聽曲蒙矜允實荷至恩繼奉手詔俯垂訓諭非臣隕首所能報稱伏惟 陛下躬堯舜盛德舉千載一隆之政以福休斯民萬邦黎獻所願致死况臣疎遠疵賤首蒙察舉 陛下任之至重而眷之至優一旦遠離誠非獲已苟異時 陛下未賜棄絕而臣犬馬之力尚足以效則豈宜背負恩德長自絕于聖時哉臣瞻天荷聖

無任激切之至

## 荅手詔封還乞罷政事表劄子

臣今日具表乞罷政事方屏营俟命而吕惠卿至臣第傳　聖旨趣臣視事續又奉手詔還臣所奏喻以天下之事盡力固可成就以卿所學不宜中輟俛聽伏讀不勝螻蟻區區感慨惻怛之至臣蒙拔擢備數大臣　陛下所以視遇不為不厚矣豈敢輕為去就誠以　陛下初訪臣以事臣即以変風俗立法度為先今待罪期年而法度未能一有所立風俗未能一有所変朝廷内外詖行邪説乃更多于卿時此臣不能啓迪聖心以信所言之明効也雖無疾疢尚當自劾以避賢路況又昏眩雖以看讀文字即于職事當

有廢失雖貪 陛下仁聖卓然之資冀憑日月末光粗有所成而自計如此豈容偷假名位坐棄時日以負所學上孤 陛下責任之意伏望 陛下哀憐矜察許臣所乞毋令臣得要君之嫌重為流俗小人所毀臣不勝祈天俟聖激切之至取進止

## 荅手詔令就職劄子

臣累奏乞解机務歸田里伏奉手詔令臣無復有請秖服 聖訓便宜就職然臣所以致身許國正欲行事君之義而已若致身于辱殆之地以累 陛下知人之明而令天下後世訕議及國則非臣所學事君之義也昔仲山父既明且哲以保其身故宣王有任賢使能中興之功臣既不自知又昧于知人信已妄

行以至今日免于大戮實　陛下天地父母之賜也
若猶冒恩不即自弛終恐傷　陛下保全臣子之仁
是以不敢伏望　陛下哀臣懇至特賜矜許臣無任
瞻天祈恩激切之至取進止

## 荅手詔留居京師劄子

臣伏奉手詔欲留臣京師以為論道官宜體朕意速
具承命奏来臣才能淺薄誤蒙　陛下拔擢歷職既
久無以報稱加以精力衰耗而咎釁日積是以冒昧
乞解重任幸蒙　聖恩已賜矜允而繼蒙恩遣吕惠
卿傳　聖旨　臣且留京師以備顧問臣竊伏惟念
父子荷知遇誠不忍離左右既又熟計論道之官固
非所宜且以置之閑地似為可處　陛下付託既已

得人推誠委任足以助成聖治臣義雖以更留京師以速官謗若陛下付臣便郡臣不敢不勉至于異時或賜驅策即臣已嘗面奏所不敢辭伏望聖心特賜矜察臣無任感天荷聖激切怔營之至伏取進止

## 辭僕射劄子

臣伏奉制恩以提舉修撰經義了畢特授臣尚書左僕射兼門下侍郎加食邑實封承命惶怖已曾面辭宣喻稠疊未垂聽允伏念臣特蒙陛下知遇任使實以稍知經術叨塵非一每愧無功更以訓釋微劳過受褒遷殊禮格之公論孰以為宜况在私誠尤難安此伏望陛下俯昭悃愊特賜哀憐追還誤恩以

保危拙謹具劄子陳免以聞

## 二

臣近具劄子辭免恩命伏蒙　聖慈特降詔書不允者區區所陳備出肝膈重煩睿訓以懼以慙伏念臣蒙恩自外召還復得與聞政事智衰耄及筋力弗支仰惟駿德之日躋深懼薄材之難副雖未敢以妨賢自弛顧豈宜以非分妄遷賞浮于勞實累國體豈惟私義所不敢安伏望　聖慈深以保全臣子為念早罷追還成命以允中外論議之公謹再具劄子陳免以聞

## 三

臣近累具劄子辭免恩命伏蒙　聖慈特降詔書不

允者睿訓丁寧，豈宜逋慢？顧惟懇款，實有可矜。干忤天威，良非獲已。伏念臣出于孤遠，遭值聖時，弱力而重任，薄功而厚享，夙興夜寐，深懼顛隮，豈敢非分，更叨殊獎？且方　陛下發明經術，啟迪人材，而臣偶以乏人，遂當器使。遺經殘缺，既不易知；聖學高明，又難仰副。雖已殫顇應詔，實恐難以頒行。豈意天度包荒，藏疾褒崇獎勵，在所難勝。隆儒尚學，誠　陛下盛德；量能知分，亦臣之私義。伏望　聖慈俯照誠悃，以其終難昧冒，早賜追寢誤恩。謹三具劄子陳免以聞。

## 乞宮觀劄子

臣某頃被召還，復汙宰司，行以亢滿易隳，事以衰疾多廢。幸蒙恩釋重寄，尚兼將相之官。自惟憂傷病疾之餘復當辭劇就閒之日過叨榮禄非分所冝黽勉方州亦將不逮故因賜對輒預奏陳俟到江寧須至上煩聖慮乞以本官外除一宮觀差遣于江寧養疾過蒙眷奬喻以毋然非臣靡殞所能仰稱而臣自離闕庭所苦日侵目眩頭昏背寒膈壅加之喘逆稍勞輒劇若非蒙恩許免藩任且令休養即恐瘳復無期輒敢昧冒天威具陳前日悃愊伏望　陛下特垂睿聽俯亮愚誠早賜矜從使得寧濟即異時稍堪驅策誓復罄竭疲駑臣無任

二

臣其近輸悃愊仰丐恩憐干忤天威方懷憂畏伏蒙聖慈特遣使人賫賜訓勅諭以至意撫存頣念逮及

存没負荷恩德無以勝任瞻望闕庭唯知感涕然臣之懇〻實有可言伏念臣抱疾以來衰疲浸劇若黽勉從事必不能上副憂勤而應接之勞適足以自妨休養又地閑祿厚非分所宜聖心雖示優容臣終難于叨昧伏望　陛下俯垂燭察早賜矜從他日苟獲衰瘵餘年敢辭驅策臣無任

三

臣某比因馮宗道還闕已具輸區〻螻蟻之情繼蒙撫存曲賜訓諭臣誠惶誠感已具表稱謝以聞竊惟天慈終始眷憐故欲賦以厚祿示以優禮不然一州之守豈憂付屬乏人臣憂患餘生加之疾病喘息朝夕難冀久存　陛下所以愛臣何啻天地父母令臣

多尸廩賜重貽亢滿之殃豈若賜以安閑使有寧瘳之福伏望深垂簡照早賜矜從他日旅力復可驅馳敢不致死以圖報效臣無任

四

臣某備位七年初無分毫績効以病自列獲解繁机而誤恩曲加寵禄并過豈臣庸朽所可堪任況自涉春以来衆病並作氣滿力憊殆不可支其勢如此以尸厚禄則有食浮之憂以任州事則有官曠之責計臣之分無一可為故願乞其不肖之身休養歲月而璽書繼至訓勑加嚴雖 陛下示眷奬之意始終不逾而臣竊自度量終雖黽勉以稱萬一徬徨踊躇不知所言輙復干冒 天威期于得請而後已伏望

陛下深垂簡照早賜矜從他日若獲寧瘳頤雖晚節末路尚知補報惟所驅策豈敢辭免除已具表謹具劄子陳乞臣無任

五

臣某近四上表乞以本官外除一宫觀差遣伏蒙
聖慈特降詔書不允所乞仍斷來章螻蟻之微頻煩
寵諭臣之懇誠已具累表愚衷激切終冀矜從伏念臣荷國厚恩未報萬一若非疾苦不能任事豈敢數違訓勅以自取逋慢之誅但以病勢日增雖外視形色若無甚苦而神耗于中力僨于外一有動作即不可支思慮恍然事多遺忘以此居官豈能塞責且一方之任非獨簿書獄訟在所省察至于儆戒盜賊輯

安兵民責在守臣事實至重此豈精神衰耗體力疲憊之人所可堪任伏望　陛下加惠留聽察其所請出于誠然早賜開允則非獨于臣私分得以自安亦于　陛下任使之際無曠官廢事之悔臣愚不勝至願謹復具劄子陳乞臣無任

## 求退劄子

臣伏奉手詔令臣二十三日入見臣明日當入見然臣之懇款具如前奏所陳匹夫之志有不可奪實望

聖慈必賜矜從

## 已除觀使乞免使相劄子

臣某衰疾疲曳雖于自力干恩天聽至于三四逋慢

訓獎罪當誅殛伏奉勅命就除觀使俯從燕安之願

欲猶假非分之名器鴻慈覆載不啻天地感激涕泣無言以諭然以將相之禄養疾于田里歷選近世勲賢未有若斯比例臣愚無狀績効不昭欲以何名敢此叨昧且臣蒙　陛下識拔序之群臣之右當以粗知分義為異庸人今若以衰殘向盡之年貪非所據豈不自隳素守而仰累　陛下知人之明伏望

聖慈察臣累奏許以本官充使于江寧府居住庶蒙瘳復終誓糜捐所有　勑命臣未敢祗受除已具表謹復具陳乞以聞干忤天威臣無任

## 二

臣某伏奉詔書不允所乞祇荷　聖訓丁寧備至非臣庸朽所可堪稱伏自惟念臣以疾病不勝從事之

勞而欲自休養退歸田里乃分之宜尚恃眷憐私竊自恕而求以本官食宮觀之禄于外于臣之義愧負已多而　陛下乃欲使之兼將相之重而處于此雖仰戴恩德爲至厚矣而臣歷選前代近至本朝所以寵待勲舊之臣無有斯比況臣久尸重任績效不昭豈可度越前人有此叨據是且上虧　陛下名器不以假人之道下傷愚臣知止之義伏望特垂睿聽早賜允從則非獨于臣私分得以自安亦于天下公論爲協除已具表謹復具劄子陳乞以聞臣無任

三

臣其近以懇誠上干天聽伏蒙　聖慈特降中使賚賜詔書仍斷來章臣以朴愚久逋明命罪譴之及所

不敢辭而　陛下加惠寬矜慰喻備至仰荷天地厚
恩非臣殞越所能報稱然臣之懇懇亦累具聞分義
既所雖受臣亦何敢自已竊惟人君之御臣以其任
隆而責重故委之高爵重祿而無媿此上下所以兩
得而能治安也今臣既以疲痾退歸閭里尚恃
陛下眷存謂其嘗預政事有夙夜之微勤故敢求以
本官食宮觀之祿于外已于理分為所非宜而
陛下乃疏誤恩使兼將相之重臣愚不肖病不任事
傾于　陛下勵精求治之時不能自力以裨補萬一
而坐尸名器如此其厚人臣之出力赴功方任隆責
重而有勳勞者　陛下將復何以處之此臣所以不
敢也臣若苟貪仰副訓勅而不知慮此則非獨于臣

私義無以自全亦于國家大體所損非細故復冒昧期于得請而後已伏望　陛下始終念察早賜聽許則非獨臣爲幸臣無任

四

臣某近再以懇誠上干睿聽逋慢明訓方虞譴謫伏蒙天慈特差臣弟某賚賜詔書不允所乞傳諭德意撫存備厚仰荷天地至恩捐軀隕首無以上報伏自惟念臣以衰病無勞之身得請于外雖能爲上陳力任一方之寄以忝將相尚爲非分況今蒙恩寬假得就燕閒豈可坐而尸此以養疴田里之中此臣所以不敢忘止足之義而自取辱殆也所懷懇激已具累奏雖　陛下申加獎勵恩德有隆而愚臣竊自揣稱

終無可以吻昧之理伏望　陛下俯垂閔察早賜開允則非獨臣爲幸甚除已具表謹復具劄子陳乞以聞臣無任

宣諭蘇子元劄子

臣適已見蘇子元具宣　聖旨然兵事貴速憂在失時恐子元往不如期鄜行之疾亦恐子元道路偶或有故稽留則無及事臣愚謂宜遞中賜郭逵等劄子更録付子元令申喻曲折

臨川先生文集卷第四十四

# 臨川先生文集卷第四十五

内制 冊文表夲青詞

郊祀 昊天上帝 皇地祇 太祖皇帝冊文三道

朝享 聖祖大帝 仁宗 英宗皇帝冊文三道

皇后冊文

先天〻貺降聖冬至節内中露香表四道

南郊青城 皇帝問 太皇太后皇太后聖體表

太皇太后皇太后回荅 皇帝問聖體書

寒食節起居永定諸陵諸后陵表二表

中元節八月一日起居諸后永昭陵表二道
十月一日永昭陵奏告　仁宗皇帝表
十月一日起居永安諸陵諸后陵表二道
冬至節上諸陵諸后陵表二道
寒食節上南京鴻慶宫等處　太祖諸帝表
中元節起居諸帝神御殿諸陵表二道
十月一日起居揚州諸帝神御殿表
冬至節上南京鴻慶宫等諸帝表
先天節奏告　仁宗皇帝表
南郊下元節奏告　聖祖大帝表
南郊禮畢　皇帝謝内中功德表
南郊禮畢奏謝　英宗皇帝表

真宗皇帝忌辰奏告永定陵景靈宮慈德殿表

集禧觀開啓爲民祈福道場黙表

鴻慶宮延祥觀崇先觀開啓　皇帝太皇太后皇太后本命道場青詞四道

靈釐内殿西太一宮龍圖閣開啓太皇太后皇太后生辰道場青詞四道

廣聖宮開啓　真宗皇帝忌辰道場青詞

福寧殿罷散開啓三長月道場青詞五道

福寧殿開啓南郊道場青詞

郊祀　昊天上帝册文

伏以眷命作邦百年于此蒙休承福外内用寧施及

沖人嗣膺歷服燎禋有典稱秩惟時

郊祀　皇地祇册文

伏以大報于郊有典咸秩厥作成物配天同功合食泰壇義存一體猥以沖眇紹休前人絜承昭事不敢不察

郊祀配帝　太祖皇帝册文

伏以命于帝廷肇造區夏掃除僭悖人以永寧陟配天郊實存舊典靈承圭鬯其敢忘初

朝享景靈宮　聖祖大帝册文

伏以靈德在天實基皇命降依下土臨況後人方以眇躬進承郊廟神遊所御獻享惟時庶幾頋歆永有蒙賴

朝享仁宗皇帝册文

伏以體道邁德寵綏臣民休嘉垂延燕及于後肆以寡昧獲承郊宫祼饋有儀敢忘用舊

朝享英宗皇帝册文

伏以靈德美行實兆初潛神民所歆寶命自至祗紹考服循而弗改用謚土宇以詒沖人登祔新宫歷兹嘉月燎禋有舊祼享惟時

皇后册文

維熙寧二年歲次己酉四月丁酉朔二十六日壬戌皇帝若曰自昔有天下必擇建厥配以承宗廟以御家邦肆朕受命奉循前烈考慎典册以祈協于神民咨爾向氏懿柔淑恭舊有顯聞肇功惟祖彌亮帝室

流德之澤覃延後嗣是産碩媛比賢姜任越朕初載來嬪藩邸盥饋在中率禮無違以至嗣服祗承内事齋明夙夜罔有曠失宜崇位號表正宮庭令遣攝太尉推忠協謀同德佐理功臣樞密使光禄大夫檢校太傅行尚書刑部侍郎上柱國東平郡開國公食邑五千户食實封一千户吕公弼攝司徒朝散大夫右諫議大夫叅知政事護軍太原郡開國侯食邑一千一百户賜紫金魚袋　持節册命爾爲皇后夫惟興王釐厥士女咸自内始達于四海朕克勤人用弗怠朕克儉人用弗奢朕克正人用無敢側頗僻爾勸朕相乃濟登兹於戲匪初惟艱惟慎厥終爾忱念兹朕以永享天禄爾亦豫有無疆之福豈不韙哉

先天節　皇帝謝内中露香表

伏以眇躬無似寳膺駿命之休釐事有初敢廢靈承之舊冀蒙僊聖俯監齋精

天貺節　皇帝謝内中露香表

伏以靈命告休嘉名紀節用露熏之故事酎乾施之至恩仰頼監觀俯垂歆祐

降聖節　皇帝謝内中露香表

伏以昊天錫命寳佑永圖良月御時載臨嘉節率循故事升薦至誠仰冀靈明溥垂庇貺

冬至節　皇帝謝内中露香表

伏以四氣隨旋一陽来復仰瞻穹昊祗薦芬香所冀含生並蒙垂福

南郊青城　皇帝問　太皇太后皇太后
聖體表

臣名言自宮徂郊夙夜祗事方此寒沍關于定省伏惟比日寢食宜加

太皇太后回答　皇帝問聖體書

太皇太后致書于　皇帝奉祠郊宮爲國大事夙興夜寐固已勤勞勉慎節宣以膺禧福

皇太后回答太廟　皇帝問聖體書

太后致書于　皇帝躬率群臣肇見祖考孝思之至何以自勝尚慎興居以保休福

寒食節起居永定陵宣祖諸陵等處表

伏以揄火戒時栢城在望薦豆籩之新物弗獲躬親

象几席之平居實存館御蠲烝有舊紓慕無窮

寒食節起居諸陵昭憲等諸后表

伏以桐華伊始火令載嚴獲嗣慶圖仰蒙慈芘追淑靈而莫逮歷時序以增思

中元節三陵起居諸后表

伏以素秋伊始華月既盈物御氣以夷傷心感時而悽愴伏惟　尊謚皇后惠風無斁慈範有詒猥以眇沖仰承慶裕瞻幽靈之所宅結永慕之至懷

八月一日永昭陵旦表

伏以暑往御時宵中應律載班秋朔申薦廟嘗伏惟尊謚皇帝體道成乾施仁應物率土方涵于聖化賓天遽愴于神遊追龍駕于空衢莫知所詣瞻鳥耘之

新隴但有至懷

十月一日永昭陵奏告　仁宗皇帝且表

伏以月乘談閟時御閉藏歲回薄以將更物盛多而可享恭惟　尊謚皇帝德符穹昊功濟黎元方求大隗之居遂兆成周之蘖光靈在望感惻交懷

十月一日起居永安陵等處諸陵表

伏以日星隨旋歲月從邁物更收摛之候人積悽愴之懷恭惟　尊謚皇帝躬睿廣之材撫休明之運協九皇而高世追三后之在天方以肜躬嗣膺神器想威靈之如在感氣序以增欷

十月一日起居永安陵等處諸后陵表

伏以哀恫在疚未盡通喪弦晦如流載更良月恭惟

尊謚皇后降鑾嬀汭播美河洲著慈範以如存流徽
音而可想遡陵永望感節深追

冬至節上諸陵表

伏以氣復黄宫晷移北陸物驗土灰之應官修雲物
之占恭惟尊號 皇帝睿廣應期休明作乂收功既
往垂範方來感時序之變流想威靈而慘結

冬至節上諸皇后陵表

伏以四時交御一氣潛萌慶雖屬于履長悲豈忘于
追慕恭惟 尊謚皇后升麗尊極協承休明德範有
詒方美王雎之摯容衣不閟尚瞻褕翟之華永想光
靈詎勝摧感

寒食節上南京鴻慶宫等處 太祖諸帝

表

伏以火禁肇脩，春祺溥被，維是奉粢之禮，適當濡露之時。恭惟尊謚皇帝德協上穹，功施後裔，儀神鄉而弗返，廞聖像以如存。紓慕咸靈，載懷感怵。

中元節起居外州諸宮觀諸帝神御殿表

伏以夷則御辰，商聲肅協，望舒戒節，陰魄既盈。伏惟尊號皇帝道邁往初，恩涵品庶，于厲車之所御，有原廟之舊儀，方此戒寒，豈勝追遠。

中元節起居諸陵表

伏以方秋厥初，既月之望，昊天始肅，繁露未晞。伏惟尊謚皇帝若昔大猷，受天明命，躬有靈德，燕及後昆

猥以眇躬紹膺慶緒　駿命之休釐事
有初敢廢靈承之舊

十月一日起居揚州　諸帝神御殿表

伏以祖歲如流甫更良月遺衣所御寶有經祠方屬
投艱仰承錫羨瞻威靈而如在歷時序以增思

冬至節上南京鴻慶宮等　諸帝表

伏以子位杓回黃宮氣應既兆天正之始方扶陽律
之微恭惟　尊號皇帝體道邁仁膺時建極豫游所
次館御如存撫時序之變更仰威神而感惻

先天節奏告　仁宗皇帝表

伏以金氣御時商聲應律仰閱火流之速俯沾露降
之淒伏惟　仁宗皇帝功協聖謀道侔乾則垂至仁

而丕冒慶賚無窮感素節以深追悲何有極

南郊下元節更衣于景靈宫朝拜奏告

聖祖大帝表

伏以帝繫所元僊遊如在載更令節當款殊庭以卜禋祠將陳祼獻惟祭儀之雖黷冀神監之具昭

南郊禮畢　皇帝謝内中功德表

伏以蠲烝廟祧潔告郊畤實蒙昭貺以獲頤歆惟錫福之無窮曷歸誠之有已

南郊禮畢福寧殿奏謝　英宗皇帝表

伏以膺命紹休諏時協吉告潔粢于廟室奠嘉玉于郊丘雖祇奉聖謨獲無疆之慶賴而深追神眷重罔極之哀摧

真宗皇帝忌辰奏告永定陵景靈宮慈德殿表

伏以慶靈囘薄，永託後昆；時序徂遷，奄更諱日。威神在望，感怵兼懷。

集禧觀開啟為民祈福祈晴道場默表

伏以雨淫為菑，民用愁摯。式陳淨供，以致誠祈。冀格靈明，遂蒙開霽。惟潔粢之無害，仰休饗之有依。

南京鴻慶宮開啟　皇帝本命道場青詞

伏以寶命有詒，以自求而致福；至神無體，隨所感而應誠。祗奉靈科，實存故事。冀蒙垂福，俯暨含生。

延祥觀開啟　太皇太后本命道場青詞

二道

伏以寶曆有詒，眇躬實嗣，獲承慈範，仰荷神休。方元命之在辰，按舊儀而庀事，庶蒙慶祐，永錫壽祺。

二

伏以聖功輔世，已大濟于艱虞；神道示人，用寵綏于祉福。敢因穀旦，祗奉靈科，冀大錫于壽祺，得永承于慈範。

## 崇先觀奉元殿開啟　皇太后本命靈寶道場青詞

伏以克紹慶基，實蒙慈訓。遘茲元命，若昔宗祈，冀靈鑒之俯昭，垂壽祺之永錫。

## 靈鼇內殿開啟　太皇太后生辰道場青詞

伏以壇席盛陳，科儀肅設，眷言慈廕，祝此誕辰，永綏壽考之祺，上賴神靈之祐。

靈鑾內殿開啟　皇太后生辰道場青詞

伏以集黄冠之勝衆，仰紫極之真游，按用科儀，營祈祉福，仰求聰鑒，俯應誠心。

西太一宫開啟　皇太后生辰道場青詞

伏以真聖在天，式序照臨之位；眇沖嗣歷，永惟頤復之恩。敢因誕毓之辰，祇薦熏修之事，仰祈眷祐，俯察傾輸，推純嘏以及親，與群生而均貺。

龍圖閣開啟　皇太后生辰道場青詞

伏以妙善可依，每俯從于誠悃；至恩難報，唯仰祝于壽祺。祇奉靈科，隆施淨供，上賴監歆之力，永綏頤復

之慈

廣聖宮開啟　真宗皇帝忌辰道場青詞

伏以深追諱日祇奉靈科仰求神福之繁率用邦儀之舊永惟道蔭昭此誠祈

福寧殿罷散三長月祝　聖壽道場青詞

伏以順長嬴之嘉月按齋祓之靈科庶用熏修溥膺眷祐精衷以薦釐事既成仰賴聖真俯昭誠悃

福寧殿開啟三長月道場青詞

伏以降年有永寶緜陰騭之功嗣歷無疆必謹靈承之志師時典故若昔科儀仰賴監觀俯垂庇貺

福寧殿罷散三長月道場青詞

伏以監觀在上禳祝有儀祇率舊章仰祈況施茂惟

休福俯逮蒸黎

福寧殿開啟三長月道場青詞

伏以皐月紀時凱風應律磬齋精而上禱冀真聖之俯臨永賴監觀普垂庇祐敢忘寅畏仰荅頤歆

福寧殿罷散三長月道場青詞

伏以協用靈科宗祈永命惟神心之降格獲釐事之告成冀與群元並膺遐福

福寧殿開啟南郊道場青詞

伏以欽崇宗祈為國大事前期齋禱舊典有稽仰冀靈明俯垂眷祐

臨川先生文集卷第四十五

# 臨川先生文集卷第四十六

內制　青詞　齋詞　祝文　齋文

景靈宫三殿開啓中元節道場青詞

景靈宫保寧閣下元節道場青詞

寧聖殿開啓爲民祈福年交道場青詞二道

洪福殿開啓謝雨道場青詞

在京諸宫觀景靈宫等處祈雪謝晴青詞二道

坊州秋祭　聖祖大帝青詞

滄瀛州地震設醮青詞二道

北定州地震開啓祭禱道場青詞

集禧崇先觀開啓祝　聖壽金籙道場齋詞

二道

延福宮開啟　皇太后　皇后生辰道場齋詞二道

金明池開啟謝雨道場齋詞

開先殿奏告　太祖皇帝孝明皇后祝文

應天禪院奏告　太祖　太宗　真宗皇帝御容祝文

永隆殿奏告　太宗皇帝　元德皇后祝文

太廟奉慈諸廟奏告南郊等處祝文

諸皇后陵奏告謝南郊禮畢祝文

英德殿奉安　英宗皇帝御容祝文

延昌殿權奉安　英宗皇帝御容祝文

應天禪院圻修　太祖神御殿祭告祝文

景靈宮祭告太歲已下諸神祝文

崇真彰德殿爲經霖雨奏告祝文

太廟后廟奉慈廟雅飾奏告祝文

西太一中太一宮立秋祝文二道

九宮貴神祝文

景靈宮里域真官祝文

天地社稷宮觀五嶽四瀆等處祈晴祝文二道

定州北嶽爲地震祭禱祝文

文德殿告遷　御容祝文

南郊青城畢功上閤啟保安祝壽齋文二道

五臺開啓南郊禮畢道場齋文

性智殿開啟　太皇　太后生辰道場齋文

十月一日資薦　仁宗皇帝道場齋文

福寧殿資薦　英宗皇帝道場齋文二道

廣愛殿資薦章惠皇后忌辰道場齋文

延昌殿奉安英宗皇帝御容道場齋文

溫成皇后陵獻殿內開啟冬節道場齋文

金明池上開啟祈雨謝雨道場齋文二道

龍圖天章寶文閣接續開啟祈雪道場齋文

泗州塔謝晴齋文

後苑天王殿坼修了畢齋文

景靈宮三殿看經堂開啟中元節道場青

詞

伏以三元令節，釐事有經。祇薦潔誠，宗祈祉福。仰冀
庇貺覃及庶黎。

景靈宮保寧閣下元節道場青詞

伏以殊廷外建，嘉節俯臨。夙設靈壇，蠲烝順祝。冀蒙
真聖垂祐群黎。

醴泉觀寧聖殿開啟為民祈福保夏道場
青詞

伏以聖真丕冐，品庶具依。當蕃啟之盛時，用熏修之
故事。仰祈聰直，俯鑒齋精。溥垂庇祐之仁，申錫壽康
之福。

醴泉觀寧聖殿開啟年交道場青詞

伏以像圖夙設壇席載嚴當此歲陰之交率時禳祝之舊仰惟庇貺俯逮黎元

集禧觀洪福殿開啟謝雨道場青詞

伏以旱暵成灾懼物生之疵癘祓齋以禱荷神睠之頤綏載闢靈場式陳昭報尚冀涵濡之施以終庇祐之仁

在京諸宫觀景靈宫等處祈雪青詞

伏以華歲幾終同雲未兆物將疵癘咎在眇沖敢罄齋精上求嘉應冀蒙貺施亨佑含生

謝晴青詞

伏以密雲作雨暘不時若蒙神賜祐菑沴用除奔走祓齋以謝靈貺祀儀有 不敢怠忘

坊州秋祭 聖祖大帝青詞

伏以祠城在望御館如存敢因揫斂之辰祇用吉蠲之薦冀蒙垂祐俯賜降歆

滄瀛州地震設醮青詞

伏以地德安静震非其常陰陽厥愆以告咎罰禬禳有典仰賴監歆所冀方隅具膺庇貺

二

伏以自河以北坤載不寧敷置淨筵以祈後福仰惟
皇覺敷佑群生監此齋精俯垂庇貺

北嶽廟為定州地震開啟祭禱道場青詞

恭以地職持載静惟其常今兹震摇以警不德涉河而北又用驚騷惟嶽有神芘綏厥壤祓除祠館按用

祈儀請命上靈巽蒙孚佑敢忘夤畏以荅眷歆

集禧觀開啟保夏祝　聖壽金籙道場齋

詞

伏以時在炎烝物方蕃祉即祠庭之精閟竭清道之嚴祇仰巽監觀俯垂庇祐具綏福履申弭疾殃覃及群黎永膺戩穀

崇先觀開啟保夏祝　聖壽金籙道場齋

詞

伏以眷祐無疆熏修有舊當朱明之紀候祈蒼昊之垂仁申錫休嘉外覃品庶敢忘靈承之志永膺丕冒之恩

延福宮開啟　皇后生辰道場齋詞

伏以統洽后宮協承先廟誕辰俯及釐事有常惟萬德之博臨巽百祥之永福

延福宮開啟　皇太后生辰道場齋詞

伏以協承寶命恩惟撫育之深俯應群情法有揔持之妙齋場夙設慶事備終敢祈西竺之威神永佑東朝之福履

金明池開啟謝雨道場齋詞

伏以蓄啟在時蘊隆為虐磬齋精而上禱蒙膏潤之旁流祇報靈休式陳淨供尚祈終賜無使後艱

興國寺開先殿奏告　太祖皇帝　孝明皇后祝文

伏以像設有嚴神游所御瞻衣冠而如在懼風雨之

弗除厄事將興涓辰既吉永賴靈明之鑒俯昭怵惕之懷

西京應天禪院奏告　太祖　太宗　真宗皇帝御容祝文告遷奉安還本殿之意

伏以殊庭有仙館御如存吉日既蠲繕修惟謹式陳嘉薦以妥明靈

啟聖院永隆殿奏告　太宗皇帝　元德皇后祝文

伏以威神所感營繕有期考禮舊章宜時潔告茂惟靈德俯鑒至懷

太廟八室奉慈諸廟奏告南郊等處祝文

伏以三歲一郊寔昭大報前期潔告國有故常仰冀

靈明俯垂鑒祐

諸皇后陵奏告謝南郊禮畢祝文

伏以禋饗郊宮國之重事唯蒙慈庇以獲休成奚祝有經敢忘用舊

景靈宮英德殿奉安　英宗皇帝御容祝文

伏以先聖舊祠祖宗所御嗣興寶御名追奉靈游諏日既嘉具儀以安俎惟在上永保厥寧

天章閣延昌殿權奉安　英宗皇帝御容祝文

伏以相名山于洛宅既兆寢園倣原廟于漢儀將遷館御潔除秘宇嚴奉睟容冀靈蹕之少安副衷情之

罔極

西京應天禪院圻修　太祖神御殿祭告

祝文

廟刹有嚴，威神所御。將改新于寶御名，永欽奉于睟容。

仰冀靈明，俯垂鑒祐。

景靈宮修蓋　英宗皇帝神御殿上梁祭

告太歲已下諸神祝文

伏以欽奉僊遊，肇營寶御名。舉脩梁而揆日，具蠲饎以

寧神。祓此後艱，仰繄大祐。

慈孝寺崇真彰德殿為經霖雨垂脊脫落

奏告祝文

伏以雨淫告災，垣屋或壞。惟神所御，有圮弗支。諏用

靈辰改新厥御名蠲爲祇薦于禮有常

太廟后廟奉慈廟雅飾告祝文

伏以三歲一郊祖宗成法靈明所御繪飾有時方此僝工礼當潔告

西太一宮立秋祝文

伏以候火既流占杓甫應真游所御靈時具存率循舊章作薦常事仰祈錫福大庇含生

中太一宮立冬祝文

伏以館御國郊庇貺天物祠宮奠祝在礼有初涓選吉時作薦常事敢祈孚祐施及群黎

九宮貴神祝文

伏以卜用靈辰躬修禋享清壇所兆潔告有常

景靈宫里域真官祝文

伏以宗祈陽郊祇見神祖篠兹淨域夙賴真靈祇率舊章式陳嘉薦

天地社稷宫觀等處祈晴青詞祝文

積陰爲沴淫雨弗止蕩決漂墊將爲民菑懼德不類以干咎罰是用齋祓宗祈明靈冀蒙垂矜遂獲開霽休嘉之錫寔被含生

五嶽四瀆諸廟祈晴祝文

淫雨弗止將爲民菑懼德不孚以罹咎罰是用奔走禱于明神惟神監觀惠以時暘非民獨蒙嘉福神亦永有休享

定州北嶽爲地震祭禱祝文

伏以自河以北陽出鎮陰人用不寧咎由菲德永惟聰直庇祐一方祗飭使人齋精以禱尚蒙歆鑒無有後艱

文德殿告遷　御容祝文

伏以縗冠即事喪紀有終黼座廞神哀懷靡極度新宮而館御諏吉日以徂遷式冀靈明永歆豐絜

南郊青城綵内畢功大殿上開啟保安祝壽諷孔雀明王經齋文

伏以祀兆方嚴齋場夙設寔延淨衆闡誦梵文既蒙大施之仁助錫丕平之福

南郊青城綵内畢功大殿上開啟保安祝壽諷法華經齋文

伏以帷宫既具皇邸將臨發誦秘文施其景福仰惟覺慈之覆俯綏禋享之成

五臺開啟南郊礼畢道場齋文

伏以靈承在上懼休命之難大報于郊惟盛儀之獲祗循故事恪報厥成仰賴顧歆終垂底貺

内中延福宫性智殿開啟太皇太后生辰道場齋文

伏以大陰協兆良月御時猥以眇躬獲承慈範敢因穀旦祗集勝緣寶賴等慈具綏景福

十月一日永昭陵下宫開啟資薦仁宗皇帝道場齋文

伏以大明光藏上智之所發揮妙揔持門群靈之所

歸賴歲陰逝矣陵闕超然憑淨衆以有祈冀真遊之無礙

福寧殿開啟資薦　英宗皇帝道場齋文

伏以憑几之言未遠滌場之候更新摧慕安窮攀號靡及旁招淨衆歸誠甘露之門仰祝靈游取證法雲之地

中元節福寧殿水陸道場資薦　英宗皇帝道場齋文

伏以正等上緣含生永賴薦龍施之淨供助宿植于神游仰冀靈明俯昭哀懇

萬壽觀廣愛殿資薦　章惠皇太后忌辰道場齋文

伏以諱日俯臨祠庭外闕遴柬黄冠之衆宗祈紫極之神按用前科追營後福庶超升之莫禦繄庇貺之有加

天章閣延昌殿開啓權奉安　英宗皇帝御容道場齋文

伏以翠旄所御玉色如存將改涖于清閒少即安于秘近旁招淨衆仰助勝緣憑妙覺之揔持冀皇靈之升濟

温成皇后陵獻殿内開啓冬節道場齋文

伏以光靈所宅崇奉有儀因令節以熏修冀貝乘祈助仰布錫福俯逮含生

金明池上開啓祈雨粉壇道場齋文

伏以肅設祠壇宗祈解澤膏潤之　甫　炎之懼
更深寔恃靈明厚矜黎庶遂令沾足用格豐穰

金明池上開啟謝雨道場齋文

伏以常暘告罰將害粢盛夙設靈場載祈膏澤神休
既格昭報有儀尚惟孚佑之仁終保嘉生之享

龍圖天章寶文閣接續開啟祈雪道場齋
文

伏以歲序就窮尚愆嘉雪能仁應世閔此含生冀佑
上靈錫之休證式陳淨供以告齋誠

泗州塔謝晴齋文

天菑于民淫雨不止祓除齋戒並走以祈寔蒙等慈
俯應誠悃永惟庇貺其敢弭忘

後苑天王殿拆修有畢齋文

伏以擬宸居之奧寄飭祆像之嚴威繕治告功祓齋祈福庶憑至善永保多盤

臨川先生文集卷第四十六

# 臨川先生文集卷第四十七

## 内制 詔書

勑牓交趾

提轉考課勑詞

韓琦加恩制

李璋加恩制

皇伯祖承亮加恩制

李日尊加恩制

馮翊郡君連氏等賀南郊礼畢表

德妃苗氏上賀南郊礼畢表

賜梁適張昇特赴闕南郊陪位詔

賜允梁適陳乞不赴南郊陪位詔

賜允張昇不赴南郊陪位詔

賜王拱辰乞南郊赴闕不允詔

賜允韓琦乞相州詔三道

賜韓琦依所乞詔

賜韓琦乞相州不允詔三道

賜韓琦乞致仕不允詔

賜韓琦湯藥詔

賜富弼乞判汝州詔

賜富弼上表乞致仕不允詔

賜允富弼乞假養疾詔

賜允富弼乞赴汝州避災養疾詔

賜富弼赴闕詔二道

賜富弼赴闕并茶藥詔

賜富弼辭免南郊礼畢支賜詔

賜宰臣曾公亮已下辭南郊賜賚不允詔

賜陳升之辭免恩命不允詔

賜陳升之赴闕朝見茶藥詔

賜歐陽脩上表乞致仕不允詔三道

賜歐陽脩辭知青州不允詔二道

賜荅曾公亮詔

賜張方平免特支請俸詔

賜邵亢乞郡詔

賜皇伯從式乞免新命不允詔

賜蔡挺茶藥詔

賜蔡挺奬諭詔

賜高賦奬諭詔

勑牓交趾

勑交州管内溪峒軍民官吏等眷惟安南世受王爵撫納之厚實自先朝含容厥愆以至今日而乃攻犯城邑殺傷吏民干國之紀刑兹無赦致天之討師則有名已差吏部員外郎充天章閣待制趙卨充安南道行營馬步軍都總管經略安撫招討使兼廣南安撫使昭宣使嘉州防禦使入内ㄑ侍省都押班李憲充副使龍衛四廂都總管指揮使忠州刺史燕達充副都總管順時興師水陸兼進天示助順已兆布新之祥人知侮亡咸懷敵愾之氣然王師所至弗迓

克奔洛尔士庶久淪塗炭如能諭王内附率衆自歸爵禄賞賜當倍常科舊惡宿負一皆原滌乾德幼稚政非己出造廷之日待遇如初朕言不渝衆聽無惑比聞編户極困誅求已戒使人具宣恩旨暴征横賦到即蠲除冀我一方永為樂土

## 提轉考課勑詞

先王考績之次序雖見于經而其詳不傳于後世朕若稽古以修衆功而諸路剌舉之官未有以考其賢否比勑有司詳議厥制條奏来上詢謀悉同其使布宣以勵能者而擇左右可信之良使典治之古人有言徒善不足以為政徒法不能以自行今朕有念功樂善之志焉而又繼之黜陟幽明之法以待天下之

大吏矣然非夫任事之臣躬率以正而考慎其寔與士大夫宣力于外者皆安于礼義而不以便文徼幸為姦則朕之志豈能獨信于天下而法亦何恃以行哉咨爾在位其各悉力一心務祗新書以称朕至誠惻怛之意

## 韓琦加恩制

門下朕祗率舊章肇称吉礼對越天地具獲靈明之歆相維公卿並膺休顯之賜其孚大號以寵元勳推誠保德崇仁守正協恭贊治亮節翊戴功臣淮南節度揚州管内觀察處置營田等使開府儀同三司守司徒檢校太師兼侍中行揚州大都督府長史上柱國魏國公食邑一萬三千七百户食寔封五千户韓

琦躬受偉材出陪熙運保兹天子進無浮寔之名正是國人退有領言之行間朝廷之兩社操方域之萬邦辰猷具藏器寶加重中辞机軸之要外即蕃屏之安衡紞紘綖備三公服飾之盛櫜兜戟纛兼大將威儀之多序績既崇修方弥謹協成宗祈之礼典有顯助之勞肆衍本封申加美称於戲恩典徽数所以旌帝臣明德茂功所以獎王室往惟勵翼服此襃嘉可特授依前守司徒檢校太師兼侍中行揚州大都督府長史魏國公充淮南節度揚州管内觀察處置營田等使加食邑七百户食寔封四百户仍賜推誠保德崇仁守正協恭贊治亮節佐運翊戴功臣散官勲如故主者施行

## 李璋加恩制

門下朕若昔大猷紹天明命必有獻享之礼作民恭先必有褒嘉之恩自國貴始翊衛功臣奉寧軍節度鄭州管内觀察處置河堤等使光禄大夫檢校司空使持節鄭州諸軍事鄭州刺史兼御史大夫上柱國平原郡開國公食邑四千三百户食實封一千户李璋世載忠善躬服儉勤以后家之洪支爲帝室之隆棟入揔營衛則兵師無譁出秉藩維則吏屬不怠近付京都之籥外更方鎮之旌貢職惟修祀儀獲考進加功號申衍邑封以疇服采之勤其協勸劳之典於戲貴富有危溢之可戒禄位匪侈驕之與期圖惟慶譽之終尚協龍光之施可特授依前檢校司空使持

節鄭州諸軍事鄭州剌史兼御史大夫充奉寧軍節度鄭州管内觀察處置等使加食邑七百户仍賜翊衞忠果功臣散官勳封如故主者施行

皇伯祖威德軍節度使榮國公承亮加恩制

門下朕祼獻廟室燎禋郊丘内蒙祖考之居歆外獲神祇之顧饗嘉我近屬與有陪輔之勞揚于大庭使膺褒顯之福具官某德義自表爵齒兼尊魁然肅艾之材尚矣神靈之胄世承厥慶有附萼之芬華朝賴以寧若翰蕃之嚴寄乃相肆祀宴綏思成進加真食之封申錫詔功之號於戲孝恭可以儀宗室信厚可以化邦人匪時親賢孰朕承翼往有寵奬尚協榮懷

可

李日尊加恩制

門下朕紹膺駿命稽用上儀祗事郊宮並受三神之福推恩方夏外交四表之歡告于有司錫是在服推誠保節同德守正順化翊戴功臣靜海軍節度觀察處置等使同中書門下平章事李日尊躬懷德善世濟忠勤奠茲南邦居有扞城之效衛我中國使無疆埸之虞賜之大將之旄胙之真王之爵往踐厥位知欣戴于寵章來獻其琛用協成于熙事陪敦采邑褒進文階載加真食之封式尤懋功之典於戲人之所助惟怙冒于王靈國以永存頗循守于侯度率時新命保乃舊邦可

馮翊郡君連氏等賀　皇帝南郊礼畢表

伏以廟饎蠲烝，郊柴昭報，仰格神靈之饗，俯均夷夏之歡。中賀。伏惟　皇帝陛下道協欽明，德兼神武，攬御今之皇策，考嚴上之帝儀，祲威盛容，茂寔存乎六世，恩典徽數，賚并及于萬方。妾備數先朝，叨榮中禁，親逢累洽，竊用交欣。妾無任

德妃苗氏上賀　皇帝南郊礼畢表

伏以靈承廟祏，祇載郊丘，既來萬國之歡，遂格三靈之祐。中賀。恭惟　皇帝陛下徇齊成性，睿廣膺期，神罔時恫，方紹休于大業，聖爲能饗，乃獲考于上儀。妾逮侍先朝，親逢盛事，覩聽有煒，欣賴寔多。妾無任

賜太子太傅致仕梁適太子太師致仕張

昇特赴闕南郊陪位詔

朕肇稱圭幣祗見郊宮嘉淂萬國之歡心以承配天之大事永念元老著勲　先朝當與辟公序于祠位冀能顯相綏我休成可發来赴闕南郊陪位故兹詔示想宜知悉

賜允太子太傅致仕梁適陳乞不赴南郊陪位詔

勑梁適省所上表遞到詔書一道令臣赴闕陪位者臣以久病不獲奔走前去事具悉朕肅將圭幣祗見郊丘嘉與舊臣協承熙事乃聞疢疾旅力尚愆優老寵賢義誠難彊

賜允太子太師致仕張昇不赴南郊陪位

詔

勅張昇郊丘大事群辟具來舊老元勳所宜顯相乃以疾苦惻于朕心尚慎興居以膺康福

賜宣徽北院使判大名府王拱辰乞南郊赴闕不允詔

勅拱辰朕嗣命典神肇稱吉礼稽循故事不敢愆忘卿既率貢職以來助祭又求入勤陪侍郊宫緬彼都畿方須鎮撫永惟重寄難徇至懷

賜允守司徒兼檢校太師兼侍中韓琦乞相州詔

勅韓琦卿以公師之官將相之位統臨四路屏扞一方寄重任隆群臣莫比雖罹疢疾冀即有瘳而章書

頻煩来以病告宗工元老視遇有加恩礼之間然何敢薄重違懇惻姑即便安

賜守司徒兼檢校太師兼侍中判永興軍韓琦再乞相州詔

卿當國家之多難任社稷之至憂寔能忠勤以濟勲績方均逸豫適此外虞煩我元功良非得已亦惟体國義不辭劳今雖尚謀經武之時非有蒐兵伐罪之事坐臨諸師固可優游何必舊邦乃能休養勉綏居息以副倚毗

賜守司徒檢校太師兼侍中韓琦詔

便道之鎮朝廷故常来朝京師朕意所欲使事曲折既當聞知忠言嘉謨又所飢渴雖知勤勤可不勉哉

賜韓琦依所乞詔

勑韓琦奏乞由河陰本路赴相州安泊骨肉行李訖往乘遞馬赴闕朝見奏事訖還赴本任稍從私便事具悉舊德元功久于方面嘉言讜論所欲亟聞其來造朝然後之鎮義當黽勉無或告劳

賜守司徒檢校太師兼侍中判永興軍韓琦乞相州舊任不允詔三道

勑韓琦卿明德茂勳具書帝籍祖考所付以屏毗朕躬比辭國均已會邊隙故煩元老屬此憂勤今羌雖来柔疆事多弛經營科治改命為難幕府坐籌制其大略雖聞稍憊輿可少安義有固然朕言無戲

二

勑韓琦羌夷变態未易究知邊塞繕完所宜申飭以卿望寔分朕頋憂當并群策以有為遂措一方于無事乃來告疾冀浔燕閒主尔忘身忠賢之義勉膺重寄務体至懷

三

勑韓琦卿茂德儁功朝廷所賴方解政幾之劇重分疆事之憂種落綏和酋渠嚮順永惟邊鎮猶恃老成所須經武之遠謀及此暇時而備豫當思体國無却告劳

賜守司徒檢校太師兼侍中判永興軍韓琦乞致仕不允詔

勑韓琦朕初嗣位不敢暇逸惟畏天命亦惟閔民蠢

茲一方，尚戒羌夷制變，備豫扞蔽，禦侮庶幾，元老克協朕心，若其憚勤，誰與謀此？勉祗厥服，用副至懷。

賜判永興軍韓琦湯藥詔

勑韓琦：任隆三事，寄重一方。比聞經制之勞，或爽節宣之序，特馳使傳，往喻朕懷，宜有分頒，以資衛養。

賜允觀文殿學士尚書左僕射新除集禧觀使富弼辭免乞判汝州詔

卿翊朕祖考，功施于時，德善在躬，終始如一。祠度置使，寔近關門，邦有大疑，庶幾求助。忠賢体國，義乃可留，而引喻再三，便于出守，重違懇惻，姑即所安。故茲詔示，想宜知悉。

賜判汝州富弼乞致仕不允詔

勑冨弼卿忠純亮直為國元老朕所恃賴急于典刑優游小邦足以養疾冀綏福履来副詢謀何必言歸以孤眷矚

賜判汝州冨弼乞假養疾詔

眷我元老數更悲傷比飭使人往宣至意乃覩来諗未即康寧姑順誠懷勉綏吉禄

賜判汝州冨弼乞赴安州避災養疾詔

比飭使人具宣至意就令賜告冀遂寧瘳卿嚴祇朕命不敢遑息顧念吏卒閔其滯留觸熱載馳用忘勤勩恭以事上卿寔有之仁及賤微又能如此忠誠所惻豈獨朕心從容小邦姑以養福勉綏吉禄毋恤後艱故兹詔示想宜知悉

賜判汝州富弼赴闕詔二道

勑富弼卿中解政机外分符守久于窮僻衛養彧愆優游京師可以治疾謂當趣駕以副虚懷

二

勑富弼久解政机荐分符守元功茂德朕所注心渴聞嘉猷以輔不逮

賜富弼赴闕幷茶藥詔

勑富弼適自州藩来還朝位眷馳驅之良苦懼衛養之彧愆當有寵頒以昭勤佇

賜判汝州富弼辭免南郊礼畢支賜詔

勑富弼省所奏免南郊支賜受釐于神賚及蠻貊卿勲德兼茂中外具瞻恩典所加當先群辟區〻一賜

何足以辭當体眷懷共膺貺施

賜宰相曽公亮已下辭南郊賜賚不允詔

勑公亮等朕初嗣服于祖宗之制未有所改也卿等選于黎獻位冠百工或受或辭人用觀政朝廷予奪所以馭臣貴賤有差势如堂陛惟先王之制國用視時民數之多寡方今生齒既蕃而賦入又為不少理財之義殆有可思此之不圖而姑務自損祇傷國体未協朕心方賴勲賢慮其大者區區一賜何足以言

賜觀文殿學士新除刑部尚書知大名府陳升之辭免恩命不允詔

勑升之設都置守綏御一方付得其材乃能往乂卿嘉謀美績簡在朕心選于群臣用有畀屬申明紀律

臨制事幾中外踐更效皆已試勉祗厥服于義為宜

賜觀文殿學士刑部尚書知大名府陳升之赴闕朝見茶藥詔

勅升之往司宮鑰來次郊闈炎敵之序未徂跋涉之勤已至當馳榮賜以示眷懷

賜觀文殿學士刑部尚書知亳州歐陽脩上表乞致仕不允詔

勅脩股肱名臣與國同体礼當淂謝朕尚難之況年非告老之時而勳在受遺之籍不留屏輔人謂斯何姑体至懷少安厥位

賜知亳州歐陽脩陳乞致仕第二表不允詔

敕脩卿勳德之舊簡在帝心從容一州足以休養而抗奏至于四五必以田里為歸豈朕視遇故老有不足于礼乎何其求去之果也欲喻至意莫知所言惟能勉留寔副勤佇

賜知亳州歐陽脩第三表并劄子陳乞致仕不允詔

敕脩省所三上表并劄子奏乞致仕事具悉卿翊戴三朝清明諒直有言有績著在朕心重遺勤求外寄藩屏邦之儁老不以遐遺所冀輸誠常存帝室而納禄與職至于再三雖潔身之風可激貪冒頗許國之義未協忠嘉姑体眷懷勉膺圖任所請宜不允

賜觀文殿學士兵部尚書歐陽脩辞知青

州不允詔二道

勑脩海岱名都太公舊履鎮撫一路朕雖其材卿寔元勲以忠許國謂當亟往卧以治之兾能優游寧此東土

二

勑脩卿純誠直諒中外所知辝禄就閑志非有激進官治劇義乃無嫌矧兹東州可以居息方之守亳勞逸殆均朕命惟行謂當遄往

賜荅曾公亮詔

眚烖変異以戒人君推之股肱朕所不敢元勲舊德寔賴交脩讜告之来必縁象類明喻朕志使當天心庶幾君臣並受遐福不務出此而果于辝權是惟保

身豈曰謀國

賜張方平免特支請俸詔

勑方平省所奏劄子陳免特支請俸事具悉卿躬肅艾之材豫辨章之論致衆無貳雖非謀國之時班禄有差是乃養賢之意抗言來諗引義甚明重鑑素懷姑循舊制

賜樞密副使右諫議大夫邵亢乞郡詔

勑邵亢卿先帝所命以翊朕躬升執事樞方覩勳效遽欲辭位殆非所宜衛養少愆何憂不已勉共厥服思協服心

賜皇伯新除彰化軍節度觀察留後安定郡王從式乞免新命不允詔

勅從式卿躬儁乂之材出神明之胄選于宗室則屬近而行尊闈在朝廷又年高而德卲膺兹褒顯人以為宜勉服官封永綏吉禄

賜涇原路經略使蔡挺茶藥詔

卿方用時材出分帥路適兹寒苦良已勤劳特推撫賜之恩以示睠懷之意

賜天章閣待制知渭州蔡挺奬諭詔

封疆之虞責在將帥厥有績效不忘于心卿久以才稱外分方任秉机踐事能兆厥謀板築告功于疆就幕保彼居圍可無後憂倚言若兹朕所嘉歎

賜知唐州光禄卿高賦奬諭詔

召杜南陽世稱循吏其亾久矣朕尚思之卿招懷飢

流壄闢荒梗繕脩陂堨績効具昭前人之良何以逮此閲奏歎美不忘于心

臨川先生文集卷第四十七

# 臨川先生文集卷第四十八

## 内制　詔書　批答　口宣

賜齊恢奬諭詔二道
賜勑奬諭審刑院詳議官大理寺詳斷官等二道
賜勑奬諭蔡冠卿
賜燕度待罪
賜外任臣寮進奉功德疏
賜特放韓贄待罪詔
賜特放傅卞待罪詔
賜荅德妃苗氏賀南郊礼畢詔
賜荅修儀楊氏等賀南郊礼畢詔

賜大遼賀正旦使副茶藥詔二道

賜大遼皇太后賀正旦使副茶藥詔二道

皇帝問候大遼皇帝皇太后書二道

賜南平王李日尊加恩告勅書

賜溪洞田元宗等進奉勅書

賜占城楊卜尸利律陁般摩提婆勅書

批荅文武百寮曾公亮已下上　尊號不允二道

批荅曾公亮文彥博等賀壽星見二道

批荅富弼

批荅不允皇伯祖承亮辭免　恩命四道

批荅韓絳邵亢陳升之等辭免　恩命仍斷

来章二道

宣荅文武百寮称賀宣德門肆赦南郊礼畢

三道

賜皇伯祖王元弼生日口宣

賜皇伯祖承亮加恩口宣

賜皇弟岐王顥生日礼物口宣

賜皇弟高密郡王生日礼物口宣

賜韓琦加恩口宣

賜韓琦生日礼物口宣

賜文彥博生日礼物口宣二道

賜呂公弼生日礼物口宣

賜富弼赴闕茶藥并賜詔口宣二道

賜陳升之赴闕朝見并賜茶藥口宣

賜富弼加恩口宣

賜問韓琦口宣

撫問陳升之兼賜夏藥口宣

撫問鄜延路延州沿邊臣寮口宣二道

撫問河北西路臣寮兼賜夏藥口宣

撫問并代州路臣寮并將校口宣

撫問高陽關路諸軍口宣

撫問送伴大遼賀正旦人使副口宣

撫問白溝驛賜北朝人使御筵口宣

賜大遼國人使已下生餼口宣

賜大遼國人使瀛州御筵口宣

賜大遼國人使就驛賜酒果口宣

北京賜大遼賀正旦人使御筵口宣

雄州賜大遼人使御筵兼撫問口宣

就驛賜大遼人使酒果口宣

賜真定府路臣寮等初冬衣襖口宣

賜召馮京入院口宣

賜召滕甫入院口宣

賜天章閣待制知審刑院齊恢獎諭詔

勑齊恢省所奏據大理寺日奏司狀四月一日已前

下寺公案並已斷絶無見在事具悉卿以才被選典

領祥刑蔽罪讞疑遂無留獄圄空之隆朕庶幾爲閲

奏歎嘉不忘乃績

又賜知審刑院齊恢獎諭詔

勑齊恢：犴獄之留，易以爲戒。卿躬有美行，服在近班，典茲祥刑，致用明慎，濟之敏給，廷讞用空，吏稱厥官，朕心所喜。

賜勑獎諭審刑院詳議官大理寺詳斷官等

勑趙文昌等：省知審刑院齊恢奏，據大理寺日奏司狀，四月一日已前下寺公案並已斷絶，無見在事。朕初嗣服，德化未孚，永念元元，多罹犴獄。汝等並膺選擢，任在讞疑，能勵厥官，以無留事。覽奏歎尚，不忘于懷。

又賜獎諭審刑院詳議官大理寺詳斷官

等

勑趙文昌等四方罪獄常患稽留豈惟呼嗟或以庾死汝等能勤且敏論讞用單閱奏念勞朕心以喜

賜勑獎諭權大理寺少卿蔡冠卿

勑蔡冠卿省知審刑院齊恢奏據大理寺日奏司狀四月一日已前下寺公案並已斷絶無見在天下之獄決于大理汝能審克丕蔽厥成來讞之疑遂無留者惟明以敏朕寔汝嘉

賜特放諫議大夫知潭州燕度待罪詔

卿受命方隅助宣德化姦凶弗率乃觸大誅引愆自歸謂當譴黜萬方有罪責在朕躬雖尔長民豈專任此

賜外任臣寮進奉功德疏

卿方以時材外分邦寄，備修禧事，來會誕辰。廣伽梵之勝緣，協華封之善意。載惟勤至，良用歎嘉。

賜特放知成德軍韓贄待罪詔

夫婦相殘，政之大恥。引慝自劾，于義爲宜。然德化之美，厥成在久。任斯責者，豈特長然。

賜特放懷州傅卞待罪詔

勑傅卞：先王教民，長幼有序，厥或不率，歸之義刑。卿受任方州，罪人既得，閔斯弗迪，引責在躬。美俗之成，蓋非朝夕。一夫抵冒，未足以言。

賜詹德妃苗氏賀南郊礼畢詔

勑德妃苗氏：列職内宫，逮承先帝。祀儀獲考，慶慰惟

均比覽奏陳具昭誠意

賜答修儀楊氏等賀南郊礼畢詔

勑修儀楊氏舊由德選列職禁闈聳事之成寔均慶賴搞文賛喜良慰朕心

賜大遼賀正旦人使茶藥詔

勑卿以胥使之才將善鄰之礼川塗悠遠風氣沍寒永念馳驅當加勞賜

賜大遼賀正旦副使茶藥詔

勑卿夙駕使車遠將信幣方茲寒凛固已勤劳宜申諭于至懷仍就加于寵錫

賜大遼皇太后賀正旦人使茶藥詔

勑卿奉將書幣更涉川途方茲沍寒久于勤勩宜加勞賜以示眷存

賜大遼皇太后賀正旦副使茶藥詔

勑卿將幣造朝方申舊好建旜取道適會祁寒永惟跋涉之勞當有匪頒之寵

皇帝問候大遼皇帝書

嘉生備舍華歲幾終惟素講于鄰懽想具膺于時福弥加葆衛永御吉康

皇帝賀大遼皇太后生辰書

玉燭告和方御閑藏之候椒庭集慶載臨誕毓之辰具飭使車肅將礼幣式修舊好申祝永年

賜南平王李日尊加恩告勑書

敕南平王日尊朕躬執圭幣礼成郊丘無有遠迩並膺休福卿鎮撫南服功昭于時乃眷忠勤尚加襃顯永肩臣節茂對寵章

賜溪洞知蔣州田元宗等進奉助南郊并賀冬賀正勑書

敕田元宗附綏種落蕃衛疆陲航来獻琛以賛鳌事忠勤之意良有可嘉

賜占城蕃王楊卜尸利律陁般摩提婆勅書

敕卿世荷百禄躬有一邦雖道阻荒遐而志存欽順具書遣使航海獻琛載念忠勤豈忘歎尚因加襃賜式示眷懷

批荅文武百寮曾公亮已下上　尊號第一表不允

朕以薄德嗣膺基緒，繼天理物，常懼弗任，方賴交修，以熙衆治。群公卿士，外曁庶黎，欲擧鴻名，措之眇質，臣民歸美，爲義則多，揣度揆時，朕猶不敢。

批荅文武百寮曾公亮已下上　尊號第二表不允

王者奉元以先後天時，憲道以始終人事，以文制禮作樂，以武戢兵豐財，以成萬物之性，爲仁以浮四海之心，爲孝惟聖時克，朕無能焉。被之此名，祗有慙德。矧家多難，創鉅未夷，備章而郊，欲止不敢，因自尊顯，良非本懷。

批荅宰臣曾公亮已下賀壽星見

省表具之。乾象粲然，官占以告，壽祺之應，于傳有稽。卿等寅亮帝工，阜成邦采，摛文告慶，歸福朕躬。書瑞史篇，已循故事；星隆睿德，尚賴交修。

批荅樞密使文彥博等賀壽星見

省表具之。穹旻見象，以告壽昌，嘉與臣民，並膺茲福。卿等進由德選，登翊事樞，敷奏兆祥，請書史策，忠嘉之意，朕所不忘。

批荅富弼

卿有憂國愛君之心，而忠以忘乎已；有經邦信時之業，而用未究其能。夫蓄久而積博，則施之無窮；慮深而計熟，則謀無不獲。此朕所以有望于卿也。矧卿忘

直不回蕘邪素忌小人所異君子所同是以在外十年而左右之譽弗及處躬一德而搢紳之望愈隆朕内度于心外詢于衆自謂有得卿其何辭

批荅不允皇伯祖威德軍節度使榮國公承亮辭免　恩命第一表

卿相予祠事既獲休成膺國寵章所宜祗受茍爲謙避未協眷懷

批荅不允承亮辭免　恩命第二表仍斷來章

卿位重朝廷望隆宗室駿奔郊廟助朕休成受錫爲宜可無確避

批荅不允承亮辭免

省表具之受釐于人神與有慶矧惟近屬德齒兼尊
膺此褒嘉于事為称往其祗命以副眷懷
批荅不允承亮辭免
省表具之古者脤膰之福與同姓共之矧茲大賚外
及蛮貊為吾近屬相協休成恩典所加豈容固避
批荅樞密副使韓絳邵亢知樞密院事陳
升之等辭免　恩命仍斷來章
省表具之祭有惠術賚及庶黎矧吾政事之臣當在
褒揚之首膺此恩典于体為宜毋或終辭以勤訓告
批荅韓絳邵亢陳升之等辭　恩命不允
仍斷來章
卿等位為臣宗躬相祠事膺斯褒顯于体為宜往服

寵章可無讓避

宣荅文武百寮称賀宣德門肆赦

有制朕升煙泰畤登就吉儀駐蹕端門布宣惠澤臣鄰協豫黎庶交欣賴天之休與卿等内外同慶

宣荅文武百寮称賀南郊礼畢

有制朕祼獻清廟燎禋泰壇協相祀儀既嘉勤績旅陳賀礼弥見歡誠賴天之休與卿等内外同慶

宣荅樞密使以下賀南郊礼畢

有制朕親称幣玉祇見郊宮能底熙成寔繇顯相群靈率籲黎獻交欣朕賴天之休與卿等内外同慶

賜皇伯祖東平郡王允弼生日口宣

有勅卿茲尊德茂屬近位崇惟時獻歲之期寔兆元

精之慶當加好賜以助燕私

賜皇伯祖感德軍節度使榮國公承亮加

恩口宣

有勑朕躬率百辟褒封萬靈乃眷親賢宴陪大事當懋寵嘉之數以昭褒錫之恩

賜皇弟岐王顥生日礼物口宣

有勑卿地親魯衛德茂閒平方誕彌之嘉辰有匪頒之故事當馳霄使往喻隆恩

賜皇弟高密郡王生日礼物口宣

有勑卿德名方邸爵寵兼崇誕彌之辰甫當穀旦匪頒之礼式示至恩

賜淮南節度使守司徒兼侍中判相州韓

琦加恩口宣

有勑卿位高朝廷德茂百辟相予釐事厥有成勞膺

國寵章是爲常典

賜判永興軍韓琦生日礼物口宣

有勑卿位重將旄望隆宰席方懋蕃宣之績載臨誕

毓之辰當有匪頒以貽眷遇

賜樞密使西川節度使守司空兼侍中文

彦博　生日差内臣賜羊酒米麵等口宣

有勑卿明謨經國碩望冠朝方茲誕育之辰宜有燕

私之礼當加賜賚以示眷懷

賜文博彦　生日差男押賜生日礼口宣

有勑卿才隆國棟位極臣宗惟時盈月之良寔兆元

精之慶載臨穀旦當致異恩

賜樞密使呂公弼生日礼物口宣

有勑卿爲皇世臣掌國幾命門孤吉慶是謂嘉時臺餽致恩式昭厚遇

賜觀文殿大學士尚書左僕射富弼赴闕茶藥口宣

有勑卿久辭劇位外寄方州惟召節之既嚴想朝旂之甚邇宜頒珍劑以喻至懷

賜觀文殿大學士尚書左僕射富弼湯藥并賜詔口宣

有勑卿屏翰元功台衡舊德數更悲釁有惻朕心因喻至懷宜頒珍劑

賜觀文殿學士刑部尚書知大名府陳升之赴闕朝見并賜茶藥口宣

有勑卿擁節過都皈関請覲方茲炎溽固已勤劳當有匪頒以資輔養

賜觀文殿大學士尚書左僕射判汝州富弼加恩口宣

有勑卿望隆時棟德茂臣宗方茲罄事之成爰有命書之賜往膺褒顯當体眷懷

撫問判永興軍韓琦口宣

有勑卿内辞鼎軸出撫方垂載惟莅事之勤宜饗畱神之福特申劳問以示眷懷

撫問觀文殿學士陳升之兼賜夏藥口宣

有勑卿久叅台路方部將符輯瑞之来虚懷以竚宜加勞賜式示眷存

撫問鄜延路臣寮口宣

有勑卿等並膺廷選外寄邊虞永念撫循備更勞勩方玆炘暖宜各寧安

撫問延州沿邊臣寮口宣

有勑卿等並因材選外寄邊虞方履盛秋想膺多福特申撫喻當体頤懷

撫問河北西路臣寮兼賜夏藥口宣

有勑卿等時方鬱烝氣或疵癘永惟黎獻方寄外憂當有分頒以助調養

撫問并代州路臣寮并將校口宣

有勑卿等方以材能外分寄屬當比沍寒之極永惟勞勩之多當飭使人往宣朕意

撫問高陽關路俵散諸軍特支銀鞋錢并傳宣撫問臣寮口宣

有勑卿等各以選掄外膺寄屬比更時序邈在邊防永懷扞禦之勞當致拊循之意

撫問送伴大遼賀正旦人使副沿路相逢賀大遼皇太后皇帝生辰使副口宣

有勑卿等抗旌出聘擁傳還朝方春尚寒涉道良苦當加撫勞以示眷懷

撫問雄州白溝驛賜北朝賀正旦人使御筵口宣

有勑卿等並膺朝選寔結鄰歡擁節在疆方豫之礼馳軺喻指姑推折俎之恩

賜大遼國賀正旦人使已下生餼口宣

有勑卿等奉將鄰聘來會歲元永懷跋涉之勞宜有餼牽之礼式昭勤遇當体誠懷

賜大遼國賀正旦人使却迴瀛州御筵口宣

有勑卿等奉將書幣既獲驩成跋涉川途固更勤勩宜頒燕衎以示眷懷

賜大遼國賀正旦人使見訖就驛賜酒果口宣

有勑卿等奉將鄰聘夙駕使軺既造見于闕庭方即

安于舍館宜加好賜以致誠懷

北京賜大遼賀正旦人使却迴御筵口宣

有勑卿等奉幣造朝抗旜歸國紓懷使節方次都畿特示燕私以將勤遇

雄州賜大遼賀同天節人使却迴御筵燕撫問口宣

有勑卿等抗旜歸國總轡在疆方茲炎歊亦既勤勚就頒燕衎式示眷懷

就驛賜大遼賀同天節人使却迴朝辭訖酒果口宣

有勑卿等奉將聘礼来會誕期惟鄰好之踐脩嘉使客之節備當申頒賚以侑燕私

賜真定府路臣寮等初冬衣襖口宣

有勑卿等水澤將堅風飆載厲永懷黎獻方寄外憂當飭使軺就頒箧服

賜召學士馮京入院口宣

有勑卿文備國華學談世務祥琴既御吉服以朝宜復禁塗往供辭職

賜召滕甫入院口宣

有勑卿夙稱才敏久擅文華當解風憲之嚴以豫論思之寄

臨川先生文集卷第四十八

# 臨川先生文集卷第四十九

## 外制

召試三道

節度使加宣徽使制

翰林學士除三司使制

誡勵諸道轉運使經畫財利寬恤民力制

皇姪英宗舊名可起復舊官知宗正寺制

皇姪知宗正寺英宗舊名可岳州刺史充本州團練使制

司馬光知制誥制

司馬光改天章閣待制制

馮京權知開封府制

范鎮加修撰制

趙抃兼侍御史知雜事制

韓縝改殿中侍御史制

沈立李大臨朱壽隆可三司户部度支監鐵判官制三道

李壽朋陸經張洞開封府推官制三道

王陶皇子伴讀制

施昌言知渭州沈遘知杭州李允知鄧州制三道

李東之判西京留守司御史臺制

王綽知徐州鞠真卿知壽州何郯知永興軍潘夙知桂州制四道

余靖司馬光張瓌加恩制三道

賈黯蔡襄王珪范鎮馮京余靖李柬之轉官加勳邑食邑制七道

吕公弼工部侍郎制

司馬光禮部郎中制

周沆右諫議大夫制

沈遘起居舍人制

掌禹錫趙良規並秘書監制

王綽秘書少監制

李丕緒少府監制

宋任吕公孺馬從先解賓王並太常少卿制三道

## 召試三道

### 節度使加宣徽使制

門下推轂授師擁旄秉塞擅生殺之柄于外繫安危之体于中厥有顯庸宜膺寵数誕揚孚號明示庶工具官其學足以通大方謀足以斷衆事有經天之業有扞城之材比以明揚屢更煩使遂躋膴仕良副訏謨維塞路之要藩寔兵防之重寄職尓鎮撫紓予頋憂蓋爵賞之加不遺于近小豈藩維之任顧可以弭忘用是疇其展寀之劳寵以宣猷之號繫人謀之衆允匪朕志之汝私夫任重者其憂不可以不深位髙者其責不可以不厚號名之美礼秩之崇非期假寵以擅荣兹用論功而取称矧夫守國之圉謀王之師

辨輔相之籍于殿中居士民之瞻于天下其思祗慎以副褒優可

翰林學士除三司使制

勑三司使天下之盛選也自尚書六官名存實去而三司之職事所總居多則非夫仁明肅艾足以輔世濟物者奚宜任此哉具官某有疏通之才有直亮之操閎言崇議足以經綸王家高文典策足以鼓動當世遂以望揚于禁林若夫施政之後先生財之本末蓋嘗深思而熟講殫見而洽聞則居天下之盛選主朝廷之大計詢考在位孰如汝宜夫聚天下之衆者莫如財理天下之財者莫如法守天下之法者莫如吏維予任汝其聽勿疑法之不善者汝得以議而更

吏之不良者汝得以察而去則夫調度之不時費出之無常邦用之不給元元困于征求而愁怨于下者直汝之恥也夫行已有恥而後可以爲士矧吾左右信任詢謀所同而觀聽之所在者乎往祗厥官其亡以寵利而爲士恥可

誡勵諸道轉運使經畫財利寬恤民力制

夫閔仁百姓而無奪其時無侵其財無耗其力使其無憾于衣食而有以養生喪死此礼義廉恥之所興而二帝三王誠勅百工諸侯之所先後世不可以忽者也朕夙興夜寐聽治不怠囿游宫室之觀無所增飾而躬以　先天下之士然而不忍人之政考諸先王未有　及之也凶年飢歲民之父子夫婦

不得保其家室而放乎溝壑意者吏或不良不知所以賑救省憂之方而使之至此耶今吾別諸道置使者使得察吏之良否而視民之疾苦輒具以言而任事者或不惟朕志之所急而以侵牟之為故甚非所以遣使者慰安元元之意也夫轉輸天下之財以給有司之費皆有常數而無横求識能御輕重斂散之權而禁因緣之姦則何患乎經入之不足彼前世良吏能紓其民而官事亦不耗廢者豈有他哉亦在乎勉之而已若乃操聚斂之羸以為功而不知百姓與足之義非惟逆于朕志而有司考績之法亦將不汝容焉朕言維服其聽毋怠可

皇姪右衛大將軍岳州團練使（英宗舊名）可起

復舊官泰州防禦使知宗正寺制

勑先王糾合宗族而分職以治之所以嚴宗廟也宗廟嚴則禮俗成而天下治其事豈可以輕哉今朕選于近屬以修宗正之官亦先王治親之意也以爾具官其惠仁孝恭忠信純篤故還厥位以稱禦侮之寔而使任事焉夫士之欲施于政未有不學而能者學所以修身也身修則無不治矣朕言維服爾往懋哉

可

皇姪右衛大將軍泰州防禦使知宗正寺（英宗舊名）可岳州刺史充本　練使制

勑孝子之思慕無窮而送終有既者先　之禮也具官其祗慎克孝能良于喪去位家居三　于此矣其

還位號復序內朝朕命維新往欽無斁可

起居舍人直祕閣同修起居注司馬光知

制誥制

敕先王誥命之文何其雅馴而奧美雖出命非有司之事而討論潤色蓋有助焉以尔具官某操行修潔博知經術庶乎能以所學施于訓辭俾掌贊書往諧朕志可

起居舍人直祕閣同修起居注司馬光改

天章閣待制〻

敕楊雄曰周之士也貴秦之士也賤周之士也肆秦之士也拘蓋先王以礼讓爲國士之有爲有守得伸其志而在上不敢以勢加焉朕率是道以君多士以

尔具官某文學行治有称于時故明試以言使司告命而乃固執辭讓至于八九改序厥職以伸尔志是亦高選往其懋哉可

翰林侍讀學士右正言馮京改翰林學士知制誥權知開封府制

勑學士職親地顯而開封典治京師非夫忠厚仁恕而有文學政事之能孰可以任此具官某造行直方受材博敏踐更中外休顯有称論思禁林尹正畿甸詢謀惟允其往懋哉可

范鎮加修撰制

勑昔周人藏上古之書以為大訓而孔子春秋天子之事也蓋夫討論一代之善悪而撰次以法度之文

章非夫通儒達才有識足以知先王不欺足以信後世則孰能託尚書春秋之義勒成大典而称吾屬任之指予以尔具官某有該通之材有純潔之操辯論深博溢于文辞論思禁林時議惟允則夫㮣善惡見聞之寔斷是非去取之疑人之所難宜以命尔尔其精思熟考自勉以古之良史毋襲近世比事屬辞之失使来者無所考稽可

右司諫趙抃礼部員外郎兼侍御史知雜事制

勅某朕置御史以為耳目非吏事久而能自称職則不以知雜事也以尔嘗任言責有猷有為行義之修士人所譽故選郎位使在此官悉其誠心廸上視聽

義之典比時乃顯哉可

### 屯田員外郎韓縝改殿中侍御史制

勑某朕使學士五人舉二人以爲御史又于二人擇取一人而以汝爲之汝名臣之子世載榮問愷悌忠信學知大方無蔽于憸人無撓于大吏無迪上以非先王之典而同乎流俗時汝稱職往其勉哉可

### 兵部郎中沈立可依前官充三司户部判官制

勑某擅一道之財而開闔斂散之以給縣官之費而又察舉吏士之賢不肖問民之疾苦典夫入佐三司而四方之言利者必稽焉其職事之責等尔汝以才能屢試而行義加修使于東南歲月久矣還裨掌計

之治所以慰將命之勞惟尔博學多聞固嘗知夫百姓興足之義古人有言曰尊其所聞則高明行其所知則光大矣可不勉哉可

度支員外郎充秘閣校理李大臨三司度支判官制

勑具天下之食貨皆領于三司故朕常難于置使而又考慎其屬以称之尔以文學為官而政事嘗有所試清明敏達可使治煩往踐厥官其知所守矣可

金部郎中朱壽隆三司塩鐵判官制

勑其取于山海之無窮以助縣官之不給所以開闔斂散之不可以無術也非夫廉辨敏明之吏孰能任此者予尔紙行美材久于煩使往共厥服維是勉哉

可

度支員外郎李壽朋開封府推官制

勑朕布大慶于天下惟士之有能有爲而不獲盡者豈一日而忘哉尔以政事之材而濟之文學無所避憚以修厥官陷于吏議失職久矣尹正畿甸四方所瞻姑往佐之以永民譽可

殿中丞充集賢校理陸經開封府推官制

勑其天下無事休養生息百年于此而京師之人衆矣獨開封以一尹治之故朕常慎擇材士以爲之佐庶幾乎其不劳而治也尔材茂質美久于湮阨而智能弥劭行義加修姑使治煩往其自勉可

太常博士充祕閣校理張洞開封府推官

制

勑某開封任重事叢故常擇才士以爲之佐尒以文章學問列職校讎出試一州風績弥劭膺此遴選往其勉哉可

左司諫王陶皇子伴讀制

勑某自天子至于士未有不待學而成者今朕欲進諸子于學求可與居者而大臣以尒爲言尒久在諫工有聞于世茲惟慎選可不勉哉可

樞密直學士施昌言知渭州制

勑夫出河祕文中嚴于禁閣臨渭分閫外肅于戎亭進陪侍從之聯往膺經畧之寄茲爲異數授受惟艱具官施某才劭兼人問望映世早攄素藴寢階清塗

南揭計庭裨贊之功可紀西廂樞府論思之效尤彰洎出緫于藩條且屢制于邊瑣事經畢舉政績用成宜易餘杭之符就撫氐羌之塞尔其生護諸將善固吾圉而今而後無西顧之憂者繄尔之力可不勉哉

可

知制誥沈遘知杭州制

勑東南奥區杭越重鎮眷惟師帥之選屬于侍從之良宜有褒優式示眂倚具官某風姿爽拔器宇閎深早登髙妙之科亟躋通顯之列校文東觀典學擅乎多聞演誥西垣英辭鼓乎群動比抗章而請郡期詞膳以奉親曾未期年已聞報政乃就更于淮海庶盖便于庭闈載念錢塘之邦方虛銅虎之守宜共易

之命仍選應宿之資服我新恩寵尔故里典夫引會稽之紱又相萬也尔維懋哉可

龍圖閣直學士知河陽李充給事中依前龍圖閣直學士知鄧州制

勑鄧于京西為一都會提兵以守常擇大吏且有加命寵榮其行具官某寛和静深方厚篤寔嘗由御史遂為諫官延閣侍從之班方維帥守之任焯有績效見于事為序于東省之華寄以南陽之重按撫吏士治軍牧民敷宣詔條鎮靖風俗緊汝能力往其勉哉可

龍圖閣直學士李東之刑部侍郎充集賢院學士判西京留守司御史臺制

勑古之仕者雖進易退陵夷至于後世而礼義廉恥

幾乎息恬于勢利者鮮矣而苟冔躁進者不急于朝教之未孚朕甚患之顧吾左右親近之臣行義合于古之仕者宜從其志使在位之貪者有愧而慕焉具官某名臣之子能自修敕出備蕃維之任入爲侍從之官而乃力辭顯榮退就閑職别都軌憲地清務簡特峻秋官之秩仍通麗正之班吾惟尔嘉其往居息可

知雜王綽吏部郎中直龍圖閣知徐州制

勑某知雜御史于朝廷之士爲高選非精明彊直不能稱其任也尔更踐多矣有聞于時故從遠方召置此位乃以病告至于再三出臨大州進直嚴閣又增郎位以寵尔行其亦懋哉往共厥服可

集賢校理鞠真卿可光禄寺丞依舊充集賢校理知壽州制

勑某付之千里之地能禁暴去悍拊循鰥寡使良民有以休息而吏不敢爲侵寃豈非所謂能者哉若尔之材歷選于朝而久試于外固時之所謂能者朕所加省而不忘今夫壽劇郡也故從以汝治之而稽汝歲功當得遷位丞于光禄其往勉哉可

何郯知永興軍制

勑朕初即位慎考俊乂之臣付之方鎮具官某廉清質直敦大詳敏藝文之學政事之材左右具宜以有敭績作國西屏雍維大都鎮撫一方老成是賴序遷厥位往牧其人其勤猷爲以膺任屬可

潘夙轉官知桂州制

勅其桂于西南為一都會蠻夷荒忽鎮撫有宜故于用人常慎其選尔清明敏達寬博惠和更事有功簡在朝論遷序即位往其勉哉可

尚書左丞余靖制

勅朕有大賚雖疏遠微細必加焉況于位序高任屬重寵章徽數其可略乎具官某政事之材藝文之學踐更中外光顯有聲濟登大官鎮撫荒服能率厥職相時休成衍食序勳往其祗服可

天章閣待制司馬光制

勅陟降左右司朕躬之闕者至親篤稆之臣也邦有大賚其可以後而忘乎具官某政事藝文操行之美

有聞于世簡在朕心相時明禋庀事惟謹進階序爵其往懋哉可

尚書戶部郎中知制誥張瓌制

勑朕宗祀　先帝以配昊天而均福釐于在位疏遠微賤無遺者矣又況于侍從之臣乎具官某德厚資深志方行潔安于義命為世寶臣考慎樂礼相時大事進階序爵其往懋哉可

翰林學士知制誥賈黯轉官加勳邑制

勑朕初即位奉行　先帝故事不敢有廢也具官某剛毅篤寔閎深博敏　先帝所遺以論思左右者也其還厥位加賜恩典其往欽哉可

翰林學士知制誥權三司使蔡襄轉官加

食邑制

勑朕祗若　先帝之初大賚以勞天下職親地禁之臣皆　先帝所遺以助朕者也其可以後而忘哉具官某率德秉義以綏寵祿主國大計功昭于時班命有章往欽無斁可

翰林學士兼侍讀學士知制誥充史館修撰王珪轉官加食邑制

先帝投天下之難以屬朕身永惟所與濟此者豈非左右之良哉具官某秉哲迪義士民所望論思潤色有補于時大賚之恩外通四海況于親近豈可以忘往服寵章愈其慎愨可

翰林學士制知誥充史館修撰范鎮轉官

加勳邑制

敕朕雖哀恫永惟付託之重不敢忘先帝寵綏海内褒厚群臣之意具官某敦大閎博清明敏達職親地密為國信臣遷序位等申之恩典惟慎厥服往膺顯榮可

翰林學士知制誥權知開封府馮京轉官加勳邑制

先帝以盛德成功克終天禄眇然在疚永念嗣訓非左右之良孰與濟此哉具官某秉哲蹈義士民所望尹正京邑善殸流聞邦有大賚當由貴始往膺榮禄無替厥修可

集賢院學士余靖轉官加勳邑制

先帝君臨天下餘四十年功德之所及博矣非文武之士協力中外何以致此哉在後之侗纂修成法敢忘大賚以勞衆工具官其敦大閎深清明敏達藩屛帝室厥功茂焉恩典寵章往其欽服可

集賢院學士李柬之轉官加勳邑制

先帝棄天下不及班命以勞群臣朕繼大統其承厥志具官其廉静忠恕濟以詳敏能紹世美為時名臣膺服寵章往其思勵可

龍圖閣直學士給事中吕公弼改工部侍郎制

勅褒德序功制為禄位　先帝所以熙庶政也朕雖在疢所不敢忘具官其保身慎行舊有榮聞陟降在

右是爲世臣惠綏西南風　尤顯冬官之貳其往欽哉可

侍制司馬光礼部郎中制

勑左右侍從之臣皆　先帝所遺以助興政理者也有勞可録朕敢忘哉具官某行義信于朝廷文學稱于天下比更任使會課當遷進位二等以嘉尔績尔方以經術入侍而又兼諫諍之官往其思致厥身使朕之聰明無所不通尔亦維有無窮之聞可

周沆右諫議大夫制

勑堯舜黜陟幽明之法其詳不見于經蓋其考績之次序必始于朝廷之貴者朕率是道進退百官故于迩臣無有私德以尔具官某忠厚謹潔惠和寛博嘗

被方維之重任久參侍從之要官内外之劳皆宜有賞而以称士失宜控于吏議為郎武部七歲于兹著論積功進位西省夫職在書規之地官又以諫為称是将明往其思勉可

右正言知制誥知越州沈遘起居舍人制

勅列名侍從分職方維厥有庸勲朕其甄序具官某端良足以有守精敏足以有謀為時寳臣典掌明命出撫州部治敎流聞内外之劳進遷惟允序官二等以懋厥勤是謂寵榮往其祗服可

掌禹錫趙良規並秘書監制

勅秘書圖籍藝文之府而置監在光禄衛尉諸卿之右其材宜德望當有以称之以爾具官某等歷官兹

服豸惟謹，序于卿位，簡在朝廷，宣布詔條，討論典故，久于任使，亦各有勞，宜推增秩之恩，以信懋功之法。往從官次，無或不祗。可。

王綽祕書少監制

勑：朕初嗣位，大賜天下，文武在位，各以序遷。具官某出入踐更，名聞休顯，奉常之副，用勞厥勤，乃辭官榮，以避親諱。綏予孝子，改貳祕書，往服寵章，靖共無斁。可。

光禄少卿李丕緒少府監制

勑：少府古官，于朝廷之位尊顯矣。具官某行義祗飭，材能敏達，外更器使，績用每成，有司以聞，又當增位。往膺秩物，無怠厥修。可。

司封郎中宋任太常少卿制

敕士以序遷至于卿位亦榮矣非才智有以任事行義有以保身豈能致此具官某中外踐更久于郎選明習衆事見称于時往即厥官勉之無斁可

江南西路轉運使呂公孺太常少卿制

敕某太常兼夔典伯夷之事非夫藹寔德望有以過人孰宜為之貳也尒名相之子以才見称出入踐更休有風績序遷厥位其往欽承可

職方郎中通判太原府馬從先太常少卿制

敕某太常礼秩異于諸卿非文學入官則不得為其貳也以尒行治之美才能之敏踐更多矣皆有可称

會課于朝躋登此位往求自称惟既厥心可

解賓王太常少卿制

勑其今之太常兼夔典伯夷之官非夫寅恭清明博習于礼樂則孰能為之貳也今朕考行序劳而以尔為貳于太常維尔嘗以材称而屢更任使雖身任外而名位亦云顯矣所以称此者可無勉哉可

臨川先生文集卷第四十九

# 臨川先生文集卷第五十

## 外制

三司鹽鐵副使陳述古衛尉少卿制
郭永光禄少卿制
林億司封薛求司勳郎中制二道
齊恢度支張景憲金部郎中制二道
陳述古司封郎中趙抃户部員外郎張燾刑部郎中制三道
朱處約孫抗孫琳並祠部郎中制三道
王陶杜千能祠部張燾兵部郎中制三道
苗振職方王舉元刑部郎中制二道
王綽刑部郎中制

胡沉周燮都官宋孝孫比部郎中制三道

錢暄比部王繹工部郎中制二道

李章周延儁竇綱卜紳朱從道晁仲綽鄭隨

並屯田郎中制七道

杜訢屯田員外郎制

薛仲孺虞部郎中制

楚建中邢夢臣王异張師顔晏成裕並司封

員外郎制五道

蔡抗度支員外郎制

蘇寀王益柔並兵部員外郎制二道

錢公輔祠部員外郎朱延世虞部鄭伸駕部

員外郎制三道

許遵陳汝義章俞韓繹劉牧王易知並職方員外郎制六道

謝景初何世昌陳安道晁仲約唐諲林大年並都官員外郎制六道

胥元衡李處厚並屯田員外郎制三道

吕元規可駕部員外郎制

吴充劉敞轉官制二道

劉覺等轉員外郎制

王伯恭王允李正臣劉叔寶轉官制四道

三司鹽鐵副使陳述古衛尉少卿制

勑某考課黜陟之法雖疎逖未嘗不信，又况于近而顯者乎。具官某以才自奮，能世其家，出入踐更，休有

風績列卿之貳其往勉哉可

郭永可光禄少卿制

勑某外廷之位能至于九列者少矣具官某踐更衆職功善自昭年除歲遷以致卿位進寵一等往承惟休可

林億司封郎中制

勑某朕有官禄慶賞以序功而其施始于朝廷之近尔以藝文被選而多所踐更通籍禁中庀官闕下序遷位郎既極左曹往即寵榮愈其勵勉可

薛求司勳郎中制

勑某朕布大號在廷文武之士皆得進官一等而伐閲當遷者又各得以序遷尔中外踐更以才自顯膺

此恩典往其勵哉可

權提點成都府路刑獄齊恢度支郎中制

勑某朝廷選寘才臣以使諸路而察庶獄之不辜厥
有庸勲朕當甄序尔才能行義士論所称會課有司
寔應遷法往膺休顯其愈懋哉可

淮南轉運副使張景憲金部郎中制

勑某入佐三司出使諸路皆朝士大夫之高選有劳
當録其可忘哉尔行義之修才能之邵見称當世簡
在朝廷會課進官往其欽服可

三司塩鐵副使陳述古朝奉大夫司封郎
中三司度支副使趙抃户部員外郎加上
軽車都尉權三司户部副使張燾朝散大

夫刑部郎中制

勑某人等朕初嗣位奉行　先帝故事不敢有廢也具官某等行義稱于世才能見于朝佐國大計為功多矣序遷位等其往欽哉可

朱處約祠部郎中制

勑某尒嘗為御史持論不阿出守方州稍遷使任序功增秩邦法有常往懋厥修以須進選可

孫抗孫琳祠部郎中制

勑某人等都水之官廢久矣朕修之而用尒為丞尒維才能懋建厥事有司論課當以時遷進序名曹祗無斁可

提點福建路諸州刑獄公事王陶祠部郎

中制

勑某朕選置使者清明于諸路所以待之非輕也尔踐更衆矣才美有称備在遠方能修其職進遷位等往愈懋哉可

權提點廣南西路刑獄杜千能祠部郎中

制

勑某朕初即位群臣朝者皆增位一等有功當遷又皆淂以序進尔材譽行治見称于衆奉使于外治聲流聞會課進官往其祗服可

三司户部副使張燾兵部郎中制

勑某考績三歲進官一等　先帝所獻勵群臣也具官某秉哲迪義有聲于時能勵厥修以宜官政序功

增位其往欽承可

苗振職方郎中制

勑某尚書郎中序列五品其于朝廷之位亦已顯矣尔用選擢嘗更任使積功久次得在此位所居三歲宜進一官至今而後得遷乃以尔嘗有言朕于黜陟豈苟然哉自尔取之而已往思自勉以称襃升可

王舉元刑部郎中制

勑某薦非其人而與其罰古之道也尔久以才寘外更任使風績之卲靡人不称而任舉有失法當坐免雖更赦令猶褫一官以懲上報之稽而塞人言之膺踐厥服往其勉哉可

侍御史知雜事判都水監王綽刑部郎中

制

勑某御史皆吾耳目之官而折百工以法刑之中者也考其功狀在法當遷則吾豈可以忘哉以尔具官某忠厚諒直有称于世踐更衆職皆以能聞故寘之臺中位次執法名寔之善允于人言姑醻積功序進一等位亦顯矣往其勉哉可

胡況都官郎中制

勑某尔以才行自昭于時外分將符内序郎位致勤厥職三歲于兹稽狀有司法當增位進遷一等其往懋哉可

周燮都官郎中制

勑某襃善録勤邦有常法尔以能才行義登顯朝廷

序正郎位三年于此矣進遷一等以懋厥勤勵治我民乃其能称可

宋孝孫比部郎中制

勑某褒功録善邦法有常尔共厥官服采惟謹久于郎選會課當遷愈其勉哉以称新命可

監在京都鹽院錢暄比部郎中制

勑某古者官有職而命有數非有職不足以序群才非有數不足以差衆功今官有品猶古之命數也命之數自一推而上之至于九官之品自九推而上之至于一大略蓋無以異而其詳如此不同惟其欲得賢者之在位則古今一也尔以才能行治進序于朝年除歲授既得列于五品久于職事法又當遷其亦

可謂寵榮光顯矣其思自勉以称吾欲得賢者在位之意哉可

三司户部判官充秘閣校理王繹工部郎中制

勑某三司理財之吏典館閣校文之官皆朝廷儁乂之選也其于進秩有異數焉尔以藝文世家而祗慎謹飭久在此位有勞當遷序于名曹其往思称可

李章屯田郎中制

勑某褒善録勤朝廷之政尔才能行治比見推称會考績之法當增位序進遷一等其往懋哉可

周延儁屯田郎中制

勑某郎中五品而司田以待藝文之士尔大臣之子

强學瞻辭出典一州序功當進往祇厥位其克懋哉可

職方員外郎竇綱可屯田郎中制

勑某漢明不以郎官假貴戚以出宰百里爲不可以非其人今之郎選其重非漢比也而郎中序于五品其授豈可以輕哉尔以文藝起家以吏能從政序遷此位嘉寵尔勞往服訓辭勉求報稱可

職方員外郎卜伸可屯田郎中制

勑某郎中序列三等其品皆爲第五非積功久次則不得至焉尔以文藝入官而濟之謹潔久于任使當得進遷茲惟尔階其往祇服可

職方員外郎朱從道可屯田郎中制

勑其尚書郎選于今爲重而郎中列于五品尔精敏强果號爲才臣積功累勤以致此位往其厥服其愈懋哉可

晁仲綽鄭隨可屯田郎中制

勑其郎中序列五品非久于任使有勞而無罰則罕得至焉尔以文藝起家以才能爲吏称功累善當得進遷往其懋哉思称新命可

太常博士權御史臺推官杜訢可屯田員外郎制

勑其尚書郎位吾所重也尔名臣之子行義修飭才能有聲而職事無過審官稽狀當以時遷新命維休往其祗服可

駕部員外郎薛仲孺可虞部郎中制

勑具郎中五品于朝廷為顯位尔悉心為吏才敏見称嘗所踐更咸有功最進遷惟允其往懋哉可

提刑楚建中可司封員外郎制

勑具朕置使者以察天下之獄其選擇甚難而視遇之甚厚序功録善可其忘乎尔行治才能有殺于世服官惟称會課當遷以懋尔劳往其祗訓可

侍御史邢夢臣可司封員外郎制

勑具侍御史于御史之選為高而尚書郎以司封為前列尔才能行義嘗見推称于有言職為一臺高選任責未久序劳當遷往副司封愈其自勉可

都官員外郎充祕閣校理王异可司封員

外郎制

勑某尔以藝文高第進仕朝廷廉靖謹良有称于世校文秘閣典事方州甄序歲劳進遷惟允往共厥服其愈懋哉可

權梓州路提刑都官員外郎張師顔可司封員外郎制

勑尔某修潔精敏達于從政嘗更任使皆以才称故以一路之庶獄寄之督察方行就事會課當遷往懋厥修以求称職可

度支員外郎充崇文院檢討晏成裕可司封員外郎制

勑某尔以文藝之學在討論之官丞于太常典掌礼

樂有勞可録其以序遷于世天家尔爲能保往思淑慎無廢厥勤可

祠部員外郎充祕閣校理蔡抗可度支員外郎制

勑其序功録最邦法有常惟敏厥修乃能自称尔以校讐之選受吾蓄羣之寄材能行治見譽于時而會課有司審遷厥位官無虚授往可勉哉可

權利州路轉運使度支員外郎蘇寀可兵部員外郎制

勑某朕欲明清于吏民而擇使以涖之非特使之轉貨財以贍有司而已也尔强敏謹潔達于從政往充其選克有成勞序進一官愈祇乃服可

三司鹽鐵判官度支員外郎集賢校理王益柔可兵部員外郎制

勑其任賢使能而繼之以黜陟先王之所以治未有改此者也尓惟賢故序于校讐之職尓惟能故列于會計之官稽狀有司法當增位其遷一等以懋尓勞可

太常博士充集賢校理同修起居注判三司度支句院錢公輔可祠部員外郎制

勑其序功黜陟邦法有常尓文章博美行義純潔施于政事又以材称會課進遷蓋維常法往祗厥位其亦懋哉可

國子監博士朱延世可虞部員外郎制

勑某尚書虞部掌天下之山澤而脩其時禁郎官職事雖廢而官名猶貴于時非歷試而有勞即不得以在此位若尓之潔廉畏慎蓋知所以自保矣其愈懋哉可

比部員外郎鄭伸可駕部員外郎制

勑某尓勤敏謹潔以脩厥官會課有司當得遷位司輿之副其往懋哉可

都官員外郎許遵可職方員外郎制

勑某尓進以藝文而兼通律令之學故于為吏常以才稱第課有司當得進位祇予新命厥往懋哉可

都官員外郎陳汝義可職方員外郎制

勑某審官之法吏有勞而無罪至于三歲則遷位一

等所承以勸也尔文學政事有稱于世久更任使會課當遷往服寵章愈其思勵可

都官員外郎章俞可職方員外郎制

勅某尔以藝文之學政事之材所更滋多皆載考績（有善最）三載考績法當進遷往踐厥官愈其思勉可

韓繹可職方員外郎制

勅某三歲一遷審官馭吏之常法也然非智謀忠力能舉其職事者亦何以稱此哉尔纘德善之慶而以藝文自奮施于吏政强敏有聲膺此寵榮其知勉矣可

都官員外郎劉牧可職方員外郎制

勅某朕置使者以察諸路而選才士以佐之尔行義

智能比見称述往其職事會課當遷懋勉厥勤以称官使可

都官員外郎王易知可職方員外郎制

勑某尔久于試用常以才称出守一州可有為矣而有司會録當得進官往既厥心以祗予訓可

屯田員外郎謝景初可都官員外郎制

勑某周官司士三歲則稽士任進其爵禄而方今審官之法用焉尔名臣之子操行修潔文學政事有称于時審官序勞當以時進往踐尔位厥維懋哉可

屯田員外郎何世昌可都官員外郎制

勑某尚書之寔多廢矣而郎位尚為朝廷所重尔藝文操行政事之材推本進遷以至于此出位州治論

功應條改序中行往其祗服可

屯田員外郎陳安道可都官員外郎制

勑其士夫奉法循理以共厥服至于三歲而無咎罰其可無進遷之法以慰勉之哉尒藝文起家而行義修飭比更器使宜以才稱往服寵章愈其思勉可

屯田員外郎晁仲約可都官員外郎制

勑其褒善録勤朝廷之政尒清明敏達士類所稱典治一州風政弥劭有司序績當得進遷往服寵章愈其思勉可

屯田員外郎唐諲可都官員外郎制

勑其尒藝文行治進有可称為郎尚書三年于此矣職事之最法當進遷愈其懋功以對新命可

屯田員外郎林大年可都官員外郎制

勑某士之有爲者豈必慶賞而後勸哉然黜陟者勵世之通法而爲天下者所不能廢也尒被文蓄德從政有穀會課當遷序官一列往其勵勉膺此寵榮可

太常博士胥元衡可屯田員外郎制

勑某仕于朝廷者有勞而無罪至于三歲則遷位一等所以明有勸也尒名臣之世行義脩飭以才自奮從政有稱往服寵章愈其思勉可

太常博士李處厚可屯田員外郎制

勑某尒政事之材藝文之學潔身慎行皆以有稱試諸利權是亦煩使序功録最當淂進遷列職南宫往其祗服可

比部員外郎呂元規可駕部員外郎制

敕某褒善録勤邦有常法尔護軍糴將邊漕悉心營職才諝見称會課序遷往其祗服可

吴充轉官制

敕某士之好德樂善而無　則爵賞有不足以勸焉而爵賞固不廢乎無求之　尔文章行義政事之寔士友之所服朝廷之所称然方試尔于外以觀尔為而審官上尔歲月之労法當遷位一等此雖不足以為尔勸而天下至公之法不可以廢者也往其欽承之哉可

劉敞轉官制

敕某褒善録最朝廷至公　吾邇臣在法當陟其官

其文章博美政事詳敏心通道德之意躬率仁義之行久于侍從寔允詢謀　以方維又能鎮撫甄序乃進遷厥官朕命惟休往其祗服可

劉覺等轉員外郎制

勅其官所以制禄位之事職所以叙才分之宜視職之廢舉與行之失得而　其官此吾為天下立法以廢置賞誅之大体也尓持其行而無失修其職而無廢三年于此矣不可以徒置也宜有賞為序進一官往欽乃服可

王伯恭轉官制

勅其方今仕于朝廷者率三歲而一遷論者患其不足以勸功然日月久矣能祗慎不怠免于罪悔則亦

宜有以褒嘉此朕所以使尒得遷之意也士之爲義蓋有常心何必利爲然後知勸可

王允轉官制

勑某尒能誦先王之言以得禄位施于有政又以才稱丞于殿中歲月久矣博士之選儒者所宜以爲尒官其往祗載可

李正臣轉官制

勑某書曰欽哉欽哉惟刑之恤哉此吾所以建審刑之職而擇取智能之士以爲詳議之官尒以藝文起家又能明習法令請供厥位有伐當遷姑使序于太常而仍其覆讞之事往爲審克以稱欽恤之意可

劉叔寶轉官制

勑其士之修身慎行宣力四方豈皆以取爵禄之報哉蓋其志有以謂義當如此然而爵禄必稽行治劳烈而加焉令吾序進尒官以有積功之寔義不可以無報也在尒自為則欲知夫義當如此而無志乎寵利然後可以事君往其勉哉尚有終譽可

臨川先生文集巻第五十